少年帝王传

南宫不凡　著

少年雍正

南京大学出版社

图书在版编目(CIP)数据

少年雍正 / 南宫不凡著. — 南京 ：南京大学出版社，2018.5

（少年帝王传）

ISBN 978-7-305-19347-7

Ⅰ. ①少… Ⅱ. ①南… Ⅲ. ①传记小说—中国—当代 Ⅳ. ①I247.5

中国版本图书馆 CIP 数据核字(2017)第 246363 号

本书经上海青山文化传播有限公司授权独家出版中文简体字版

出版发行 南京大学出版社
社 址 南京市汉口路 22 号 邮 编 210093
出 版 人 金鑫荣

丛 书 名 少年帝王传
书 名 少年雍正
著 者 南宫不凡
责任编辑 潘琳宁 编辑热线 025-83686029

照 排 南京南琳图文制作有限公司
印 刷 盐城市华光印刷厂
开 本 880×1230 1/32 印张 11.25 字数 281 千
版 次 2018 年 5 月第 1 版 2018 年 5 月第 1 次印刷
ISBN 978-7-305-19347-7
定 价 35.00 元

网址：http://www.njupco.com
官方微博：http://weibo.com/njupco
官方微信号：njupress
销售咨询热线：(025) 83594756

导 读

他孝至行躬，却一直背负着弑父杀兄的骂名；他廉政清明，却不能见容于后来的史家；他隐忍倔强，雷厉风行，却痴迷佛道的修身养性……在雍正皇帝身上，集中了太多的神秘性格：登基是谜，驾崩也是谜；勤政为民的是他，杀戮功臣的还是他……

暴君乎？明君乎？千秋功过，任后人评说。

康熙十七年十月三十日，爱新觉罗胤禛降临在紫禁城里一处不起眼的宫室中。小小年纪的他生性倔强好强，不足 6 岁就进入无逸斋读书。然而，小小的书房里却暗流汹涌，兄弟手足明争暗斗，不知小小的他能否立得住脚跟？

皇贵妃病重，胤禛日书百“孝”，诚孝名显。康熙皇帝舐犊情深，深受父亲赏识的他却又为什么屡犯龙颜？

潜龙寺投宿，老僧为他算出“万”字命；五台山拜佛，又引出了智救才子和黄瓜治病的故事。

灯节来临，胤禛和兄弟们出宫游玩，谁料想鬼影憧憧，暗伏惊天秘密。

监修河道，巧遇“河神”陈天一；悲天悯人，皇子借用军粮赈济灾民，进而惹下大祸。

征粮还粮，胤禛受命下江南，路遇李卫，主仆两人用巧计迫

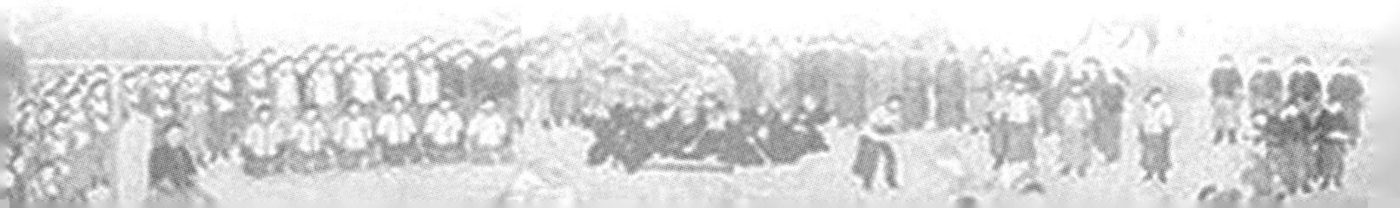

使县令当众诵唱《戒赌歌》，成为一时笑谈。回归途中，船只漏水，性命悬于一线之间，竟出现了双鱼救主的奇观。

少年胤禛弓马骑射无不精通，9 岁时就扬名于木兰围场，19 岁时，跟随父皇征讨噶尔丹，掌管正红旗大营，昭莫多一战更是声名鹊起。可是在庆功之日，却失去了应得的爵位，这期间究竟发生了怎样的变故?

受封贝勒，胤禛依然勤奋读书，崇尚节俭，竟被兄弟们戏称“守财阿哥”。

太子两废两立，引发储位之争，面对父子反目，兄弟成仇，胤禛将扮演什么样的角色?

打开这本书，让我们一起走入雍正皇帝多彩的少年时代，穿过古老的深宫，穿过层层的迷雾，来还原一个真实的爱新觉罗·胤禛……

目录

第一章

盛世喜太平 清皇室再添贵子

第一节　降世之初

天下方太平

回顾大清帝国268年的历史，其中涌现出好几位雄才大略、彪炳青史的帝王。在这些人物中，有一个帝王的故事特别耐人寻味，曾引起后人无休止的争论和猜测，他也因此成为中国两千多年封建历史上最具争议的天子之一。那么，这位皇帝究竟是谁呢？也许您已经有了答案，他就是满清入关后的第三位皇帝——雍正。现在，我们就从雍正皇帝的少年时代说起，看看这位极具传奇色彩的天子是如何从垂髫稚儿成长为一代名君，为大清帝国做出杰出贡献的。

话说康熙十七年，也就是公元1678年秋天，对于大清皇朝来说，这个秋天意义非凡。这年8月，起兵谋反的平西王吴三桂在称帝后一命呜呼，以他为首的“三藩之乱”逐渐走向溃败。在清军的步步紧逼下，“三藩”的残余势力节节败退，已无还手之力。大清帝国在入关34年后，基本上消除了威胁朝廷的各方势力，在中原大地上真正站稳了脚跟。这年，康熙皇帝25岁，正是风华正茂的大好年龄。5年前，他不顾部分朝臣和祖母孝庄太后的反对，毅然决定撤藩，进而引起了“三藩之乱”。战事既起，众说纷纭。大臣们有的抱怨康熙太急躁，不该触怒汉族权臣；有

的担心朝廷失败，祸及自身，于是悄悄转移家属财物出京，准备逃回故土盛京；有的还不断劝说康熙与吴三桂议和，以免落得死无葬身之地。面对种种猜疑和抱怨，康熙皇帝镇静自如，他聪明果敢地和“三藩”进行斗争，终于换来了今天的胜利，当然格外高兴。

铜瓦寺，位于昆明市区东北郊7公里处的鸣凤山麓，坐东向西，是云南著名的道观。主殿为青铜铸造，熠熠生辉，耀眼夺目，故名之“金殿”。它是清康熙十年（公元1671年）平西王吴三桂在昆明重建的。

万岁爷一喜，天下皆欢，大清后宫内一派喜气洋洋的景象。康熙带领几位前线将士向孝庄太后汇报战况。在宫女们搀扶下，孝庄太后一一接见将领，并问询吴三桂死亡的经过。一位叫图海的将军声音洪亮地说：“回老佛爷，吴三桂知道自己末日到了，可还不死心，总想过把皇帝的瘾，就在衡州搭了一席棚子，刷上黄漆，慌慌张张地称帝了。老天哪能容他这样的乱臣贼子！本来风和日丽的天突然狂风骤起，乌云漫天，顷刻之间电闪雷鸣，大雨倾盆而下，那席棚子被狂风卷上了天，黄漆也被雨水冲掉了，把吴三桂吓得从座位上摔了下来，顿时嘴歪眼斜，再也不会说话了。”

清军入关后统治中国的第一任皇帝——爱新觉罗·福临。

“阿弥陀佛，”听到这里，孝庄太后口宣佛号，点着头说，“好啊，报应得好！吴三桂也想坐龙椅，真是异想天开！皇上，吴三桂死了，这天下可算太平了，要好好庆祝一下才是。”

“是，”康熙微笑着答道，“孙儿已经传旨，京城和全国各地都要庆祝。”

此时此刻，孝庄太后不免忆起大清入关前后的种种往事，想起几十年来辅佐儿孙巩固帝业，治理天下，终于换来今日安宁，真是感慨万千。

就在这时，5 岁的皇太子胤礽在宫女引领下走了进来，他见过太后和父皇，满脸喜色地说：“皇阿玛，听说吴三桂死了，这是真的吗？”

本来，大清旧制没有立太子的规矩。当年，努尔哈赤设立八旗议政制度，共同治理国家。皇太极继位后，逐步削弱八旗权力，巩固皇权，可他也一直没有立嗣。后来他突然去世，没有来得及指明皇位继承人。八旗举行会议，选举新君主，由于他们争夺激烈，互不相让，年仅 6 岁的九阿哥福临意外地成为新天子，他就是大清入关后第一位皇帝顺治。

顺治 24 岁时，看破红尘，出家为僧，他与母亲孝庄太后共同指定三阿哥玄烨为帝，这就是康熙。由此来看，大清没有立太子的先例，那么，康熙为什么立了太子呢？这说起来也与“三藩之乱”有关。

三藩叛乱之初，叛军势头甚猛，打得八旗兵连连后退。为了稳定人心，争取支持，康熙毅然决定册立太子。他先后有过几位皇子，可是大多夭折，只有大儿子胤禔和二儿子胤礽尚在，其中胤礽是皇后赫舍里氏生的。赫舍里氏家族显贵，人才辈出，皇后的祖父索尼曾经是康熙初年首辅大臣，叔父索额图是康熙重臣之一，深受重用。所以，太子之选自然而然落到胤礽头上。就这样，康熙破例立了太子，胤礽也就成为清朝第一位皇太子。可是，皇后赫舍里氏因生此子产后大出血而去世，小太子只好由孝庄太后亲自抚育。康熙十六年，钮祜禄氏被册立为新皇后，她是康熙初年四大辅臣之一遏必隆的女儿，不幸的是，第二年年初，新皇后患病夭亡。年纪轻轻失去了两位皇后，康熙的心情可想而知。如今，年幼的太子听说吴三桂已死的消息，赶到父皇面前道喜，激起康熙种种复杂的情怀，他揽过太子说："是啊，吴三桂死了，天下总算太平了。"

看到康熙有些失态，孝庄太后默默地念诵佛号，说道："这天下是我孙子的，不是谁想夺就夺得了的。吴三桂一死，剩下的那些乌合之众不足为患。皇上，这下你该放心了。你啊，小小年纪继位，这些年来除鳌拜，撤三藩，劳心费力，也该歇一歇了。照顾照顾你的后宫和子女，享一享天伦之乐吧。"

康熙笑了："祖母教训的是，孙儿正琢磨着为太子请师傅呢。"

康熙的后宫和子女出现了什么问题？孝庄太后为何说出这番话？

四阿哥降生

康熙是位雄才大略的君主，他继位后以"三藩、河务和漕运"作为自己为政的三大要务，为实现政治理想，他刻苦努力，勤政不怠，堪称君王楷模。这样一位年轻有为、人才出众的天子，自然深得后宫嫔妃和宫女爱慕。在康熙身边，先后出现过数位美丽聪慧的女子，她们为他生儿育女，陪伴他度过人生当中一段段丰富多彩的时光，这些女子中既有他的皇后、嫔妃，也有不少地位低微的宫女。其中一位姓乌雅氏的宫女，就与他演绎了一段后宫爱情故事。

雍正皇帝的生母——孝恭仁皇后乌雅氏。

乌雅氏本是钮祜禄皇后的宫女，满洲正黄旗人，父亲名叫威武，是三品护军参领，这在清朝贵族中地位不算高。乌雅氏14岁进宫，4年来一直陪伴在钮祜禄皇后左右，品行端庄大方，性格直爽刚毅，在深深后宫中倒是难得一见的女子。自从钮祜禄氏受封皇后，她的地位也逐渐提高，与康熙见面的机会增多。有一次，康熙与皇后谈论三藩之事，皇后说："后宫不可以干预朝政，这是祖宗订下的规矩，臣妾不敢议论朝廷大事。"当时，三藩之事颇为棘手，康熙本想与皇后交谈一二，借此抒发心中郁闷，没想到皇后拒绝了自己，不由得有些扫兴。站在一边的乌雅氏看出了皇帝的心思，她沉着地接口说道："现在战事吃紧，皇后娘娘身在后宫，却十分牵挂前方的军情。她常常对我们说，古代的花木兰替父从军，不但杀敌立功，还成为一名大将军。我们虽不能冲锋陷阵，但可以捐赠财物，发动兄弟姐妹，尽自己所能支持朝廷平叛。"

这番话让康熙皇帝大吃一惊，他是绝顶聪明之人，对皇后非常了解，知道这番言论绝不可能出自她的口中。他盯着乌雅氏打量了一会儿，缓缓说道：“嗯，还是皇后想得周到。”

自此，康熙就注意上了乌雅氏，对她率真、刚强的性格产生了好感。一来二去，两人产生了感情。就在钮祜禄皇后去世不久，乌雅氏受孕怀子，由宫女晋升为答应，进而成为常在。

答应和常在是清后宫里的一种级别称谓。在大清后宫中，为皇帝挑选嫔妃和宫女非常严格，一般 3 年进行一次选秀。其中选出的秀女是专门为皇帝准备的女子，她们不用出力工作，一旦得到天子临幸，可以直接晋升为贵人。宫女则不同，她们负责后宫各种工作，包括卫生、饮食、衣物等等，很难与皇帝接近。就是得到天子临幸，也必须先成为答应、常在，才能晋升为贵人，跨入嫔妃行列。

乌雅氏得到康熙临幸，自然十分激动。特别是受孕后，她更加高兴，似乎看到了自己更为光明的未来。她终日里小心谨慎地护持胎儿，盼望着孩子能够早一天降临世间。

康熙皇帝是一位性情天子，虽说已有许多子女，可对出身较低微的乌雅氏还是十分照顾，常常亲自去看望她。这一来，身为后宫之主的孝庄太后就不满意了，她提醒康熙不要厚此薄彼，应该顾全大局，不能冷落了其他嫔妃。康熙自幼由祖母养育成人，和她的感情非常深厚，一直听从她的教导。在太后的干预下，他不得不压抑着自己的感情，周旋在众多嫔妃之间，有意冷淡乌雅氏。好在乌雅氏知书达礼，明白自己的处境，并不争风吃醋，只是默默地孕育皇子。

转眼间，1678 年 12 月来到了。乌雅氏怀胎十月，临产在即。作为一名身份较低的常在，她被安排到一处普通的宫室里等待生产。康熙十七年十月三十日，她顺利地产下一名男婴。听到孩子嘹亮的哭声，乌雅氏长长地呼出了一口气，她挣扎着坐起来望着儿子粉红的小脸，心里有说不出的喜悦。可是这份喜悦没有持续多久，接生的嬷嬷走进来抱起孩子，无情地说："小阿哥该抱走了，您安歇吧。"说完，她抱着孩子头也不回地走了。

乌雅氏清楚宫中制度，身份在妃以下的嫔妃无权抚养自己的子女。孩子生下来后，必须交由贵妃、皇贵妃或者皇后养育。如今，后宫没有皇后和皇贵妃，自己的儿子又会交给哪位贵妃抚养呢？皇上知不知道自己生了儿子呢？带着种种疑虑、不忍和难过，乌雅氏悄悄流下了眼泪。

孩子一落地，康熙就得到了消息，他立即传旨让嬷嬷把孩子抱到佟佳氏贵妃处。佟佳氏是康熙生母孝康章太后的侄女，康熙的亲表妹，一等公佟国维的女儿。佟佳氏品行高贵，性情和善，与康熙关系极佳。她入宫多年来，只生过一个女儿，可惜殇逝了。所以，康熙有意让她育养新生皇子。

当嬷嬷把新生皇子抱进佟佳氏宫内时，她高兴地一把接过来，端详着婴儿的脸蛋连连说道："多可爱的孩子，多可爱的孩子。"那神情举止，竟比自己生了儿子还要得意。不一会儿，康熙也来到了，他看了看孩子，半是喜悦半是伤感地说："算起来，这是朕的第 11 个儿子啦。可惜啊，那么多都夭亡了。"在此之前，康熙有过 10 个儿子，不过幼殇的很多，存活下来的只有康熙十一年(1672 年)、十三年(1674 年)、十六年(1677 年)先后出生的胤禔、胤礽和胤祉，其中胤礽已经封为太子。清室的规矩，皇子夭折不序齿，所以，这个新生皇子如果健康长大，算起行次来，反倒居了第4位，成为康熙朝的四阿哥。

不知这位皇子能不能健康成长，他日后的人生之路又会遭遇哪些故事呢？

第二节　特殊的生长环境

子以母贵

贵妃佟佳氏喜得贵子，劝慰康熙："皇上不要想那么多，你瞧这个孩子虎头虎脑，健壮着呢，肯定会健健康康地长大的。算起来，他该是四阿哥了。请皇上为他赐名吧。"

康熙想了想，摇摇头说："过些日子再说吧。"康熙一度在皇子取名上下过功夫。起初，出生的皇子取名比较随意，大多取吉祥之意，像承瑞、承庆、长生等。胤禔原名保清，胤礽原名保成。可是，由于皇子幼殇过多，康熙心生烦恼，于是他效仿汉族取名方法，为孩子选中了"胤"字辈，"胤"即血胤，是后代的意思。为了祈求儿子健康成人，康熙又选中了汉字中含有"福"的意义的文字，寄予有福的愿望，希望儿子们健康长大。像"禔"是安享福寿的意思，"祉"是福气的意思。如今，为新生皇子赐名，自然也不能脱离这一惯例。由此可见，康熙对待儿子们可谓用尽了心思，体现出一位父亲的爱子之情。

康熙没有急着为儿子赐名，这个新生的皇子也就暂时以"四阿哥"相称。"四阿哥"长大成人后，康熙为他取名胤禛。"禛"是"以真受福"的意思，看来康熙希望这个儿子对上天和祖宗真诚，以此得到福佑。胤禛就是后来著名的雍正皇帝。从这里开始，

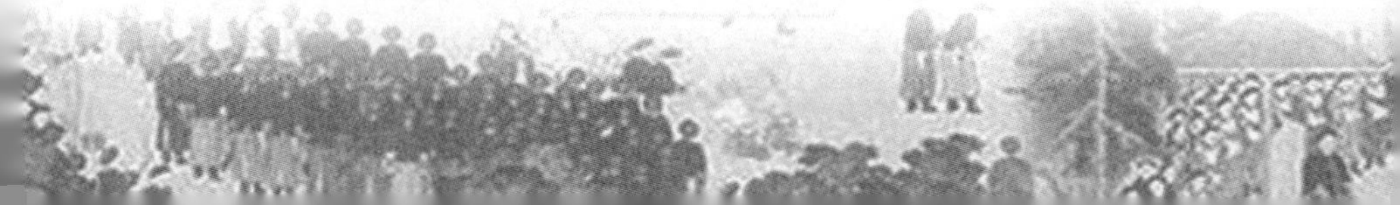

我们就用胤禛这个名字来叙述下面的故事。

胤禛初来人世，即遭遇离别生母之痛，尚在襁褓之中的他成为养母贵妃佟佳氏怀里的娇儿。佟佳氏细致地为孩子挑选乳母，安排着孩子的满月席、百岁宴，忙得兴高采烈，整个皇宫都沾了份喜庆气息。由于佟佳氏地位尊贵，又深得康熙宠爱，初来人间的胤禛子以母贵，自然备受后宫诸人关注。这不，就连孝庄太后也送来了礼物，一把镶金白玉长命锁和一对伏虎玲珑镯，精巧别致，十分贵重。佟佳氏高兴地收下礼物，和乳母一道抱着胤禛前去慈宁宫谢恩。

慈宁宫是太后居所，平日里少有人走动。胤禛在乳母的怀里甜甜地熟睡着，根本不知道周围人为他所做的一切。孝庄太后正在宫门外摆弄花草，看见她们来了，停下来仔细端详孩子好一会儿才说："面相饱满，是个有福气的。"

这时，胤禔和胤礽一前一后跑了过来，边跑边喊："小皇弟在哪？小皇弟在哪？"

要是平日，孝庄太后看到皇子们如此无状疯跑，早该训斥他们了。今日她却格外高兴，笑眯眯地说："太子不要慌张，你看，你又多了位皇弟，将来又多了位助手。对了，你父皇为你请师傅了吗？"

"请了，"胤礽说，"请了大学士汤斌、耿介和熊赐履，我和大阿哥一起学习。"大阿哥就是胤禔，他的母亲那拉氏，封号惠妃。胤禔虽是长子，由于母亲身份低，只能屈居胤礽之下，是一名普通皇子。目前，这些稚龄幼子只知玩耍嬉闹，生长在皇宫内院，上有父皇母妃疼爱，下有太监宫女侍奉，生活无忧，其乐融融。哪料想得到，等到长大成人，这几位血肉至亲的皇子阿哥为了争夺皇位，展开了一场场你死我活的明争暗斗，上演了一出“无情最是帝王家”的真实惨剧。

长命锁又叫“寄名锁”，它是明清时挂在儿童脖子上的一种装饰物，古人相信，只要佩挂上这种饰物，就能避灾去邪，“锁”住生命。

说话声惊醒了胤禛，他瞪着一双黑亮的大眼睛注视着众人，好像在想什么心事。胤礽突然指着他脖子上的长命锁说：“他也有这样的锁，和我的一模一样。”

胤禔摸摸脖子，有些失望地说：“你们都有，我怎么没有？”

说者无心，听者有意。孝庄太后猛然记起一事，胤礽出生时，她送过长命锁。今日高兴，疏忽了这件事，竟然把同样的长命锁送给了胤禛。太子身份与普通皇子不同，这一下不是惹了麻烦？孝庄太后毕竟身经三朝，阅历极深，在这样的时刻并没有露出丝毫慌张，沉着地说：“四阿哥出生时，我在佛祖前祷告。佛祖显灵，说四阿哥命弱，需要佩戴金玉合体的长命锁才能健康长大。我想，我有一对长命锁，一把送给了太子，这把就为四阿哥求福吧。太子，你说老祖母这么做，对吗？”

太子年幼，哪里晓得孝庄太后的深意，欢快地说：“对，老祖母从不做错事。我喜欢小皇弟和我有同样的长命锁。”

这件事就这样过去了。不过，深深的后宫，可不像孩子们想的那么纯真欢乐，其间充满了争斗、猜忌、圈套和暗算，稍不留神，就会成为他人的眼中钉，或者落入别人的圈套。当胤禔回到惠妃宫中，告诉母亲太子和胤禛佩戴同样的长命锁时，惠妃好不气恼。她认为孝庄太后有意偏袒佟佳氏，对自己不公。可是又无可奈何，自己入宫以来，很少得到皇帝的欢心，这样的怨恨又能向谁诉说？

降临在帝王之家的胤禛面临的并非全是锦衣玉食、欢声笑语，更多的是错综复杂的人际关系，莫名的怨恨之情，以及暗藏杀机的宫廷生活。如此特殊的环境会给胤禛的成长带来哪些影响呢？

母以子荣

又是一年冬日至，四阿哥胤禛已经满 1 周岁了。1 年的时间里，他得到贵妃佟佳氏无微不至的照料，长得结结实实，十分健壮。康熙甚为宽慰，常常去看望她们母子。这本是人之常情，可作为日理万机、子女众多的天子来说，却是很难得的事情。每每看到胤禛天真活泼的样子，康熙都会露出开心的笑容，无不感激地对佟佳氏说：“四阿哥能健康成长，多亏你悉心呵护。”

佟佳氏坦然地说：“这是臣妾的儿子，臣妾怎会怠慢？”她始终把胤禛当作自己的亲生儿子一样对待，这为胤禛的成长带来许多有利的条件，也给胤禛生母乌雅氏带来说不清的烦恼。

自从儿子被抱走，乌雅氏几乎没有见到过他，她日思夜想，特别希望见到胤禛。无奈深宫重重，戒律森严，岂是她一个普通

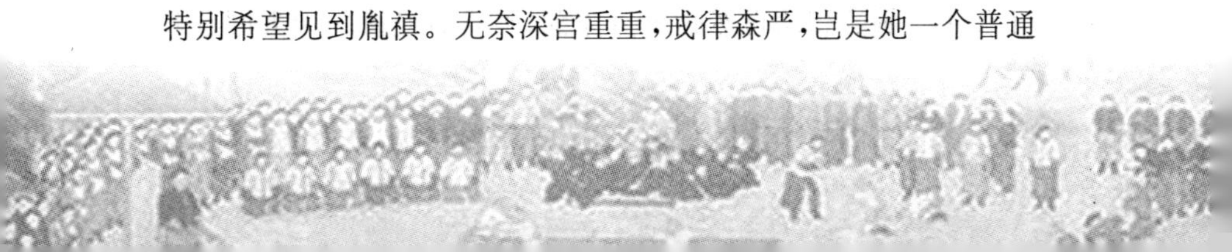

宫人能够随意走动的？陷入深深思念之中的乌雅氏常常以泪洗面，却不敢声张。好在康熙有情有义，没有忘记她，反而常来看望、安慰她，这给了她很大的慰藉。

这天，乌雅氏在皇宫中散步，不知不觉来到佟佳氏宫外。望着高大威严的宫门，琉璃翡翠的廊柱屋檐，门口两边依然青葱的树木，她心里兀自忐忑不安，一时间不知该进该退。忽然，宫内传出一个孩童爽朗的笑声，接着一位宫女牵着胤禛的小手蹒跚着走出来。胤禛身穿锦缎棉袍，头戴鹿皮小帽，一眼望去，贵重端庄，一副皇家子嗣的气派。乌雅氏看到亲生儿子，扑过去喊道："儿子，额娘想死你了！"

哪知，胤禛甩甩小手，根本不理睬乌雅氏。乌雅氏陪着笑容，拉着胤禛的手问长问短，完全不想儿子年幼，还听不懂自己的话语。

这时，宫内传出一阵响动，佟佳氏在宫女太监簇拥下走了出来。她看到乌雅氏和胤禛在一起，不由得眉头一皱，似乎有些不快。乌雅氏思子心切，忘记见到贵妃应该行礼叩头，呆呆地站在那里。一位太监上前呵斥道："见到贵妃娘娘还不赶紧行礼？"

乌雅氏这才回过神来，忙不迭地施礼问安。佟佳氏轻轻一笑，说声"罢了"，招呼着胤禛说："老佛爷让我带四阿哥去呢，这会儿没工夫和你说话了。等你有空了，常到这里来坐坐。"说完，带着胤禛和众多太监宫女扬长而去。

乌雅氏望着她们一行远去的身影，泪水在眼眶里转了几转，差点流下来。

这件事让乌雅氏伤心了好久，一向刚强的她似乎有些支撑不住了。她的想法自然瞒不过康熙，眼看着胤禛一天天健壮长

大，他决定晋封乌雅氏为德嫔。虽然位列嫔妃最末，却也有了正式的封号和地位，乌雅氏因子得福，心情开朗了许多。

不久，德嫔乌雅氏再度受孕，这样一来，她对胤禛的感情冲淡了不少。此后，她接连生育了三女二男，成为康熙嫔妃中生育子女最多的人之一。可见她与康熙的感情还是十分深厚的。不过，在她生育的 6 个孩子中，先后夭亡了 3 个，只有胤禛、胤禵和一个女儿存活长大。胤禵排行十四，比胤禛小 10 岁，是康熙诸多皇子中特别优秀的一位。

在接连不断的生育过程中，乌雅氏与胤禛的感情日益淡漠，而胤禛，在佟佳氏身边快活地成长，对养母佟佳氏感情日深。随着年龄渐长，这种特殊的关系对他产生的影响越来越大，不知道日后还会发生哪些故事？

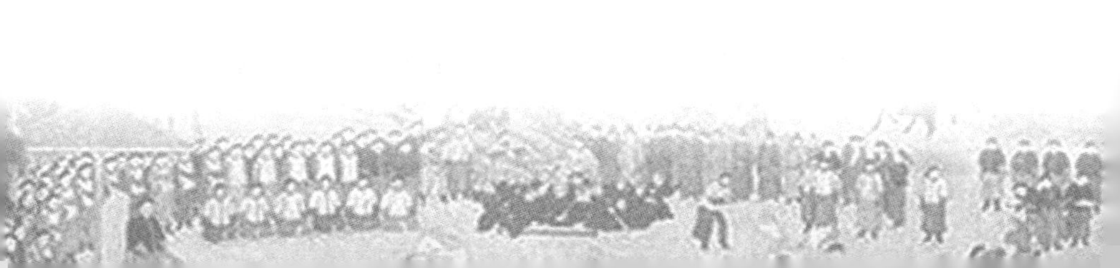

第三节　倔强的小皇子

我没输，我没输

康熙二十年，佟佳氏晋封为皇贵妃，位列六宫之首。当时，清宫制度规定，皇帝嫔妃包括皇后 1 人，皇贵妃 1 人，贵妃 4 人，嫔 6 人，贵人以下包括常在、答应在内，数额不限。由于康熙两次册立皇后，皇后都不幸去世，所以他不再立后，那么皇贵妃自然就是后宫中地位最尊贵的嫔妃，成了实际上的皇后。

佟佳氏荣升皇贵妃，虚龄 4 岁的胤禛由此日显尊贵。这几年时光，在佟佳氏精心呵护下，他已经成长为一个小男子汉，不仅体格健壮，头脑聪颖，而且性情善良，活泼刚直，十分可爱。康熙非常喜爱胤禛，特意把他养育在宫中，每每闲暇，都会亲自调教一番，告诉他许多道理。

说也奇怪，胤禛似乎懂得父皇心思，每当康熙亲自看护他时，都表现得特别乖顺。佟佳氏开玩笑说："四阿哥淘气，见到父皇就老实多了。"

康熙笑着说："是吗？我看他倒是很懂事。"说着，继续为他讲述历史上有名的人物或事迹，并教他背诵简单的诗词文章。

胤禛认真地听着、诵读着，不时提出一些奇怪的问题。康熙很有耐心，一一为他解答，并启发他如何思索。看见他们父子其乐融融的样子，佟佳氏开心地笑了。不过，这样的时光却是非常难得的，康熙身为一国之君、众多子女之父，不可能把所有精力都放到佟佳氏母子身上。小小的胤禛常常盼望与父皇相聚，却很难如愿。

一天，胤禛与三阿哥胤祉一起玩打羊踝骨游戏。羊踝骨就是连接羊的腿骨和胫骨的那块骨头，是北方民族的传统游戏器具，满语为“嘎拉哈”。“嘎拉哈”的玩法多样，是满洲子弟最喜欢玩的游戏。两个孩子一人一个羊踝骨，相互碰撞，谁的碎了谁就输了，谁的完好无损谁就获胜。大清入关后，清廷一直鼓励子弟们保留传统习俗，习武骑射等都不可荒废，孩子们玩的游戏当然更不会丢弃。所以，虽然身在后宫，过着荣华富贵的生活，皇子们还是喜欢玩这种简单有趣、具有浓厚草原气息的游戏。

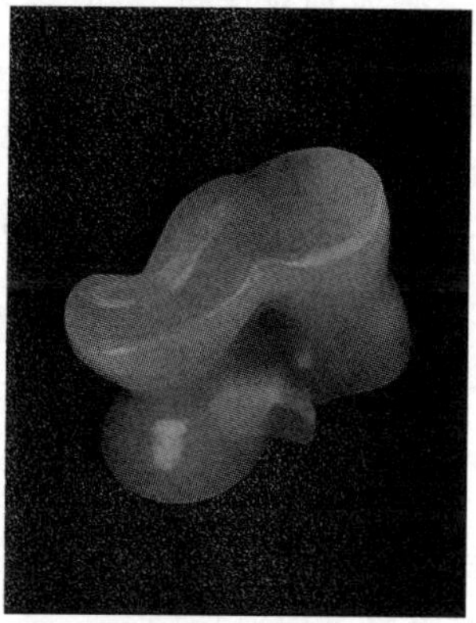
清代用和阗白玉雕琢而成的“嘎拉哈”。

胤祉是个爱静不爱动的孩子，擅于思考，性格文静，有些内向，虽比胤禛大一岁，体格却不如他健壮，也没有他活泼爱玩。两人一起玩游戏，胤祉常常输给胤禛。这次，两人拿着羊踝骨碰来碰去，只听“啪”一声，胤祉的又碎了。胤禛高兴地跳起来：“我赢了，我赢了。”

看他喜形于色，胤祉不动声色，从随行的太监手里又拿过一个羊踝骨，冲胤禛说：“三局两胜，你才赢了一次，再来！”

胤禛说：“来就来。”说着，从自己的跟班太监手里抓起一个羊踝骨就与三哥胤祉比拼。

几次碰撞之后，胤禛的羊踝骨碎了，他顿时怒气冲冲，脸涨得通红，摔打着胳膊，不服气地又拿过一个羊踝骨，急急地说：“再比，再比！”

胤祉似乎成竹在胸，慢吞吞挑出一个羊踝骨，笑呵呵地与胤禛继续玩游戏。结果，胤禛再度失利，按照事先讲好的三局两胜的规则，胤禛彻底输了。这下他不玩了，一把抓过太监手里所有的羊踝骨，扔到地上，大声哭叫起来。

跟班太监一看，连忙哄劝，胤祉有些不耐烦地说：“输了就输了，哭鼻子没出息。”

胤禛一听，更加生气，连蹦带跳地叫嚷着，似乎只有这样才能抒发心中的不甘。胤禛的跟班太监担心乱子闹大了受到连累，急忙劝说胤禛回宫。就在这时，康熙恰好退朝路过这里，听到孩子们的叫嚷声，好奇地赶了过来。

听了事情的前后经过，康熙笑着问道：“四阿哥，你输了就认输算了，还哭叫什么？”

胤禛年幼，他也说不清自己哭叫的原因，只是不服地说：“我没输，我没输，我就是不输！”

胤祉说：“皇阿玛，他输了也不承认，他撒谎。”

胤禛急了，也顾不上父皇在场，高声叫道：“我就是没输，你输了！你输了！以前都是你输。”

胤禛的跟班太监害怕康熙生气，慌忙劝阻胤禛：“四阿哥，不要吵了，以前都是你赢，现在也都是你赢，下次还是你赢。”

出乎太监们意料的是，看到儿子率真的表现，康熙反而很欣慰，他看了看地下的羊踝骨，对两个儿子说：“你们都不要吵了，上一局谁输谁赢已经过去了。这样吧，你们再来一局，皇阿玛当裁判，看看谁厉害？”

胤禛破涕而笑，立即捡起地上的羊踝骨，冲着胤祉喊道：“来，继续比。”

胤祉不情愿地捡起一个羊踝骨，噘着嘴说：“比就比，谁怕你！”

兄弟俩再次比斗，胤禛如愿胜利，他高兴得手舞足蹈，向康熙夸耀着：“皇阿玛，我赢了，我赢了！”

康熙点点头，看着两个天真可爱的儿子，一个喜笑颜开，一个嘟噜着脸蛋一言不发，语重心长地说：“皇阿玛像你们这么大的时候，也爱玩游戏，也总想赢，不想输。后来长大了，慢慢懂得输赢乃兵家常事的道理，才知道认输是一种勇气，只有认识到失败，承认失败，才会从失败中得到教训，才会有更大的进步。”

胤祉聪慧善思，听了父皇这番言论，接口说：“父皇，我输了也不怕，我还会赢的。”“对，”康熙抚摸着他的脑袋说，“不要怕输，要想办法去赢，这才像个男子汉。”

胤禛似懂非懂，天真地说：“我就想赢，我不想输。”

康熙乐呵呵地瞧着胤禛，吩咐太监们照顾两位阿哥回宫，自己转身向御书房走去。

佟佳氏听说了这件事，特地向康熙说起胤禛的表现，康熙若有所思地说：“四阿哥性情率真，要强不服输，这是好事。可是，他太过刚烈，喜怒分明，还需要学会韬光养晦才是。”

佟佳氏是有心人，她品味着康熙的话中之意，一时间产生许多想法，说道：“四阿哥还小，慢慢调教会好起来的。”然而，胤禛倔强好强的个性越来越分明，不久又惹了一场是非。

不是我的错

转过年来，1682 年的秋收时节，一天，康熙带领一大帮臣子到御花园查看自己试验耕种的稻子。原来，康熙勤学好进，喜欢接触和吸收先进的科学知识，他为了提高水稻产量，亲自在御花园做试验，打算孕育优良品种推广。这可是千古帝王中绝无仅有的事情。在精心培育和科学管理下，试验稻种丰收了，望着一大片沉甸甸、黄澄澄的稻谷，康熙心情激动，一面吩咐臣工准备镰刀农具，亲自下地收割稻谷；一面传旨让皇子们前来御花园，参加收割稻谷的劳作。

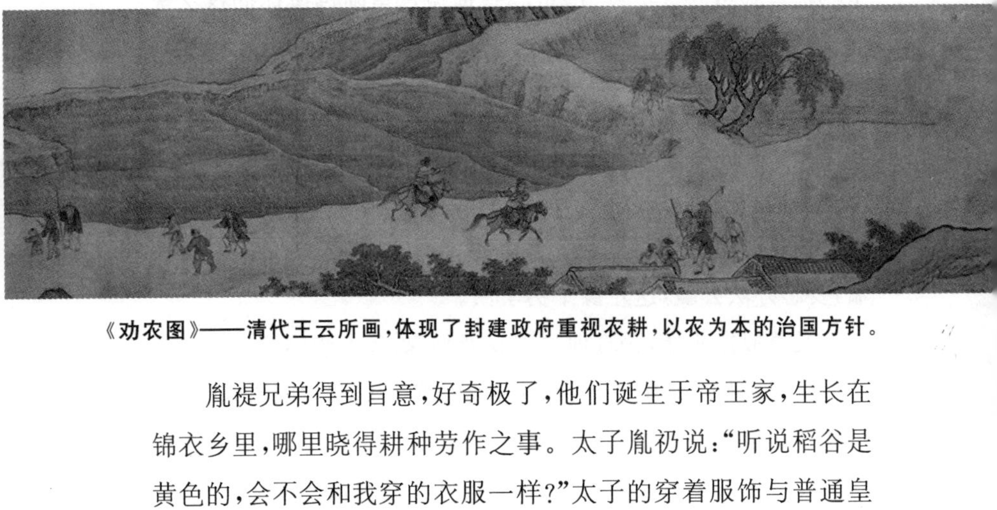

《劝农图》——清代王云所画，体现了封建政府重视农耕，以农为本的治国方针。

胤禔兄弟得到旨意，好奇极了，他们诞生于帝王家，生长在锦衣乡里，哪里晓得耕种劳作之事。太子胤礽说："听说稻谷是黄色的，会不会和我穿的衣服一样？"太子的穿着服饰与普通皇子不同，颜色一律是象征皇权的杏黄色，更显高贵气派。胤禔说："稻谷是粮食，怎么会和衣服一样。我听额娘说，稻谷就是大米，我们吃的米饭是白色的，所以稻谷也是白色的。"胤祉虽小，却有些学问，插嘴说："稻谷去掉壳才是大米，它们不一样。"最小的胤禛跟在几位兄长身后，听他们说得兴高采烈，不由得心花怒放，又蹦又跳，好像得了什么宝物一般。

弟兄几人边说边走，一个个心情愉悦，脚步加快，不一会儿就来到了试验田边。太子胤礽看到康熙一副农人装扮正在工作，皱起眉头不解地问："皇阿玛，您这是干什么呢？"

儿子们来了，康熙并没有停下劳作，边工作边说："收割稻谷啊。你们过来，帮着捡落下的稻穗，不要浪费一粒粮食。"

胤禛第一个冲到前面，跳到地里，捡起地下的一根稻穗问："父皇，这就是稻谷吗？它是什么粮食？怎么吃它？"

康熙拿起一粒稻谷，一边剥掉外壳一边说："这就是稻谷，收割下来，去掉外面的硬壳，里面就是白花花的米粒。你们瞧，这是不是我们平常吃的米饭？"

胤禔兄弟看着父皇的演示，发出惊异的感叹："哎呀，大米是这样来的，真是好玩。"

康熙说："你们不要只觉得好玩，要体验劳动的艰辛，才能珍惜粮食，爱惜天底下辛勤耕种的老百姓。这样，你们才是一位合格的皇子，才能为我们大清的江山社稷尽力。"

胤禛爽朗地说："皇阿玛，我们知道了，我们该劳动了吧？"

康熙笑了："四阿哥性子急，干什么都沉不住气。好吧，你们四人就在这片地上找一找，看看有没有落下的稻穗，捡起来归拢到一起，交给管事的太监。"说完，他让太监们带领皇子劳动，自己带领大臣们去乾清宫议事。

四个皇子一听，高兴地一头栽进田地，低头弓腰，认真地寻找起来。平日这些皇子受到的规矩管束非常严格，言谈举止都要遵守一定的礼仪，生活虽然优越，却很枯燥乏味。今日可以在这片小田地自由活动，当真像"撒野"的小马一样，其心情可想

而知。

一会儿工夫，他们找寻遍了整块实验田，每人手里攥了几根稻穗，可是他们意犹未尽，不肯离开稻田，仍在田地里四下张望着，一是渴望找到稻穗，二是希望多玩一会儿。就在他们踌躇之际，胤禛又发现一根稻穗，他急忙跑过去捡。不巧，这根稻穗在胤禔脚边，他抢在胤禛前面捡了起来。

胤禛着急地上去抢夺："这是我的，我的。"

胤禔不给他，躲闪着说："我捡的，凭什么说是你的？"

"就是我的，就是我的。"胤禛追赶着说，"还给我，还给我！"兄弟俩互不相让，你追我赶地争夺着，胤禛人小，追不上胤禔，又气又恼。胤禔呢，被追得气喘吁吁，满头大汗，十分狼狈。

周围的太监们一看，着急地上前劝架，有人拉住胤禛，有人劝住胤禔，不住声地说着："阿哥们息怒，息怒，您要生气了，惩罚奴才吧，不要跑了，不要跑了。"

胤禛奋力挣脱着，不依不饶地喊叫着："还给我稻穗，还给我稻穗。"

胤禔已经10多岁了，懂得如何对待手下太监，呵斥他们说："你们都看见了，这是我捡的稻穗，四阿哥非说是他的，你们作证，这根稻穗到底应该归谁？"

领头的太监一听，忙说："奴才眼拙，眼拙。刚才万岁爷吩咐了，把所有稻穗归拢到一起，奴才看各位阿哥爷已经捡完稻穗，就收起来吧。"他哪里敢评论皇子们对错。

太子胤礽站出来说："你真乖巧，想一句话了事吗？你说，稻穗究竟该归谁？"

太监吓坏了，忙不迭跪倒在地，冲着太子胤礽磕头说："太子爷，奴才忙着工作，没有看到阿哥爷们的事，您还是饶了奴才吧！”

胤祉也上前凑热闹：“皇阿玛安排你负责这里的事，你说没有看清，这能饶了你吗？”

“快说，快说！”四个皇子围住太监，齐声威逼。

其他太监见事不妙，悄悄派人向宫里送讯。宫里的大太监听说皇子们威逼太监，担心事情闹大，赶紧禀告了康熙。康熙听了，十分生气，立即派人将儿子们带回宫中，严厉训斥他们，要他们反思自己的过错。

哪知，胤禛脾气倔，竟然顶撞道：“那根稻穗是我先看到的，大哥抢先捡了，这不是我的错。”

康熙没想到他敢顶嘴，怒火上升，提高嗓门说：“这件事情由你而起，你却看不到自己的错误，还在这里争辩，你说，你错了吗？”

胤禛拉长着脖子说：“不是我的错。”

“好，”康熙气极了，真想打他几巴掌，可还是努力忍下了，“不是你的错，那是谁的错？如果你能忍耐一下，会出现这样的局面吗？身为皇子，小小年纪脾气如此急躁，不能容忍他人，这样将来怎么治理国家？”

胤禛不再言语，慢慢低下了头。

此事最终还是惊动了孝庄太后，她亲自向康熙问起几位皇子的情况。康熙想了想说：“四阿哥脾气急躁，性情率真，需要好好调教。”

不知道此后康熙会采取哪些措施管教胤禛？胤禛又会如何成长？

一生经历太宗、世祖、圣祖三朝，辅佐两代幼主，誉为“清朝兴国太后”的孝庄文皇后。

太平盛世，深宫大院，锦衣玉食，生活优裕，性情率真的胤禛没有迷恋物质上的享受，反而追求读书进步。不足6岁时，他进入尚书房读书，叩拜孔子像，开始在各位名家大儒的指导下学习。

小小年纪的他表现出好强的个性，不顾酷暑严寒，苦读不辍。他尊敬师长，友爱兄弟，有一次，一位老师惩罚诸皇子，引起康熙不满。可是胤禛却为老师求情，众人深感不解。

在苦读圣贤书的同时，康熙还有意地引导儿子们学习西学，这天，他领着儿子们观察月食，这时又会发生什么样的故事呢？

第二章

勤学又苦读　兄弟友爱共进步

第一节　入尚书房读书

父皇的决策

年幼的胤禛倔强好强，性情率真，一次次引起父皇康熙注意。康熙多次对佟佳氏谈起他，每次都会说："四阿哥秉性不错，就是有些焦躁，需要仔细锤炼才能成材。"

佟佳氏用心记下这些话，每每与胤禛相处时，总是耐心地教育他，看到他焦躁不安，为了一点小事发脾气时，会严厉地制止他，告诉他遇事忍耐的道理。俗话说"江山易改，本性难移"，尽管父母从多方面教导影响胤禛，他的性格脾气依然很难改变。看到这种情况，佟佳氏颇为担忧，经过深思熟虑，决定向康熙提议，让他入学读书，在诵读史书典籍中逐渐陶冶性情。

康熙不仅是位有为君主，也是位严厉的父亲。看着皇子们一天天长大，他意识到，对他们的教育必须加快脚步，不可松懈。所以，在皇长子胤褆和太子胤礽不足 6 岁时，就为他们挑选了大学士汤斌、熊赐履、耿介、尹泰等人做讲官，给他们上课。当时，不少人觉得皇子们年龄太小，接受教育过早，曾经向康熙提出反对意见。可是，康熙断然否决了这样的说法，他说："朕从书上、生活中，常常读到、看到一些贵胄之家过于溺爱子孙，害怕他们吃苦受累，不让他们读书学习，放纵他们贪玩暴戾的个性。结果，这些孩子长大后，不是痴呆无知，就是任性狂恶，这样一来，父母岂不是害了子孙？因此，做父母长辈的对子孙必须从幼年就严格管教，不能任其妄为。”

在他要求下，胤禔和胤礽不但拜师读书，还非常刻苦用功，功课颇为出色，得到老师们一致称赞。这件事在后宫中很有影响，皇贵妃佟佳氏当然更清楚。所以，她思来想去，打算让胤禛也拜师入学。

清代华嵒所画的《金谷园图》，此图取材于西晋时曾任荆州刺史的石崇在所营建的金谷园内，坐听侍妾绿珠吹箫的故事。

当佟佳氏把自己的想法告诉康熙时，康熙说：“四阿哥不足5岁，还不懂事，等来年再说吧。”

佟佳氏说：“四阿哥从小跟着臣妾读过不少诗词歌赋，有些基础，也喜欢学习。眼看着三阿哥也入读了，只剩下他，多孤单啊！”当时，康熙年龄稍长的皇子只有胤禔、胤礽、胤祉、胤禛4人，胤祉6岁，已经到了入读的年龄。

康熙琢磨了一会儿说：“这样吧，哪天朕有空了，考考四阿哥，要是达到要求，就让他明年春天跟三阿哥一起入读。”

几天后，外国使节来朝，进贡了不少贡品。康熙将贡品分赏下去，其中赐给佟佳氏一株珊瑚树。这株珊瑚树高2尺左右，枝柯扶疏，条干绝俗，煞是好看。佟佳氏很高兴，将珊瑚树供奉起来，日夜赏玩。这天，康熙来到宫中，看到佟佳氏如此珍爱珊瑚树，也很开心，一边和她一起观赏，一边闲聊。聊着聊着，康熙突然想起一事："对了，四阿哥呢，喊他来，朕要以珊瑚树为题考考他。"

不一会儿，胤禛在宫人的带领下走了进来，看到父皇，他高兴地上前问安。康熙不动声色地问："四阿哥，你想读书吗？"

"想，"胤禛兴奋地说，"皇阿玛，我想读书，我要和兄长们一起读书。"

"好，"康熙说，"想读书是好事。不过，父皇要先考考你。你看，这株珊瑚树好看吗？今天，你就说说这株珊瑚树，让皇阿玛听一听。"

胤禛眨眨眼睛，仔细地盯着珊瑚树看了又看，张口说道："我听说过石崇斗富的故事，里面就讲到了珊瑚树。皇阿玛，石崇拥有那么多珊瑚树，比皇帝还富有，我觉得珊瑚树不是好东西，让人变坏了。"

佟佳氏吓了一跳，忙阻止胤禛："四阿哥，不要乱说，珊瑚树是珍品，你怎么能说它不好?!"

胤禛认真地辩解："石崇因为有很多珊瑚树，觉得自己钱多，就跟天下人比斗，他这样做不对。他还蔑视皇帝，太放肆了。"

康熙被他的话吸引住了，点着头说："没想到你小小年纪还有这番见解，倒是稀奇。依你看，像石崇这样的人该怎么处置？"

胤禛歪着脑袋想了想，然后一字一句地答道："石崇是个大贪官，贪污了很多钱，应该让他把所有的财宝交出来。还要让他和普通老百姓一样听从皇帝的安排，不能瞧不起皇上。”

康熙眉头舒展，轻轻地笑了：“孺子可教。好，皇阿玛答应你和三阿哥一起入读。”

佟佳氏和胤禛连忙谢恩，喜笑颜开地与康熙继续谈话。到了吃晚饭的时候，康熙传旨让胤禛陪他一起吃饭。这是皇子们十分难得的荣耀，胤禛非常珍惜，毕恭毕敬地坐在康熙身边，享受了一顿物质上和精神上的丰盛晚餐。

初入无逸斋

春回大地，柳绿花红，在燕语莺歌声中，新的一年开始了。佟佳氏安排宫人准备胤禛入学的各项事务，像服饰、笔墨等等。德嫔乌雅氏听说了这个消息，特意赶来看望儿子。见到胤禛，她心里像是打翻了的五味瓶，酸甜苦辣一起涌上心头，却什么话也说不出口。最后，她叮嘱胤禛好好学习，不要辜负了父皇的期望。胤禛奇怪地看着她，毫不客气地说：“皇额娘早就跟我说了，不需要你管！”说完，他继续准备自己的学习用具，不再理会乌雅氏。

乌雅氏碰了一鼻子灰，心情更加难过，她还想说什么，佟佳氏走了进来，委婉地说胤禛明天一大早就要起床去书房，应该早早休息。乌雅氏知道她是赶自己走，也不敢停留，转身匆匆回自己的住处去了。这一去，她原来的思念之情变成了恼恨之意，有一阵子甚至想，“四阿哥这个不孝子，竟然不肯认我，真是太可恨了，这都是佟佳氏从中挑拨的！”想归想，在规矩森严的大内后宫她能干什么？只有将恨意深深埋藏心底。

大清皇宫又称紫禁城，占地广阔，屋宇重重，楼台宫殿一座挨着一座，有的高大巍峨，气派庄严，有的小巧玲珑，构造精细，当真是无与伦比的建筑奇观。整个紫禁城的建筑布局有外朝、内廷之分。外朝以太和、中和、保和三大殿为中心，是封建皇帝行使权力、举行盛典的地方。内廷以乾清宫、交泰殿、坤宁宫为中心，是封建帝王与后妃居住之所。此外还有文华殿、武英殿、御花园等。清朝皇子皇孙读书的地方叫“尚书房”，这时候的尚书房位于北京西北郊建造的第一座“避喧听政”的皇家园林——畅春园里。康熙将尚书房命名为“无逸斋”，就是避免他的子孙贪玩，要无逸，不要闲着，不要贪玩，不要贪图享乐。后来，尚书房改在乾清门左侧的五间房子里，专供皇子们读书所用。

第二天，胤禛早早起床，漱洗完毕，在宫人带领下向胤禔和胤礽读书的尚书房走去。他穿过几重宫门，路过一座座亭台楼阁，在铺满鹅卵石的甬道上疾步前行，恨不能立即走进尚书房。终于，古朴的无逸斋屹立眼前了，胤禛心里一阵兴奋，他们兄弟几人深得父皇喜爱，常常来此接受父皇教导，对此并不陌生。他飞快地穿越一片整洁有序的竹林，向尚书房跑去。身后的太监们连忙加快脚步，紧紧跟着他，生怕出什么事。

尚书房内，胤禔和胤礽端坐桌前，正在听大学士张英讲四书五经。看到胤禛闯进来，他们吃了一惊，张英问：“四阿哥，你怎么来了？”

胤禛认真地说：“我来读书。”

张英恍然明白，说道：“四阿哥，万岁爷准许你读书了。不过，你要等到三阿哥来了，一起拜过圣人，才能正式入读。”

“谁是圣人？”胤禛天真地问。

尚书房——有清一代皇子皇孙上学读书的地方。清道光帝之前，叫“尚书房”，道光年间改为“上书房”。位于乾清门内东侧南庑，建于雍正初年，门向北开，共五间，凡皇子年满六岁，即入尚书房读书。

太子胤礽有些不耐烦，抢先回答：“就是那边的孔子像，学习汉文必须先向他叩拜，这是规矩。四弟，你怎么来的这么早？你三哥呢？”

胤禛一边好奇地望着孔子先师像，一边回答太子的问话：“我起来就来了，不知道三哥在干什么？”

胤禔说：“这个老三，恐怕偷懒不想来了。”

兄弟三人你一言我一语，根本没有顾忌先生张英，似乎把课堂当作了闲聊的处所。张英官至大学士，朝中大员，学识渊博，名声赫赫，受命教导皇子，是何等荣耀的职责。几年来，他恪尽职守教导太子，太子进步很快，深受康熙重视。如今，他眼看着几位皇子光顾说话，忘记读书本分，沉不住气了，厉声制止他们：“大阿哥，这是讲书学习的地方，请您不要随意说话了。”

胤禔瞅了一眼张英，低低地嘟囔着：“哼，又不是我一人说话，为什么只批评我？”由于声音低，谁也没有听到他说什么。太子胤礽知道张英旁敲侧击，提醒自己遵守纪律，有些生气，站起来冲他说：“三阿哥和四阿哥今日入读，这是皇阿玛吩咐的事情。现在他们来了，你应该赶紧安排他们，不能推脱责任。”

胤礽是太子，与普通皇子身份不同，说出的话具有一定的权威，臣子不可随意顶撞违背。所以，张英听了这句话，强忍怒气回道：“太子说的是。请您和大阿哥抄写《论语·为政篇》，我这就安排三阿哥和四阿哥入读的事。”

胤禔和胤礽本想趁机玩耍，没想到张英老谋深算，给他们留下这么重的作业，两人你看看我，我看看你，没有了主张。平日康熙屡次教导他们尊重师长，不能任性妄为，因此他们也不敢过分，只好乖乖地坐下来，一笔一画地在纸上书写着。

这边，三阿哥胤祉也来到了。张英正要带领胤祉和胤禛叩拜先师孔子，康熙走了进来，他要亲自看着儿子们行礼，告诉他们：“一定要尊重师傅，勤奋努力，不可侮慢懒惰。”胤祉和胤禛一一答应，然后在张英安排下入座，开始了正式的读书岁月。

第二节　老师的奖罚

屡屡受到表扬

康熙二十二年(1683 年)春天,虚龄 6 岁的胤禛正式进入尚书房读书。学习的课程有满、汉、蒙古文和经史等文化课,还有骑射、游泳等军事、体育课目。与他一起读书的除了几位皇子外,还有几位郡王、名臣的子孙侍读。这些侍读的人员天资聪颖,性情敦厚,都是康熙亲自为皇子们挑选的,是他们学习、生活的最佳伙伴。在这个新集体中,胤禛很快崭露头角,文学武功有了一定长进。由于他年龄最小,进步又快,屡屡受到老师夸奖。康熙对皇子们的教育非常用心,常常到尚书房查看,得知胤禛喜欢学习,也很高兴。

一天,康熙忙完政务,顺路到尚书房查看皇子们的学习情况。走到窗下,他听到书房内传出朗朗读书声,不由喜上眉梢,悄悄对身旁的太监李德全说:“不要声张,朕在外面看一看。”说完,他不顾夏日炎热,站在窗下静静地观望。

书房内,皇子们正在用满文诵读。读了一会儿,老师徐元梦开始为他们讲解。满文是大清的国文,是皇子们必修课目,平日康熙与儿子们之间的交流也喜欢使用满文。时值盛夏,天气燥热,皇子们穿着整齐,端坐不动,一个个热得满脸通红,汗珠不停地往下滴。由于制度规定学习时不允许搧扇子，所以他们谁也不敢违反制度，只用汗巾不住地擦汗。康熙看到这种情况，也不由自主掏出汗巾，擦了一把额头的汗珠。这时，他注意到一个现象，胤禛坐在那里，身板笔直，注意力集中，尽管汗水淋漓，他却一次也没有擦汗。康熙好生奇怪，又不便询问，只好耐心地观看下去。

《胤禛读书像》。

徐元梦讲了一会儿，吩咐皇子们和各位侍读继续诵读文章，并说过一会儿点读。点读就是让皇子们和各位侍读轮流背诵文章。天气太热，大家有些坐不住了，诵读声越来越缓慢低沉，这时，大阿哥胤禔提议道："午饭时间快到了，吃完饭再背读吧。"

其他人听了，大部分纷纷附和，要求午饭后再上课。徐元梦有些迟疑，一时拿不定主意。胤禛却提出与众不同的看法："不到午饭时间怎么能吃饭呢？这是不合规矩的，不能这么做！"

胤禔说："规矩是死的，人是活的，难道我们要在这里热死吗？"

胤禛认真地说："提前吃饭就是不行，与热不热没有关系。"

胤禔生气地说："那好，你自己在这里背吧，我们先去吃饭。"

皇子入读后，一般在书房统一吃午饭。午饭后，略作休息，接着学习下午的课程内容。

“读就读，”胤禛说，“反正我不提前吃饭！”

徐元梦看他两人争吵，制止道：“二位阿哥不要吵了，大家先休息一会儿，到了吃饭时间再吃饭。”他选择了折中的办法，既不得罪胤禔，也不得罪胤禛。

胤禔等人一听，高兴地扔下书本，说笑着玩耍起来。可是胤禛依然端坐苦读，并不与他们一起玩乐。胤祉看到，伸过脑袋问：“你怎么还读书呢？你不热吗？”

胤禛头也不抬，干脆地回答：“热也要读书，背熟了再玩不迟。”说着，用手背抹掉额头上的汗珠，继续读书。

康熙一直盯着书房内的情况，被胤禛的举动吸引了，他想，这个孩子做事认真、用心，与众不同，实在难得，看他的样子，背不熟文章就不吃饭了。果如他所料，胤禛一直不为他人所动，坚持背诵文章，直到背熟了，才主动对徐元梦说：“师傅，我背熟了，你检查吧。”

徐元梦奇怪地看着他，拿起书本说：“好，你背吧。”

胤禛开始背诵，虽然有些停顿迟疑的地方，还是背完了。他的背诵声引起书房内所有人注意，几位皇子和侍读停下玩耍，一起转向他。徐元梦对他们说：“你们看，四阿哥年龄最小，做事却最认真、用功，值得大家学习。”

他们听了，有人露出敬佩神色，有人觉得不以为然，大阿哥胤禔说：“老四，有你的，这么快就背熟了。这叫什么来着？‘笨鸟先飞早入林’，对不对？你这只小笨鸟飞到我们前面去了。”

胤祉也说：“比我背的还快，真是想不到。”他非常聪明，特别爱好学习，记忆力超群，是皇子中非常优秀的学生。

徐元梦趁机说：“学习不仅需要动脑子，也需要付出艰辛的体力劳动，谁下的工夫多，谁就会获得更大的成就。今天就到这里吧，大家先去吃午饭。下午万岁亲自教导大家骑射武功。”清人入关前是游牧民族，以骑射见长，男子从小练习骑马射箭，个个功夫了得。为了培养子弟们健壮的体魄和尚武爱斗的精神，清朝从皇室到一般人家都不忘教育子孙们骑射之术。

大家听说下午不用读书，一个个喜笑颜开，欢天喜地走出书房，在各自随身太监带领下去吃午饭。一直站在窗下的康熙来不及走开，与他们碰了个对面。大家慌忙跪倒施礼，给康熙请安。康熙说：“不用多礼了。四阿哥，父皇有一事不明，你现在说给大家听听。”

胤禛奇怪地问：“什么事？”

康熙说：“刚才大家热得都用汗巾擦汗，你怎么忍住了？”

胤禛回答：“入读的时候父皇就告诉我们，不管天气多么热，都不能搧扇子，不能随意乱动，所以，我不擦汗。”

原来如此。康熙再次盯着胤禛，被他坚毅的品格深深感染，脱口说：“难怪师傅们多次夸奖四阿哥，真是不简单啊。”这句话出自康熙之口，可不是一般的夸奖，立刻得到众人应和。徐元梦上前说：“四阿哥读书认真用功，非常刻苦，实在难得。”

康熙笑着说：“时候不早了，大家都去吧，下午还要继续学习。”许多次，他从老师们口中听到的都是儿子们不爱读书、不肯用功的话，如今胤禛以刻苦赢得老师夸奖，让他倍感欣慰。

可是胤禛毕竟还是个孩子，过了一段时间，胤禛也受到了老师的批评和惩罚。这次惩罚因何而起呢？

一次惩罚

初冬时节，康熙为皇子们又聘请了一位老师。这位老师姓张，名庄，字谦宜，山东胶州城水寨人。他出身学问世家，自幼深受家庭熏陶，加之天分极高，少年时代便以诗词闻名于世。青年时代起，他潜心宋儒性理之学，是有名的大家。后来，他考中进士，因为痴迷学问，闭门潜心著书，不肯入仕做官。他的著作内容包括经史、地理、诗文、理论、方志、谱牒、传记等，数量之大，范围之广，在山东胶州学者中首屈一指，在明清山东学者中也少见。康熙见他学富五车，才高八斗，打算请他做皇子们的老师。

一开始，张谦宜没有答应康熙的邀请，不肯入宫。后来，在张英等大学士劝导下，才勉强答应下来。不过，他依然坚持自己为人做事的风格，不但执教很严，而且不避权贵，视皇子如平民，经常批评处罚他们。很多次，在皇子们完成不了他交代的作业时，都会毫不留情地体罚他们，罚站或不让按时吃饭。这在大清皇宫可是前所未闻的事情，以致皇子们听到张谦宜的名字，都会皱起眉头。

春节过后的一天，张谦宜又给皇子们上课，他讲完内容后，要求皇子们抄写课文三遍。刚刚下过一场大雪，虽然书房内有暖炉，天气还是很冷，皇子们打开笔墨，展开纸张，认真地书写着，时间久了，手脚发麻，于是不住地往手上呵气。张谦宜看着看着，不由板起面孔说："学子们十年寒窗苦读，才会有所成就。你们坐在这么暖和的地方，还嫌冻怕冷，太不应该了。"

胤禛放下手里的笔，抬头说道："谁嫌冻怕冷了？大家不都在认真地写吗？真是个老学究。"康熙曾经赐给张谦宜"山东学究"的匾额，为此，很多人称呼他"老学究"。

张谦宜生气了，怒冲冲地说：“哼，认真地写？就你们这么慢吞吞，什么时候才写完？”

太子胤礽不高兴了，也扔下笔，盯着张谦宜说：“你是不是又看我们不顺眼了？告诉你，皇阿玛为我们请的师傅多着呢，没有一人像你这样苛责不通情理的。”

张谦宜十分恼火，啪的扔下手里的书本，提高嗓门说：“万岁爷让我来，是来教你们的，不是来通情理的。既然太子这么说，看来我是来错了，我走！”说着，他当真大踏步往外走去。

被文学大家王国维评为“北宋以来，一人而已”的清朝著名词人纳兰性德。

这可吓坏了胤禔和胤礽，康熙一直要求他们尊重师长，要是得知他们把张谦宜气走了，还不严厉地惩罚他们？想到这里，两人赶忙对几位侍读使眼色，让他们拦住张谦宜。侍读中有一人名叫纳兰性德，清满洲正黄旗人，原名成德，字容若，号楞伽山人，大学士明珠长子。纳兰性德才气出众，善诗，尤工于词，后又潜心经史，著有《纳兰词》、《通志堂集》，另编有《通志堂经解》，是清贵族中首屈一指的才子。他科举中了进士，授三等侍卫，晋一等侍卫，本来前途无量，可他无意仕进，喜交文士。从 20 多岁起，就被康熙选定为皇子侍读。他年纪最长，看到这种局面，忙起身追赶张谦宜，劝说他不要离去。

皇兄与张谦宜争执，乐坏了胤祉和胤禛，他们年纪小，喜欢凑热闹，看到一向威严的张谦宜被气走了，觉得好玩，也放下笔墨，跟着起哄。这边，张谦宜在纳兰性德的劝说下转回书房，本想着皇子们有所收敛，看到他们依然故我，根本没把自己当回事，恼羞成怒，拍打着书桌说："万岁爷让我来教导你们，你们不尊师教，任性妄为，今天我就好好惩罚你们。"说完，他亲自走到书房外，搬回一摞砖头，喝令几位皇子跪到上面。这可让纳兰性德和其他侍读十分惊吓，他们连声说："老师，使不得！使不得！"

张谦宜固执地说："我以前在乡下做过先生，经常罚学生们跪砖，有什么使不得？"

纳兰性德说："阿哥们身分贵重，哪能和村野小儿相比？"

张谦宜不听劝阻，坚持说："不尊师教，就该罚跪！"

结果，几位皇子拗不过张谦宜，被迫跪到了孔子先师像前。侍读们哪敢让皇子们单独受罚，也一个个搬来砖块，乖乖地跪下来。为了惩治几位皇子，张谦宜还拿来几个碗放到他们头顶上，不准他们随意乱动。这种绝无仅有的处罚自然吓坏了书房内外随侍的太监，他们慌不迭地跑去乾清宫向康熙奏报。

康熙没有想到张谦宜竟敢如此大胆，大吃一惊，放下手里的奏章赶向尚书房。当他看到儿子们头顶瓷碗，膝跪青砖，一动不敢动的样子时，心疼、受辱以及愤恨的情绪一股脑涌上脑门，他一脚踏进门来，大声喝问："张谦宜，你太放肆了！朕叫你教导阿哥们，你就是这么管教他们吗？"

张谦宜毫不胆怯，落地有声地回答："是，阿哥们不尊师教，学习懈怠，就该受罚。"

“你……”康熙气得脸都红了，“你大胆！阿哥们身分与常人不同，怎能随意下跪？”

张谦宜想也没想就说：“学为尧舜之君，不学为纣桀之君！既然万岁爷知道阿哥们肩负国家重任，更应该从小就要求他们勤奋学习，尊重师长，不能助长他们享乐和懒惰的习气。”看来，这位来自山东的老学究将帝王之家真当成了一般人家。

康熙虽然知道张谦宜说得有理，可依然怒火升腾，无法控制自己的情绪，他从鼻孔里哼了一声，拂袖而去。众人看着他离去的身影，一个个胆战心惊，不知道他会如何处置张谦宜？

第三节　仁爱为本

为老师讲情

张谦宜惩罚皇子触怒龙颜，不少人暗暗猜测康熙肯定会严惩张谦宜，都为他捏了一把冷汗。康熙本人呢，回到宫中后仍然怒气不减，对佟佳氏说：“这个老学究，看朕怎么惩治他。”佟佳氏不敢多言，想了想说道：“万岁息怒，不要气坏了身体。”

这时，胤禛从书房回来了，他小心地走进来站在父母身边，垂头不语。佟佳氏刚要派人带他下去，康熙喊住了他：“四阿哥，你不要走，你说，今天到底怎么回事？”

胤禛一五一十说明了事情的经过，又不敢言语了。

康熙听完了，琢磨一会儿突然有了个主意，他问：“四阿哥，依你看，皇阿玛该如何处治张谦宜？”

“处治？”胤禛脸色涨红了，显然无法想象这样的事情，迟疑了一会儿才说，“师傅处罚我们，是为了让我们好好学习，这也是皇阿玛一直教导我们的。今天我们做错了，师傅就该处罚我们。要是皇阿玛因此处治师傅，我觉得……觉得……”

“觉得什么？”康熙追问。

“不应该处治张谦宜，他又没做错。”这句话脱口而出，说完后胤禛长长出了口气。

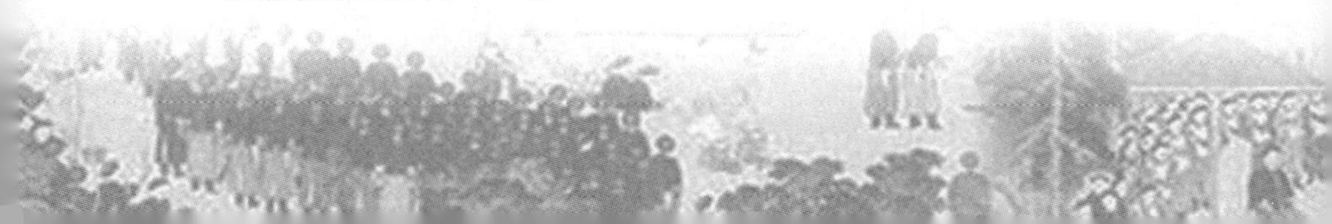

康熙惊讶异常，他盯着胤禛好像不认识他一样，一时语塞。佟佳氏不明白康熙是什么意思，担心胤禛说错了话，小心地插嘴道："四阿哥，张谦宜敢罚阿哥们下跪，这还了得。你怎么说他没做错呢？应该处治他，狠狠处治他！"

胤禛抿着小嘴，胆怯而又坚定地看着康熙，并不说话。

康熙忽然笑了，慈爱地拍拍胤禛的肩头："嗯，不错，小小年纪有些胸怀。"其实，康熙被张谦宜顶撞，一开始心里不太高兴，可他是个明智的君主，很快就想开了。同时，他又是个谋略极深的人，立刻想到通过这件事考察儿子的心怀和智量。胤禛没有记恨张谦宜，还真诚地为他讲情，认为他没有做错，这在康熙看来，确实难得。

佟佳氏看到康熙夸奖胤禛，莫名其妙，问道："万岁刚刚不是要处治张谦宜吗？怎么……"

"呵呵，"康熙继续笑着，"阿哥们身为皇子，将来要治理天下，不仅需要渊博的知识，出众的才能，更要有宽广的胸怀，才能容纳天下，成就帝王之业。如果为了一丁点小事动辄发怒施威，毫无仁爱之心，怎么可能得到百姓爱戴？"

佟佳氏恍然明白，高兴地说："万岁以仁爱治理天下，也以仁爱教导阿哥们，他们肯定会成为出色的人才。"

胤禛认真地听着父母谈话，知道他们赞同自己的主张，格外开心，开口说道："皇阿玛，以后我一定刻苦学习，不再惹师傅生气，也不让您和皇额娘跟着操心。"

听着他稚嫩真诚的话语，康熙和佟佳氏相视而笑："四阿哥知道心疼父母，真是仁孝的孩子啊。"

从这件事中，康熙看到了胤禛真诚和仁孝的性格，十分满意。接下来他在考察其他皇子时，这种印象更加深刻了。几天后，他分别向胤禔、胤礽和胤祉提出了同一个问题：如何处治张谦宜？结果得到的答案与胤禛不同，胤禔认为："张谦宜太狂傲了，不但处罚皇子下跪，还敢顶撞父皇，这样的人应该重重地处治。"胤礽的说法是："张谦宜目无万岁和储君，是对皇权和大清的蔑视，多年来，汉人一直不服我们的统治，我看他也是这样的汉人，留之无益。"胤祉却说："张谦宜一介学究，学问做得好，却太固执，不适合为人师表。"康熙仔细分析他们的答案，虽说各执己见，但透露出共同一点，这就是张谦宜做错了，而皇子们没错。这与胤禛主动承认错误，为张谦宜求情，是截然不同的心态和做法。经过这番比较，康熙更加喜爱胤禛了。

此后，张谦宜依然留教尚书房，数年之后，他成为胤禛的专职老师。在他严厉督导下，胤禛学业进步很快，拥有了扎实的儒学基础。康熙对张谦宜的了解也不断增多，发现他一心著书，家里很穷，就想了个办法让他发财。他命人逮捕了一位贪官，放出话说只有四阿哥胤禛的师傅求情才能释放，意思明摆着是让张谦宜揩点油水。果然，贪官的家人听到风声，立即携带千两银票去拜见张谦宜。张谦宜正在屋内读书，见到来人递上的银票，伸手拂到地上说了声："该杀！"接着埋头读书，再也不理睬来人。康熙知道事情的经过后，叹口气说："这个老学究，真是书呆子，我还想放他出去做几年官，看来确实不是做官的料，就让他教一辈子书吧。"后来，胤禛长大成人，张谦宜就回乡教书了。等到胤禛做了皇帝，想起恩师张谦宜，觉得他知识渊博，为人正直，正是他对自己严格要求，才学到了丰富的知识，在诸位皇兄皇弟中脱颖而出，于是下诏让他进京做官。远在胶州的张谦宜得到消息，不肯入京为仕，悄悄隐退山林，从此再也无人知道他的下落。胤禛听说后，非常感慨，特意命人给他家送去礼品，感激张谦宜当年的教导之恩。

替兄受过

宫苑深深，岁月匆匆，胤禛在尚书房读书两年多了，在各位名家大儒教导下，他不但学习了经史文章，还读了不少理学典籍，熟练地掌握了满汉两种文字。另外，每天下午，他和皇兄们还在师傅带领下学习骑射，练习强身健体的功夫。经过这段时间的磨炼，他变得更为健壮，常常骑马飞奔，梦想着能够参与南苑围猎活动。

我国特有的世界稀有动物——麋鹿，早在三千多年前的周朝时，麋鹿就被捕进皇家猎苑，一直到清康熙、乾隆年间，在北京的南海子皇家猎苑内尚有二百多头。

南苑俗称南海子，位于北京南二十里，方圆一百六十里，是元、明、清三代的皇家苑囿。大清入关后，擅长狩猎骑射的满族贵族对南海子情有独钟，投入大量人力物力重加修葺，以南苑名之。据《日下旧闻考》，“南海子即南苑，在永定门外。元时为飞放泊，明永乐时复增广其地，周垣百二十里。我朝因之，设海一千六百，人各给地二十四亩。春搜冬狩，以时讲武。恭遇大阅，则肃陈兵旅于此。”每年冬日，天子都会率领文武大臣在南苑围猎，他们把狼、狐等食肉动物列为主要捕杀对象，称之为“打狼围”。

围猎日期一天天临近了，这天，胤禛在尚书房读书，课间休息时，大家不免议论起围猎的事来。大阿哥胤禔已经十四五岁了，从10岁起他就参与围猎，几年来每每狩猎都有所收获，有时捕获几只野兔，或射中几头小鹿，猎物虽然不多，可对于尚未参加过围猎的胤祉和胤禛来说，就是极大的诱惑。两人无限向往，恨不能立即赶到围猎现场，亲眼看一看壮观的狩猎场景。

胤祉和胤禛被围猎深深吸引，两人商量后，决定前去求太子胤礽帮忙，带他们参加今年的围猎。由于太子身份特殊，需要接受的教育和掌握的知识与普通皇子不同，1年前他已经搬到单独一间的书房，与他们分开学习了，这叫出阁讲学。胤祉和胤禛探头探脑来到胤礽书房外，趴在窗子上往里瞧，巧的是，书房里只有胤礽一人。他们从窗子里爬进去，拜见过太子后说出了自己的请求。胤礽看看左右无人，悄悄说：“带你们去不难，可你俩太小了，不懂骑射，去了能干什么？”

胤禛说：“怎么不懂？我早就会骑马了，也能拉弓射箭了。”

“是吗？”胤礽有些不信，“你能拉弓射箭？恐怕你还拿不动弓箭吧。”

“拿动了，拿动了，”胤禛着急地辩解，担心胤礽不相信，巡视四周，用力搬起一张小桌子说：“你看，我能搬动桌子呢。”

胤祉在一边为他作证：“老四比我有力气，前几天他还射中了练武场的一块靶心呢。”

胤礽瞧着胤祉说：“那你呢？你射中了吗？”

胤祉搔搔头皮，不好意思地说：“没有，我不爱骑射，我喜欢读书，我能熟背《诗经》全篇啦。”

康熙接受历朝历代在册立太子问题上遇到的教训，试图通过严格而系统的教育，为自己塑造一位成功的接班人。因此，胤礽自幼得到的教育比起几位兄弟来，可以说更为全面而细致，在学业上尤显突出，不管文采还是武功，都是相当优异。他已经参与三次围猎，每次都有所斩获，得到康熙和大臣们一致夸奖。受此影响，年少的他不免有些骄傲，听说胤祉只会背诵诗篇，更是不以为然，对他说：“背诵《诗经》有什么用？能获得强壮的身体和统帅天下的本领吗？你呀，就是个书呆子。我看还不如老四呢，虽说刚直一些，可还是个有用的。”

胤禛听到太子夸奖自己，欣喜不已，急忙道：“那你答应带我们去围猎了？”

胤礽说：“答应了，到时候你们就跟在我的卫队后面，我会安排他们照顾你们。记住了，不要乱跑，万一让父皇看见，事情就麻烦了。”

胤祉和胤禛连忙谢过胤礽，欢天喜地地跑回书房去了。

半月后，围猎活动开始了，在胤礽安排下，胤祉和胤禛乔装改扮，混入卫队行列。第一天，他们跟在卫队后面观望他人射猎，只见从康熙到普通士兵，一个个都是全副武装，骑着精良的马匹，手挽弓弩，时而奔驰，时而勒马，显得格外威武。兄弟俩觉得十分有趣，紧紧追随在队伍后面，不住地为射杀到猎物的人喝彩叫好。黄昏时分，胤礽射获了一只狍子，胤祉和胤禛非常激动，凑过去与侍卫们一起收拾猎物。结果，事情露馅了。

清代《射猎图》，表现清贵族冬季围猎生活的画卷。

康熙听说胤礽射中猎物，亲自过来观看，他一下子发现了胤祉和胤禛，当即喝问："你们好大胆子，不知道没有允许不准参与围猎的规矩吗？说，是谁让你们来的？"

胤祉和胤禛慌忙跪在地上，互相对视一眼，谁也不敢说话。

康熙似乎明白了事情的原委，转向胤礽问："是你带他俩来的？"

胤礽也赶紧跪下了，张口结舌地推托道："事情与儿臣无关，是……是……"

胤禛忽然接口说："回禀皇阿玛，这件事情不是太子的错，是我和三哥求他，他才带我们来的，求皇阿玛不要怪罪太子。"胤祉一听，也忙应承："是，是我和老四的错，与太子无关。"

康熙微微点点头，语气缓和地说：“你们兄弟倒是重情义，肯为他人担当。太子，你说，这件事情该如何处置？”

胤礽想了想，有些不情愿地说：“儿臣带头犯错，听凭父皇责处。”

康熙由怒转喜，望着几位儿子说：“三阿哥 9 岁了，已经到了参加围猎的年龄，四阿哥虽说小 1 岁，不过能文爱武，体格不错。既然你们这么想参加围猎，朕准许了。”

三兄弟不但没有受罚，反而获准参加围猎的资格，一个个喜笑颜开，谢恩而去。这边，一位叫尹泰的大臣提醒康熙：“万岁，这么做会不会纵容阿哥们和太子爷？”

康熙笑道：“太子既是将来的君主，又是兄弟们中的一员，他要依靠这些兄弟治理天下，朕应该给他机会。你没看见，三阿哥和四阿哥主动为太子开脱吗？这俩孩子倒是仁义。”说到这里，他眼前不由浮现胤禛为张谦宜求情的事，觉得这个儿子经过学习，与先前急躁、倔强的个性相比，更多了份真诚和仁爱，心里颇感欣慰。

尹泰听罢，信服地说：“万岁考虑得真周全。”

围猎过后，胤禛和兄弟们又恢复了以往刻苦读书的岁月，尚书房内，又响起了朗朗的诵读声。在这些时日中，他的学问渐渐增长，遇到了许多有意思的事情。

第四节　学问长进

评论《长相思》

胤禛在学习中一天天成长，知识不断增加，思考问题的能力也逐渐增强，养成了读书的好习惯。更为重要的是，在父皇和师傅们的影响下，他的心胸和眼界逐渐开阔，性格得以磨练，这为他日后的成功打下了基础。

有一天，侍讲顾八代为皇子们讲授满文课程。课毕，众人讨论时，他对在座的纳兰性德说："纳兰公子，你是我朝有名才子，请为阿哥们用满文赋诗一首吧。"

纳兰性德缓缓起立，略一沉思，说道："在下曾经随从万岁爷赴盛京，途中日行夜宿，跋山涉水，越过重重关隘，一路上感慨很深，写了一首《长相思》，今日献丑，读给大家听听。"

"好！"众人拍手喊好。

纳兰性德用低缓的语调念道：

山一程，水一程，身向榆关那畔行，夜深千帐灯。
风一更，雪一更，聒碎乡心梦不成，故园无此声。

他用满文念完，似乎意犹未尽，又用汉语念了一遍。这首词是纳兰性德最出色的诗词之一，自从问世，得到无数文人墨客赏识，就连康熙也评论说：“纳兰性德经过刻苦学习，做出如此优秀诗词，不亚于汉人文学家，这是我们满人的骄傲。”清人在入关前，一向重视骑射武术，没有正式的文字，缺乏文学素养。入关后，他们之中不少人依然认为文学无用，不肯学习，也不培养子孙读书。为此，康熙以身作则，努力攻读汉书经典，还严格要求皇子们学习。所以，纳兰性德做出著名的《长相思》之后，他格外激动，在清朝大臣中多次提到此事，无非就是要提高他们学习文化的兴趣。

顾八代是满洲镶黄旗人，去年入值尚书房，成为皇子们的老师。他早就读过《长相思》，今日听纳兰性德亲自朗诵，依然十分欣赏，对皇子们说：“请各位阿哥评一评这首词。”

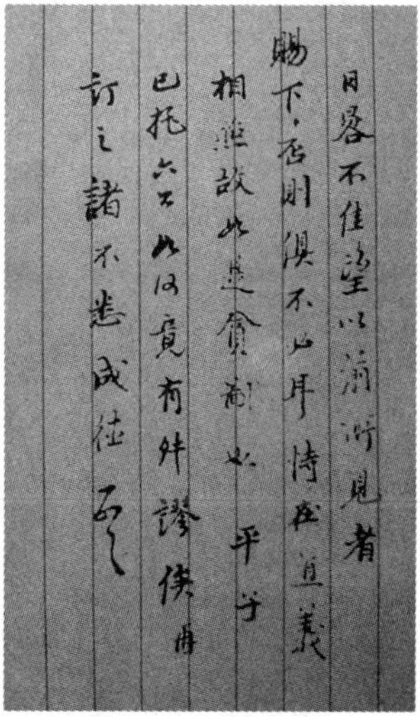

纳兰性德手迹。

大阿哥胤禔的母亲是纳兰性德的父亲明珠的妹妹，也就是说，纳兰性德与大阿哥是表兄弟。明珠在朝中地位很高，与太子的叔外公索额图并列宰臣之首，他们凭借着特殊的身分，影响很大。胤禔母子与明珠一家交往很深。现在胤禔第一个发言：“皇阿玛说了，这首词是我们满人的骄傲，超过任何汉人作品。”

太子胤礽今日也与大家一起学习，他打断胤禔的话：“皇阿玛只是说这首词非常优秀，并没有说超过任何汉人作品。”

胤祉富有文学天赋，经常对文章做出深刻的见解，插嘴说：“这是满人作家中绝无仅有的作品，用词简洁凝练，意境优美感人，我最喜欢最后一句，‘风一更，雪一更，聒碎乡心梦不成，故园无此声’。多么形象，多么逼真，真是绝妙！”

纳兰性德谦虚地说：“三阿哥过奖了。”

胤禛开口说：“三哥分析得精辟，不过我却有新看法。”

众人一惊，同时望着胤禛，等他发表高见。胤禛说：“我喜欢这首词的前半段，‘山一程，水一程，身向榆关那畔行，夜深千帐灯’。富有豪迈气概，读起来更觉过瘾。要是我也随父皇远征，能够领受在帐篷过夜的滋味，那该多好！”

胤礽笑着说：“瞧你这点出息，在帐篷中过夜有什么好的？哪里比得上皇宫大院。”

胤禛反驳道：“行程万里，志在天下，这是好男儿的向往，在皇宫大院能见识什么？我读过辛弃疾的‘醉里挑灯看剑，梦回吹角连营。八百里分麾下炙，五十弦翻塞外声，沙场秋点兵。马作的卢飞快，弓如霹雳弦惊。了却君王天下事，赢得生前身后名，可怜白发生！’觉得这种豪侠气概真是不同一般。”

胤礽依然不同意他的观点，说：“文人墨客喜欢夸张做作，写出来的东西很多不合时宜，过分推崇只会让他们骄傲自大。”

“现在我们讨论文章，并不是讨论文人。”胤祉不满地说。

“对，”胤禛说，“皇阿玛经常对我们说，文章天下事，说明文章是很重要的，我们天天学习，就是通过文章学习做人做事的道理。”

“哼，”胤礽生气了，“你们俩知道什么？读过几天书？敢在这里卖弄！”

胤祉本想继续发言，看到太子发火了，欲言又止，慢慢坐下来用书本遮住面孔，悄悄地观望着。胤禛一时性起，没有想到这么多，冲着胤礽反问："我和三哥已经读了 3 年书，读过许多典籍，怎么不能评论文章？"

"3 年算什么？"胤礽不屑地说，"你随便问问朝中的哪位臣子，谁不是读了几十年书？他们都不敢胡乱评论文章，哪轮得到你们？"

顾八代一直细心地听着皇子们辩论，见他们对文章、文人有自己独特的见解，十分欣慰。特别是胤禛说出豪迈之感时，他不由想到，四阿哥生在富贵乡中，生活安逸，却有大丈夫志在四方的气概，倒是可喜可贺。这时，他见皇子们争执起来，担心事情闹大了不好收场，出面说道："各位静一静，讨论结束了。这几天我听说了几个谜语，给大家猜一猜好不好？"

"好！"皇子们与普通孩子一样，也是爱玩的。

顾八代说："一月复一月，两月共半边，上有可耕之田，下有长流之川，六口共一室，两口不团圆。猜一个字。"

胤禛和几位兄弟、侍读听了，有的在手心里比划，有的在桌子上写写画画，还有的闭目苦思，争相猜测谜底。纳兰性德显然知道谜底，他一动不动地坐在那里，静静地看着皇子们猜测。不一会儿，各位皇子开始轮番说出自己的谜底，可惜都错了。顾八代提醒道："我们学习儒学，学习中庸之道，其中最要紧的是什么？"

没等他的话音落地，胤禛抢先回答："中庸之道乃为之用，谜底是'用'字。"

顾八代点头说："好，回答得好。还有一个谜语，大家听好了,‘上不在上,下不在下,不可在上,只宜在下!’”

这又是个什么字呢?大家疑惑地猜测着,不知道这次是谁猜对了?

用千里镜观测月食

众人苦思冥想,不知道谜底是什么,顾八代看看时候不早,说:“回去继续猜吧,今天的作业就是它了。”

胤禛走出书房,在太监护送下转回宫中,一路上他只顾思索谜语,竟然几次走错方向。随行太监叫小钟用,他不住地提醒说:“四阿哥,您往东,四阿哥,您往西。”这样说来说去,胤禛有些烦了,训斥道:“我在思考问题,你不要说话打扰我。”

小钟用吓得不敢出声了,可又担心出问题,只好亦步亦趋地跟随着,一步不离左右。他们主仆两人这般赶路,引起一人注意,这就是前来皇宫拜见皇贵妃的隆科多。隆科多是皇贵妃佟佳氏的弟弟,一等公佟国维的儿子,朝廷一等侍卫,算起来是胤禛的娘舅。由于他经常进宫,与胤禛早就熟识,两人关系不错。隆科多奇怪地看着胤禛和小钟用,不解地上前询问:“四阿哥,您怎么啦?小钟用为何跟得这样紧?”

胤禛见到隆科多,这才回过神来,高兴地说:“舅舅,你什么时候来的?对了,今天师傅出了一个谜语,我们都没有猜出来,你知道答案吗?”说着,他把谜题告诉了隆科多。

隆科多想了想,摇摇头说:“阿哥们都猜不出来,我哪里知道?走,回去问皇贵妃娘娘。”他们正准备回宫,突然远处跑来一位太监,急急地喊住胤禛说:“四阿哥留步,四阿哥留步。万岁有旨,宣各位阿哥进宫见驾。”

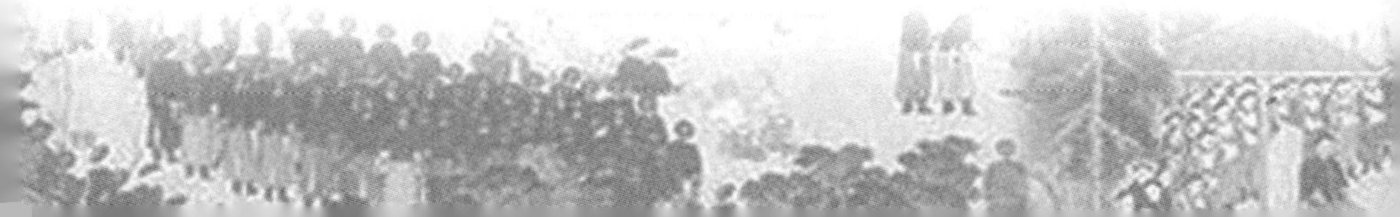

胤禛觉得好奇怪，心想，这么晚了有什么事？他不敢耽搁，急忙和隆科多一起向乾清宫而去。路上隆科多小心地向太监打听发生了什么事，太监悄悄告诉他："宫里来了几个洋人，万岁打算让阿哥们向他们学习新鲜的学问。"

"有这样的事?"隆科多十分惊奇，他知道康熙喜欢西学，先后拜过几位西洋师傅，还在宫中任命几位西洋人做钦天监，负责气象等事，可他没想到康熙会让皇子们也学习西学。这样一路想着，很快来到乾清宫。

果然，康熙召见皇子，正是为了西学一事。负责气象的西洋钦天监根据天文观测，预报今天将有月偏食发生。康熙了解到月食是一种自然现象，并非传说中的天狗吃月亮。为了验证其中的科学道理，他特意让几个儿子到乾清宫，与他一起用科学仪器观测月食现象。

这件事显然出乎胤禛兄弟想象，他们奇怪地盯着桌子上的千里镜，不过黑秃秃一个铁架子，怎么可能看到遥远的月亮呢?再说，传说中天狗吃月亮时，人们应该敲锣打鼓驱赶天狗，现在却要搬着一个铁架子观望，会不会触怒天神？他们深受传统思想影响，对于先进的西学缺乏认识，自然无法想象月食的真实情况。康熙似乎看出了儿子们的疑虑，招呼说："来，谁帮皇阿玛一起搬这个千里镜?"

几位皇子面面相觑，最后，太子上前说："皇阿玛，这就是千里镜吗?"

"是啊，"康熙说，"它可以看到千里之外的东西，故而取名千里镜。走，你们跟父皇一起到院子里，用它观测月亮变化情况。"

胤祉走过来抚摸一下千里镜，惊异地说："这个铁家伙竟然

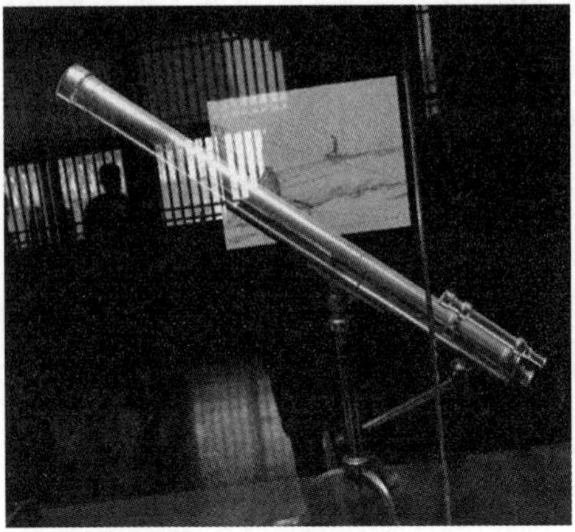
大清皇帝使用过的天文望远镜。

可以看到千里之外，成了天上的神仙千里眼了。”

“千里眼？”胤禛也走过来，一边伸手触摸千里镜，一边前后左右打量着，不明白它为什么具有如此神奇的功能。

康熙和儿子们亲手搬动千里镜，把它挪到院中的台子上。几个西洋人帮助他们架好，调整方向和距离，然后与康熙轮流观测，确保安置成功了才叫几位皇子上前观测。这个过程中，胤禛兄弟始终目不转睛地观看着，觉得有趣极了。特别是胤祉，他最爱用心学习，看到他们调试的整个过程后，之后竟然学会了安装千里镜。不过重要的是先来看看他们观测月食的情况。

过了许久，天上的月亮出现阴影，月食发生了。康熙连忙安排胤禛兄弟轮流用千里镜观察，并不时向他们提出问题，询问他们观测到的情况。

康熙不但带领儿子们观测月食，还带领他们观测日食，多年后，胤禛做了皇帝，曾经回忆起当年父皇带领他们兄弟观测日食和月食的事情。他说：“昔年遇日食四五分之时，日光照耀，难以仰视。皇考亲率朕同诸兄弟在乾清宫，用千里镜，四周用夹纸遮蔽日光，然后看出考验所亏分数。此朕身经试验者。”

在康熙的言传身教影响下，皇子们对自然科学技术的兴趣日渐浓厚。当时，一位来自法国的传教士白晋在给法王路易十四的信中曾说，康熙让皇子们看了所有由西方传教士帮助制作的装饰精美的教学仪器，并亲自带他到天文观测台观览。他还说："皇帝对计数表（传教士洪若翰等专为康熙制造）极为重视，他一学会使用，就立即教给皇太子；而皇太子则为了表明对计数表的重视，把它装在套子里，挂在腰带上。"

位于今天北京建国门外的天文观测台。

不仅如此，康熙还根据儿子们不同的自身条件，有选择地在某一方面进行重点培养。就在这次观测月食之后，他发现三阿哥胤祉非常适合学习几何学，于是亲自给他讲解几何学原理。在他倾心教导下，胤祉成为皇子中最博学者。他后来又学习律吕知识，主持编修《律历渊源》，将中国、外国钟盘（磬）丝竹等乐器，分门别类，改正错讹。

那么，胤禛受到了西学的哪些影响，他的学习和生活之路又会出现哪些变化呢？

胤禛和兄弟们读书骑射，进步很快。这时，在他的生活中出现了一位对他影响深远的人物，这个人名叫顾八代，能文善武。有一次，顾八代穿着破洞衣服给皇子讲课，引起一场勤俭之争。面对与众不同的顾八代，胤禛会是什么态度呢？

一次射击比赛，引发一场学以致用的教育，顾八代得到康熙认可。而顾八代讲述的“一袋金子”、“母亲不裹脚”两个故事，又会对胤禛产生哪些影响呢？

第三章

恩师顾八代 教学有方受益长

第一节　恩师顾八代

文才武略的顾八代

胤禛第一次用千里镜观测月食，感触很深，在先进的科技面前，他表现出浓厚的兴趣。这天夜里，他躺在床上左思右想，几次爬起来遥望天际，不明白千里镜怎么会有那么神奇的功能？这件新奇的事情强烈地吸引着他，让他忘记了白天猜谜语的事。

第二天一大早，胤禛匆匆赶往尚书房时，才忽然记起昨天猜谜语的事，不由着急地想，师傅昨日留了猜谜的作业，我竟然忘得一干二净，这可如何是好？他放慢脚步，一路思索着朝前赶路。跟班的小钟用眼看着时间不早了，提醒道："阿哥爷，天光大亮了，再不快点就要去晚了。"

胤禛正着急，哪肯听他唠叨，不耐烦地制止他："别说话！打扰我的思路小心挨板子。"

小钟用不敢吱声，默默地跟在身后。主仆两人一前一后慢吞吞赶路，走到尚书房时果然晚了。今天的侍讲还是顾八代，他皱着眉头问："四阿哥，你一向来得早，今日为何这么晚？"

顾八代入值尚书房以来，一直是胤禛的老师，他对这位勤恳好学，做事认真的皇子十分看重，常常夸奖他"勤奋，肯学"。胤禛也非常尊重正直博学的顾八代，与他关系格外亲近，特别喜欢他朴实勤俭的作风。那么,顾八代是何来历?他会给胤禛的学习和成长带来哪些影响?这恐怕要从他的身世和经历说起。

顾八代姓伊尔根觉罗氏,年少时喜欢读书,善于骑射,顺治十六年(公元 1659 年)从征云南立下战功,被授予户部笔帖式,后改任吏部郎中。康熙十四年(公元 1675 年)康熙考核旗人官员,顾八代名列第一,擢升为翰林院侍读学士。康熙十六年,他跟从莽依图大将军征战广西,参与平息“三藩之乱”的战斗。大军还没有到达目的地,广西巡抚傅弘烈就与吴三桂部下吴世琮交战,不幸大败,向莽依图部紧急求救。

莽依图带领军队前去救援,顾八代反对说:“我军还在途中,临时组织阵营散乱无序,如果与敌人相遇,恐怕很难取胜。”莽依图没有听从他的意见,依旧率军前行,结果与吴世琮的军队相遇,不敌而败。莽依图带领兵马仓皇退到梧州驻扎,吴世琮部乘胜追击。顾八代带兵拼命抵抗,打退了敌人。他向莽依图建议说:“敌人暂时退却了,肯定还会再来,请大将军一定要加强防备。”这次,莽依图听取他的意见,命令部队加强防守,以防不测。

果然,除夕这天,吴世琮率领三万兵马偷袭而至。由于清军做好了准备,以逸待劳,再一次打退了敌人。从此,莽依图对顾八代刮目相看,把他视为身边的心腹,交给他很多重要军务。第二年,清军挺进盘江,又遇上了吴世琮的部队。仇人相见分外眼红,莽依图本打算与敌军展开一场激战,没想到身染重病,无力指挥军队。无奈之下,他把所有军务交给顾八代,让他与副都统勒贝等率军渡江,与敌决战。

顾八代分析局势,机智果断地采取了多面夹击的策略,将兵马分为左右两路,向敌人展开攻击。清军首先攻破敌人左翼,顾八代下令兵马合力攻击敌人右翼。在强力夹击之下，吴世琮的部队逐渐不能支撑，溃败而散，他本人也突出重围，落荒而逃。顾八代没有任其逃亡，而是下令精兵强将追击。吴世琮眼见无路可逃，在江边拔剑自刎。这场战争胜利后，顾八代名声大振。接着，清军进攻南宁，遭到吴三桂十万大军阻拦，在强敌面前，不少将领露出畏难情绪，战争进展受阻。

在这种情况下，顾八代挺身而出，自告奋勇冲入敌人阵营，与敌人展开激战。受其鼓舞，将士们士气高涨，一个个争先恐后杀入敌营，奋力苦战。终于，他们攻破了敌人用十万兵马建造的铜墙铁壁，大败敌军。

顾八代的赫赫威名传到京城，得到许多人赞赏。京察、掌院学士拉萨里、叶方蔼以他从征有绩效为由，打算向康熙推荐他。可是大学士索额图从中作梗，认为他为人“浮躁”，不值得推荐，这件事就这样耽搁下来。然而不久，莽依图亲自上疏向康熙推荐了顾八代，说他：“从征三载，竭诚奋勉，运筹决胜，请留军委署副都统，参赞军务。”康熙接到奏疏，批准了莽依图的建议。

后来，莽依图去世，顾八代跟随平南大将军赉塔南下云南，攻会城。在这一战中，他又提出了决胜性的策略，认为应当先取银锭山，俯瞰城内，方能方便进攻。勇略将军赵良栋采取顾八代的计谋，果然取胜。此后，战争结束，顾八代回归京城，康熙知道他的各种事迹后，遂委以重任，并让他做了侍讲大学士。

顾八代作为一个有勇有谋、以军功扬名的将领，能够成为皇子们的师傅，其中还有其他隐情吗？

勤俭之争

康熙之所以选中顾八代，不仅在于他军功赫赫，还因为他文才出众。当年满人官员会试中，他曾经取得第一名的好成绩，这样一位具备文才武略的人物，自然得到康熙赏识。另外，顾八代为人正直勤俭，做事刻苦努力，为官十分清明，这样的品性人格非常难得，康熙为了教导皇子们成材，当然会选择这样的人做他们的师傅。

顾八代做了皇子师傅后，依然秉持个人风格，从不以此夸耀自己，也不因此追求物质上的享受，他和家人过着清贫的生活，衣食穿着甚为俭朴。康熙得知后，打算送给他一些财物帮助他，却被他婉言谢绝了。康熙说："你现在是皇子们的师傅，过于寒酸，有失体面。"顾八代回答道："勤俭是立家之本，也是立国之本，我认为这不会损害体面。"康熙没有办法说服他，也就任由之。

然而，生在帝王宫苑、见惯了奢华富贵的皇子们，对这位节俭的师傅却是看法不一。胤禔和胤礽就多次悄悄议论他："身为朝廷一品大学士，皇子师傅，一点贵重的气派也没有，经常穿着破旧衣服，这样的人怎么配做我们的师傅？"胤祉和胤禛则不同，他们年龄小，对于他人评价比较感性，受外在因素影响较少。他们只是觉得顾八代教学风格浅显平实，为人做事爽直不做作，所以对他印象不错。特别是胤禛，与顾八代性情相投，两人的关系很快亲近起来，超出他人。这一点所有人心知肚明，不过胤禔和胤礽看不起顾八代，也就不会为此争风吃醋，反而听之任之，这样反倒方便了顾八代和胤禛的交往。有一次，顾八代来得匆忙，穿了一件带破洞的朝服，引得胤禔、胤礽当堂大笑。胤禛站出来为他打抱不平："圣人说：'君子食无求饱，居无求安，敏于事而慎于言，就有道而正焉。'师傅穿着俭朴有什么不对？我们也应该像他那样勤俭节约才对。"

胤禔说："现在天下升平，百姓富足，一般人都过上了衣食无忧的日子，顾师傅是朝中大员，拿着朝廷俸禄，难道没有钱买件新衣服？我看他这样做，是故意丢大清的颜面！"

胤禛立刻反驳："历来奢侈浪费，不顾百姓疾苦才是朝廷大患，勤俭怎么会丢脸？"

太子胤礽打断他的话说："此一时，彼一时，如今天下百姓哪来的疾苦？你这样说，不是指责皇阿玛吗？真是人小胆大，不要说了！"

顾八代为胤禛贵而不骄、富而不淫的品性所喜，高兴地说："阿哥们不要争了，前番万岁爷问我为什么不肯穿着好一些，我说：'勤俭是立家之本，立国之本。'我家里清贫，朝廷发下的俸禄还不够我添置书籍，一家人也就这么过了。所谓乐在其中，颜回'一箪食，一瓢饮，在陋巷，人不堪其忧，回也不改其乐。'就连他的老师孔圣人都发出'贤哉，回也'的感慨。可见他能从苦中体会乐趣，我们为了追寻先圣足迹，也要像他学习。如今虽说国泰民安，衣食丰足，可是骄奢浪费万万要不得，你们身为皇子，更应该时时警惕，严格要求自己，不能助长享乐之风。"

听了这番话，胤禛欣喜地说："多谢师傅教导，我一定谨遵您的话，时时处处注意勤俭，不随意浪费。"

胤禔显然不服气，没好气地说了一句："哼，节俭？孔圣人还说过'三年学，不至于谷，不易得也'的话呢，有几个人会主动放弃舒适的生活去追求苦难？这不明摆着做给别人看吗？"

孔子最得意的门生——颜回。

胤禛还想与他争论，顾八代咳嗽几声说："好了，勤俭的话题就到这里吧。仁者见仁，智者见智，这件事情大家回去继续考虑。现在，我们开始学习今天的新课程了。"

课后，胤禛对这件事念念不忘，他找到顾八代说："师傅，我认为不管到什么时候都要勤俭，大哥固执己见，这是错误的，我要说服他。"

顾八代意味深长地说："你的看法没有错，但是圣人还说过一句话：'宜兄宜弟，而后可以教国人。'就是说，和自己的兄长和弟弟关系处得好，然后才能教育国内的人。大阿哥的看法与你不同，如果你强行扭转他的观点，肯定会引起争执，这样做不利于兄弟团结。所以，你应该想办法慢慢劝说他。记住，不管做什么事，都不要试图快速解决，这是不可能的。"他了解胤禛急躁的个性，对他提出了针对性的教育方法。

胤禛仔细揣摩顾八代这几句话，心里想了很多，自他入读以来，一直非常敬重几位兄长，他们对自己也很友爱。然而，隐隐之间，他似乎觉察到了什么不快在兄弟中蔓延，这到底是什么呢？小小年纪的他当然还不明白，是竞争向兄弟情义提出了挑战，作为皇帝的儿子，未来国家权力的掌控者，年龄越大，会越明显地体会到这种你死我活的争斗的残酷。

第二节 循循善诱教皇子

学贵专的道理

胤禛成为顾八代最为得意的皇子学生，两人关系日渐深厚。受其影响，胤禛在学业和为人方面进步明显，常常早来晚归，攻读课业更为积极努力。所以，在观测月食的第二天他迟到，让顾八代颇感意外。

听了师傅追问，胤禛脸色一红，支吾着说："我……我昨夜随同父皇观测月食，睡得晚，所以……"

顾八代微微一笑，指着在座的皇子说："我听说昨夜几位阿哥都去观测月食了，可是唯独你来晚了。"

胤禛脸色更红了，垂着脑袋低声争辩："我、我钻研千里镜来着……"

顾八代依然笑微微地说："听三阿哥说，他喜欢钻研千里镜，还准备安装一架，怎么，你也是这样想的？如果真是这样，你该向万岁爷求旨，学习数学、几何还有计数器等学问。"

胤禛没有言语，心里想着顾师傅怎么知道这么多事情，还说出几种西洋学问的名称，难道他也懂得西学？

顾八代猜出了胤禛的心思，继续说："西学传入中国有些年头，万岁爷在传教士影响下也学了不少新鲜知识。这些学问细致精密，与我中华文化不同，学习起来方法也不一样。在我看来，不管学习什么，专心致志，用心刻苦最为紧要。如果三心二意，今日喜欢这个，明日又痴迷那个，终将一事无成。”

胤禛何等聪明，听出顾八代话中批评之意，终于说出了心里话：“师傅教导的是，我只想着观测月食，忘了作业的事，早上着急，思索了一路，还请师傅责罚。”

顾八代知道胤禛好学爱思考，也了解他做事认真不肯服输的性格，一面示意他进屋落座，一面接着说：“观测月食是万岁爷的旨意，我哪敢责罚？不过既然你还记得作业的事，今日你就说说，有没有答案了？”

胤禛试探着说：“上不在上，下不在下，不可在上，只宜在下。我觉得这也是个字谜，答案是不是‘一’呢？”

顾八代点点头说：“不错，猜对了。这个‘一’字虽然简单，可具有深远的意义。你们想，万物始于一，‘一’即是开始，是第一，自然与众不同。但在我看来，‘一’还有另外深刻的含义，这就是‘专一’，它与三心二意相对，强调为人做事不能随心所欲，应该具有恒心和毅力。一贯为之，是成功的基础。这就是圣人说的‘学贵专’的道理。”

皇子和侍读们静静地听着，有人默默点头，有人若有所思，胤禛明白老师的深意，低垂着头暗暗地想：顾师傅说得有道理，看来以后还要以课业为重。

此事传到康熙耳中，他不满地责问顾八代：“朕为了开阔皇子们的视野，特意让他们使用千里镜观测月食，怎么？你认为这样会耽误他们的功课？”

顾八代回答：“万岁，臣不反对让皇子们接触西学。臣只是认为学习是件用心极专的事情，要是不能集中精力，肯定影响学业。前人就曾经说过‘两耳不闻窗外事，一心只读圣贤书’的话。”

康熙想了想问：“依你看，该如何对待西学？学还是不学?”

顾八代胸有成竹地答道：“臣认为西学毕竟替代不了传统学问，可以采取‘以传统学问为主，洋为中用’的学习态度和方法，将其融会到圣贤学问中，根据阿哥们的具体情况采取相应教育措施。”也许他是第一个提出“洋为中用”之说的人了，200 年后的洋务运动，就是以此为出发点进行的改良运动。

康熙高兴地说：“说得有理。顾八代，你不但会打仗，还很会教学，是个好老师。”他接受顾八代建议，一面加强皇子们在传统学问方面的学习，一面采取因材施教的教育方法，留意各位皇子在学习上的不同表现，进行相应的教育。

顾八代的一番话对胤禛影响很大，让他认识到学贵专的道理，在传统文化学习中更加用功，也让他开始合理有序地接触西学，学习到数学、几何等新式课目。没想到，他对数学十分敏感，很快掌握了一些基本知识，运算能力大为提高。看到儿子进步，康熙很高兴，多次亲自考核他，还让他把学到的知识运用到实践中，这时又发生了一个故事。

学以致用的教育

这天，康熙到无逸斋检查皇子们学习情况，当他听他们熟练地背完书后，微微笑着说：“看到你们背书，父皇不由想起小时候读书的情景。现在，父皇听政之暇，也在宫中披阅典籍，殊觉义理无穷，乐此不疲。今天，父皇想问问你们，读书是不是件苦差事?”

太子胤礽首先回答:“书山有路勤为径,学海无涯苦作舟。读书虽苦,可儿臣以苦为乐,觉得很有趣味。”

康熙轻轻点点头:“这样想也好。”

接着,胤禔和胤祉也说了一通苦读求进的话,唯有胤禛沉默不语。康熙奇怪地问:“四阿哥,你怎么不说话?”

胤禛恭敬地说:“儿臣读书时间不长,领悟浅显,我觉得读书不是件苦差事。顾师傅曾经教育我们,读一卷书即有一卷之益,读一日书即有一日之益,这样的事情怎么能说苦呢?”

康熙一怔,随即高兴地说:“对,读书不是件苦差事,是件有意思的事,乐于读书方可熟知其中深意。等你们年龄渐长,对此会有更深刻的理解。”说完,他带领儿子们离开尚书房,到练武场习武。

练武场设在景山后面的空地上,是康熙特意开辟出来供儿子们练习骑射之地。康熙和儿子们来到练武场,早有在此供职的武官敏德迎上来行礼问安,并吩咐手下人为他们准备好马匹弓箭。康熙为了检验儿子们的军事课目,传令下去,各位皇子做好准备进行射箭比赛。

听说要进行比赛,皇子们一个个跃跃欲试,分外激动。他们自幼学习骑射,经过名师指导,别看年纪不大,个个都已是行家里手,功夫了得。首先,他们在敏德带领下来到射箭区。这里四周树立着许多根细长的木杆,长杆之间拉有绳索、麻布和毛毡,挂着毡牌靶,即箭靶。箭靶由马皮和毛毡制成,从内向外依次制成红、紫、黄、绿、蓝、黑六色布圈,靶心为红。敏德站在箭靶附近宣布比赛规则:“今天的比赛包括跪射、立射、跑射和骑射四种形式，所用箭支一律采用响箭，谁也不得违反规定。”原来，射箭比赛规矩很多，为了保证安全，比赛用箭为特制响箭，箭离弦射出后发出震耳清脆的响声，射中哪一靶圈，该靶圈便会掉落在地，成绩一目了然。另外，射箭形式多样，按照射程可分为远射和近射两种，分别离开靶心 240 步和 100 步。根据敏德宣布的规则，今天的比赛只有四种形式。

此时，康熙和顾八代等人坐在离射箭区不远的一个亭子里，目不转睛地盯着这边观看。胤禛和兄长们正在挑选合适的弓箭和马匹，不一会儿，比赛开始了。首先出场的是大阿哥胤禔，他从小喜欢打打杀杀，爱好骑射功夫，加上年纪最长，深得康熙和各位武学老师指导，尤其精于射术，只见他弯弓搭箭，在敏德指挥下，一会儿单膝跪倒，一会儿站立侧身，一会儿慢跑回射，无不射中靶圈。接着，他跨上一匹健壮的栗色马，一边策马急驰，一边瞄准靶心射箭，又是连中三箭。顿时，武场上响起阵阵喝彩声，就连康熙也忍不住连声叫好。

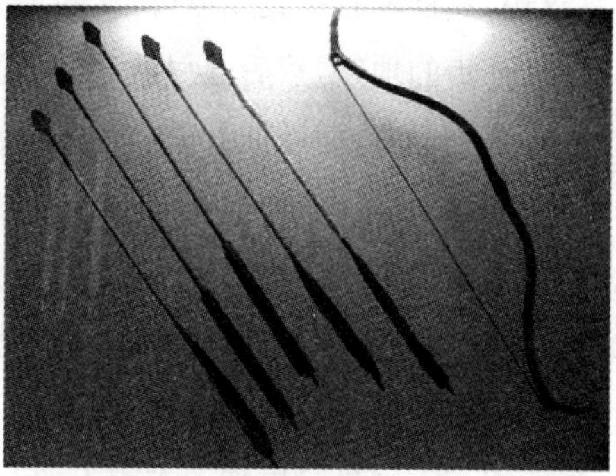

清朝皇帝御用弓与大阅箭。

大阿哥胤禔出了风头，太子胤礽有些不悦，他不甘示弱一步跨出，手挽弓箭开始了比赛。这些年他以特殊的身分得到训练，骑射之术自然不在他人之下。果然，经过立射、跪射、跑射和骑射几轮后，他也获得全场热烈掌声。

下面轮到胤祉和胤禛，他们一起上场了。看着他们有条不紊地做着各种射箭动作，顾八代忽然对康熙说：“万岁，三阿哥和四阿哥学习过算术，今天就让他们亲自数一数各人射中的靶圈数目，算一算各人的名次如何？”

康熙立即说：“好主意。敏德，你不要公布阿哥们的成绩，让三阿哥和四阿哥算一算，看看个人成绩如何？”

这边，胤祉和胤禛完成跪射，开始了立射。他们一起后退到离箭靶 50 步的地方，然后开弓放箭，只见胤禛射出的箭笔直有力，冲向靶心而去；而胤祉射出的箭，就像一只折断翅膀的小鸟，一个跟斗栽倒在箭靶前，连最外面的靶圈都没有射中。众人见此，不免发出惋惜声。胤祉有些着急，接连射出几箭，依然一箭未中。胤禛三发皆中，与胤祉相比，格外引人注目。接下来的两项比赛中，胤禛也是远远胜出胤祉，接连射中靶圈。康熙看着看着，摇头说：“三阿哥骑射功夫太弱了。”

比赛终于结束了，按照康熙旨意，由胤祉和胤禛负责计数各位皇子射中的靶圈。这一下，胤祉来劲了，他喜欢算术，擅长计算，这不是正中其意吗？他拿过敏德记录的靶圈颜色，一一核对比较。胤禛也不落后，认真地对照着，在心里默默核算，由于靶圈太多，数目比较繁琐，他一时没有头绪，算得比较慢。胤祉先有了答案，他高声向康熙汇报：“太子跑射、跪射得了第一，大哥骑射、立射得了第一。”

康熙向敏德等人查询，结果果然不错，他很满意，刚想说话，却听胤禛提出了不同意见：“在立射比赛中，太子在距离靶心 30 步时射中靶心 2 次，紫色靶圈 1 次，在 50 步时射中紫色靶圈 3 次。大哥虽然在 30 步时接连射中靶心 3 次，但他在 50 步时却只射中2次紫色靶圈，一次射中了黄色靶圈。如果以射中靶心为1分，射中紫色靶圈为2分，射中黄色靶圈为3分，这样算起来，太子和大哥都得10分，就是说他们射中的靶圈虽然不同，但成绩是一样的，他俩应该并列第一。”

胤禛的话让在场的人略感惊讶，敏德等人赶紧向康熙说明：“四阿哥算得细致，臣自愧不如。”

康熙了解胤禛做事认真的个性，笑了笑说：“四阿哥，难为你如此细致。看来，你的算术有些进步，这也是件好事。”他说着，转向胤祉：“你心性灵巧机敏，就是身子太弱，以后还要加强练习。”说到这里，他回身看看顾八代问：“你今天推荐学生做算术，有何感想？”

顾八代连忙回答：“各位阿哥文才武略，让臣等大开眼界。学以致用是治学的根本，老臣以为，只有结合实际才能得到锻炼的机会，才能体现学问的用处。今天这次比赛，四阿哥年纪最轻，却能文善武，短短时间内准确地算出比赛成绩，实在令人钦佩。”

康熙乐了：“顾八代，你这种中西结合的方式倒也有趣，以后还要仔细琢磨钻研，以便阿哥们受用。”接着，他亲自练习了一会儿骑射，才恋恋不舍地转回宫中。

第三节　关于忠和孝的两个故事

一袋金子

回宫的路上，大阿哥胤禔有些不快，他埋怨胤禛："本来我和太子分别获得两个第一，你倒好，非要让他和我并列立射第一，你是不是有意贬低我？"

胤禛吃惊地说："怎么是我让他和你并列呢？事情本来就是如此，这是大伙都看到的，你不能冤枉人。"

胤禔嘟囔一句，不再理他，快步走到前面去了。胤祉跟上来，悄悄扯扯胤禛的衣襟，低声说："大哥最喜欢骑射，自以为天下第一，你偏偏惹他生气。"

胤禛不解地说："我惹他生气？他没有夺得第一怨我吗？这么说，你刚才有意让他和太子并列？"

胤祉忙看看四周，示意他小声说话，然后再也不言语。

这件事让胤禛郁闷了很长时间，他的心思没有瞒过顾八代。这天放学后，顾八代留下胤禛，与他单独交谈。谈话中，自然而然聊到前次射箭比赛的事，胤禛依然满腹委屈地说："没想到我说了真话，反而落得埋怨，真是得不偿失。"

顾八代说："我常常对你们说，做人不能只看一时，要看长远。怎么看长远呢？今天我就给你讲个故事吧。"他清清嗓子，抑扬顿挫地讲述起来。

明朝年间，青州有位姓苏的酒店老板，以诚信闻名当地。有一段时间，一个中年汉子天天到酒店里喝酒。时间久了，苏老板与他熟识起来。

一天，这位汉子又来了，不过他不是来喝酒的，而是交给苏老板一个包裹，对他说："您替我看管一天，我明天来取。"苏老板答应了他的请求，将包裹仔细地收藏起来。

可是第二天，那位中年汉子没有前来取包裹。一天过去了，一月过去了，中年汉子始终没有露面，苏老板在忙碌的生意中渐渐淡忘了此事。转眼几十年过去了。这天下午，年迈的苏老板站在柜台前算账，突然门外走进一位老人，他既不说话，也不入座，而是四处打量，像是寻找什么东西。苏老板好奇地看着他，不明白他要做什么。这时，老人走上前，盯着苏老板开了口："请问，你是苏老板吗？"

"是，您有什么事？"苏老板客气地说。

"请把我托您看管的包裹还给我吧。"老人一字一句说道。

"包裹？我不记得有这样的事，您什么时候交给我包裹了？"苏老板一头雾水。

老人不慌不忙地叙述了当年托他看管包裹的情形，苏老板大吃一惊，转身问店里的伙计们，可大家都说不记得眼前这位老人和包裹的事。

老人坚持追要包裹，苏老板无奈，只好命人仔细搜寻。最后，他们在酒店后面仓库的一个货架上找到了那个包裹。包裹上面落满了厚厚的灰尘和蜘蛛网，破旧不堪，当老人拿到它时，激动得眼含热泪，他小心地揭开，仔细地检查里面的物品，并把它们一一摆放在柜台上。这时，人们发现了一堆金光闪闪的金条、金块和各种金器。老人用手指夹起金条，“一，二，三……”慢慢数着，数完以后，感激地说，“我的金子在这儿保管得很好，很好，一点也没有损失。苏老板，您真是个诚实的人。”

“没什么，”苏老板谦谨地说，“我不过做了应该做的，不值得夸奖。”

老人为了报答苏老板，告诉了他一个秘密，这就是城东有一块福地，谁死后安葬在那里，谁的子孙后代就会兴旺发达。至此，苏老板才知道老人原来是位著名的风水先生。他听从老人的建议，买下那块福地。几年后，他去世后安葬在那里。果然，他家发达了，子孙中有人做了大官，位列宰辅，其中一人还迎娶了公主，成为当朝驸马爷。这当然是巧合。

故事讲完了，顾八代看着胤禛出神的样子，笑着问：“四阿哥，你觉得苏老板这个人怎么样？那位寄存包裹的老人又怎样？”

胤禛说：“苏老板讲诚信，不贪财，是个好人。那位老人知恩图报，苏家因他而发达，这叫善有善报。”

顾八代说：“对呀，苏老板不图一时之利，反而获得长久利益，这是他讲诚信的结果。我们常说‘诚信是立身之本’，圣人教导我们：‘吾日三省吾身，为人谋而不忠乎？与朋友交而不信乎？传不习乎？’都是在讲这个道理。如果为了眼前利益不说真话，变成一个油滑虚伪的人，将无法取信于人，也就不会忠诚地为人做事。你想，这样一个失去信誉的人，还会有谁信任他、帮助他、支持他呢？”

胤禛恍然所悟，高兴地说：“我明白了，讲真话没错，我做对了。”

顾八代笑笑，没再说什么。接下来的一个故事，让胤禛领悟到孝敬长辈的重要意义。

母亲不裹脚

元宵节很快来到了，皇宫内张灯结彩，喜气洋洋。今年，孝庄太后已经70多岁，为了让她开心，康熙特意下旨隆重庆贺节日，准许各位文武大臣、皇子嫔妃和皇女们参加节日宴会。这天，他们装扮一新，齐聚宫内，等候宴会开始。

不多时，孝庄太后在苏麻喇姑和嫔妃们搀扶下慢慢走过来。苏麻喇姑是清宫内一位特殊的人物，她自幼跟随孝庄太后，多年来忠诚有加，能文能武，为孝庄太后和大清天下立下过汗马功劳，就连康熙也对她非常敬重。如今，她已是上了年纪的老人了，仍然十分谦谨，人前人后从不夸功，而是自称“奴才”。这天，她像普通宫女一样搀扶着孝庄太后，生怕出现一丝差错。康熙连忙上前搀住孝庄太后，一脸笑容地扶她坐到特地准备的椅子上。其他人逐一上前请安，然后才各自落座。

孝庄太后慈爱地招呼几位皇子坐到自己身边。胤禛坐在最右边，他发现苏麻喇姑站着，突然起身让座。这个举动让在场人大吃一惊，苏麻喇姑推辞说：“四阿哥，奴才哪敢坐，您快请坐下。”

胤禛说：“皇阿玛说，您是我们大清的大功臣，您服侍老佛爷有功，是我们的长辈，我们应该尊敬您。”

这番话引得不少人发出赞叹声，孝庄太后连声说：“好，好，懂得孝敬长辈，是个好孩子。过来，老祖母有赏。”说着，她从衣

苏麻喇姑死后葬于孝庄太后昭西陵东，现地面建筑已无存，只有一个宝顶尚在。

袖里掏出一块玉翡翠递给胤禛，略有所思地说：“别看这块玉翡翠不大，却有些来历。这是你们的曾祖父用过的第一把折扇的扇坠。折扇后来坏了，他就把它送给我，让我给他缝到新的折扇上。可是，我还没来得及做，他就……”说到这里，她不免有些伤感，不再说话了。

康熙知道祖母年纪大了，喜欢怀旧，赶忙招呼着岔开话题，宴会正式开始了。众人有说有笑，场面热闹起来。为了助兴，康熙亲自讲了几个笑话，并对大伙说：“谁有好听的故事，只管讲来，讲得好了有奖。”

在座的人除了皇亲国戚，就是文武高官，别看表面上一团和气，内心里却是你争我斗，都想在这种场合露露脸，显显本事。特别是索额图和明珠，两人一个是太子的叔外公，一个是大阿哥胤禔的娘舅，多年来他们苦心经营，结党营私，已经形成两个不同的利益集团，明争暗斗，互不相让。这一点，康熙心里很明白，他作为一个成熟的政治家，十分巧妙地利用他们的矛盾，掌控着朝廷局势。今日宴会，索额图和明珠都是主要客人，他们没想到四阿哥胤禛一上来就出了风头，盖住了太子和大阿哥，心里很不舒服。于是，趁着讲故事，他们每人谈了一番尊卑有别的道理，其中深意无非是暗指胤禛为苏麻喇姑让座，颠倒了主仆关系，不值得提倡。

孝庄太后微微冷笑，她很清楚朝廷内部的纷争，什么话也没说。一时间场面冷淡下来，就连康熙也沉默了。就在这时，顾八代轻咳一声开了腔："老佛爷、万岁爷，臣在南方打仗的时候，听说了一个有意思的故事，今天在这里讲讲，供大家娱乐。"孝庄太后和康熙一起点头应允。顾八代认真地讲述起来——

从前，有一个叫朱克铭的湖南人，非常喜欢读书。不幸的是，在他八九岁时，家里遭难，父母双亡，他成了一贫如洗的孤儿。他家的女仆收养了他，供他衣、食、住、行，还千方百计让他继续读书。经过十几年苦读，这个人考取功名，做了大官，被委派到广东任职。他不忘抚养他的女仆，决定把她接来与自己同住。

女仆是个刚强的女子，自幼家境贫寒，为了方便工作，她没有像普通女子一样裹脚。朱克铭派来的人抬着轿子，敲锣打鼓来到女仆家把她接走了。快到城里时，人们听说朱老爷不忘旧恩迎接养母，都跑到街头看热闹。不一会儿，朱克铭来到了，他先向坐在轿子里的养母问安，然后像仆人一样亦步亦趋地跟在轿子后面，随母亲进城。

女仆端坐轿子里面，她的大脚不小心露了出来。朱克铭一眼发现了，连忙轻轻地把养母的两脚推进轿帘里。过了一会儿，女仆的脚又露出来，朱克铭十分尴尬，他担心人们知道养母有一双大脚，会成为市井笑谈，于是再次轻轻推进去。

终于，轿子抬到府衙门前了，朱克铭急忙上前搀扶养母下轿。没想到，女仆坐在轿子里不肯下来，她高声说："我不想住在这儿，你给我找一家小客店，我一个人住着方便就行了。"

朱克铭一听慌了神，跪倒在地央告说："孩子不孝，不知什么地方得罪了您，惹您生气。孩子错了，求您原谅。"

女仆端坐轿中，一言不发。朱克铭没有办法，忙派人去内府请来自己的夫人，夫妻俩一同劝说养母下轿。经过再三请求，女仆说出了自己的不满："老爷夫人在世的时候，对我的脚都没有说过什么。今天你因此嫌弃我，觉得我给你丢了人，我还有必要在这里住吗？"

朱克铭和夫人直挺挺跪在地上，聆听完养母训斥，才爬起来恭恭敬敬地扶她进门。

故事讲完了，宴席上先是一片沉寂，接着人们交头接耳，议论纷纷，有人认为女仆太过分了，也有人认为她教训朱克铭做得对。孝庄太后环视四周，笑了笑说道："这个故事有趣。汉人把裹脚当作女子一生的头等大事。这个女仆出身贫苦，没有裹脚，招来养子嫌弃，实在可怜。'子不嫌母丑'，朱老爷做错了，好在他及时改正了错误，还算有孝心的。"她这么一说，众人都不言语了。停了片刻，康熙才笑着说："顾八代，你常年在外，听来的乡间故事多，以后多来给老佛爷讲讲，替她解闷。"顾八代应了一声，退回座位上。

在父皇母后以及师傅教导下，胤禛本来就是非常孝敬长辈的人，受故事启发，他进一步认识到孝敬的深刻含义，体会到"孝"在人们心目中的重要性。他默默地想，我一定要做一个孝敬父母长辈的人，让他们天天开心快乐。殊不知，他这种看似简单的想法，实施起来却万分困难。很快，他就遇到了一件与"孝"有关的难题。

第四节　生活中的导师

省亲前的告别

初夏时节，皇贵妃佟佳氏获得省亲的机会。这可是十分难得的机会，女人一旦入宫，没有特许是不准出宫的，更不许随便回娘家。佟佳氏很激动，简直到了寝食难安的程度，她不停地准备着衣服首饰，还有各种用具。当然，皇帝钦赐的物品很多，一样都不能落下。另外，需要带哪些人回去？他们需要做哪些准备？以及回去经过哪条路线……，让她十分操心。这天，胤禛放学后看到她还在忙碌，上前请安说："皇额娘，这些天您一直忙着，当心累坏了身子。"

佟佳氏微微喘口气，心有不甘地说："额娘也想清闲一会儿，可是我们明天就要回去，万一哪里有点疏漏，丢了万岁爷的颜面，那可不得了！"

胤禛想了想，拉着佟佳氏坐到床边，拍拍胸脯说："皇额娘，您歇着，儿子大了，儿子帮您收拾东西。"

佟佳氏高兴地说："额娘知道你心疼我，可是这件事非同小可，马虎不得。你呀，准备自己的东西去吧，这里的事就不要管了。"

胤禛噘着嘴说："我已经长大了，怎么不能帮皇额娘？对了，舅舅不是在前面办差吗？我和他一起肯定错不了。”他说的舅舅是指隆科多。

佟佳氏笑着说：“你舅舅哪能插手宫里的事？他已经回去准备迎驾的事了。”

胤禛还是不死心，非要帮助佟佳氏收拾省亲的物品。母子两人僵持之际，康熙走了进来，他听说了胤禛的想法，竟然肯定地说：“就把这些事交给他吧，锻炼锻炼有好处。春秋时期的田文从小替父当家，成为一代名相，人才成长与实践锻炼分不开。”

胤禛得令，立即着手安排起来。他先把宫里的所有宫女太监召集起来，分为五组，每组派出一名队长，直接听命自己。各组有的搬动东西，有的包裹物品，有的传递信息，有的整理衣物，倒也井然有序，行动迅速。康熙看在眼里，对佟佳氏说：“怎么样？我做得不错吧？”

佟佳氏满脸笑意，一边为康熙端水一边说：“还是万岁爷教子有方。四阿哥小小年纪，倒像个小大人。”

康熙长长叹一口气：“他还小吗？朕像他这个年纪，已经登基称帝了。”说完，他口气一转，继续说，“古往今来，历朝历代的皇子皇嗣们生于深宫之中，长于宫人之手，锦衣玉食，没有锻炼的机会，只知道享乐，哪有几个成材的？前明的宫廷中这种好逸恶劳的风气特别严重，皇子们十多岁了，才请出阁学习。他们学习不认真，只知道玩乐。侍讲们不敢得罪他们，虚于应付，简单讲几句了事。你想想，这样的人长大了怎么会明白道理，又怎么可能决断问题？”

他们说话的时候，胤禛带人抬着一个箱子出去了，这是一个装着破旧物品的箱子，他们想把它抬出皇宫内城，放到内务府附近的仓房里。路上，胤禛遇到了老师顾八代，他奇怪地上前施礼询问："顾师傅，您怎么还没有回家？"

顾八代好像正在等他，看看周围人多，也不便多说，只是笑呵呵地回道："闲着没事，在这里走走。四阿哥明日随皇贵妃娘娘省亲，不知道几天才能回来？今天六阿哥又没来无逸斋，听说病得严重，你去瞧过他吗？"六阿哥胤祚是胤禛同母兄弟，已满6岁，刚刚入读。

胤禛摇摇头："六弟经常生病，我多次去瞧他，今天事多，就不去了。"

顾八代说："这样不妥。四阿哥，你素知诚孝之事，同母兄弟病了都不去瞧瞧，要是万岁知道了，岂不怪罪你？再说，你明日省亲，也该与德妃娘娘交代一下。"德妃即胤禛的生母乌雅氏，在接连生下几个儿女后，步步高升，已晋封为妃。

胤禛听了这话，却垂下脑袋，一脸的不情愿。随着年龄渐长，他已经知道自己的身世，清楚生母并非佟佳氏，而是乌雅氏。由于与生母相处的时间太少，他从心里无法接受这个事实，对乌雅氏抱着陌生且疏远的态度。但诚孝父母是人之根本，所以很多次，他不得不硬着头皮去给生母请安。此时顾八代提醒他与生母告别，他只是站着没动。

顾八代了解胤禛的心思，再次劝说他。最终，胤禛还是听从他的建议，慢吞吞朝德妃的永和宫而去。德妃正在给胤祚喂药，看到胤禛来了，吩咐人给他看座倒茶。胤禛拘谨地坐下来，试探着问："额娘，六弟得了什么病？"

乌雅氏叹气说："太医一会儿说得了风寒，一会儿说体质太弱，也不知道究竟得了什么病？他从小到大吃了多少药了！真

永和宫——雍正皇帝的生母乌雅氏生前居住的宫殿。

是比吃的饭还多。”正说着，胤祚突然直挺挺躺下不动了。这可吓坏了乌雅氏，她连忙放下手里的药碗，将胤祚搂到怀里，急急地招呼宫人：“快，快去请太医！”接着，她搂住胤祚又是呼唤又是掐他的人中，宫内其他人也是手忙脚乱，围着胤祚团团转。

胤禛想上前看看胤祚的情况，却被乌雅氏推开了：“你躲开，躲开，不要碍事。”胤禛有些气闷，呆呆地站立一边。很快太医来到了，在太医的照料下胤祚慢慢清醒过来。乌雅氏激动得又哭又笑，忙不迭地感谢太医，吩咐宫人赶紧煎药。除去胤禛外，宫内所有人都忙碌着，这让他格外不自在，他悄悄退出宫去，一个人闷闷不乐地回去了。

第二天一大早，康熙亲自来为佟佳氏送行。临行前，他对胤禛说：“你随皇贵妃省亲，一去可能要住几天，记住不要耽误了学习。听说佟家有个叫法海的少年，文才出众，十几岁已经颇有名声，你要是见着了，要好好跟他学习。”

胤禛高兴地答应下来，向往着皇宫外的那一片陌生的天地。

四阿哥访法海

法海是佟国纲的儿子，皇贵妃佟佳氏的堂弟，天资聪颖，喜好读书，十几岁已有不少诗词作品问世。这在清朝贵族中非常难得，因此很受重视。胤禛得知这个情况后，跟在佟佳氏身后，恨不能立刻见到这位法海。

此时的佟家已经做好了欢迎皇贵妃和皇子的各种工作，府前车水马龙，府内装饰一新，场面壮观豪华，热闹无比。在众人簇拥下，胤禛和佟佳氏步入佟府，略作休息，开始接见各位亲戚和有关人员。

胤禛心里想着法海，特别渴望他能出现在前来叩拜的人群中。可是，几轮叩拜之后，他并没有听到法海这个名字。他着急地问："皇额娘，法海怎么没来？"

佟佳氏皱着眉头，微微摇头说："我也不清楚。现在事情多，过一会儿再说。"接着，他们继续进行正规的参拜礼仪。好不容易结束了礼仪活动，胤禛坐不住了，他东看看，西瞧瞧，趁人不备，拉着小钟用跑了出去。佟家的府第十分豪华，前后十几重院落，房舍山石层层迭迭，美观大方。胤禛和小钟用穿梭其间，看到不少客人来往，仆从忙碌。好在他们年纪小，并没有引起他们注意。小钟用很担心，不停地问："阿哥爷，你要去哪？一会儿皇贵妃娘娘找不到我们怎么办？"

胤禛说："你担心什么？这里是皇额娘的娘家，还怕出什么差错吗？我听说佟家有个叫法海的少年，聪明有学问，我想见见他。"

小钟用说："这还不简单吗？您吩咐一声，他们家还不赶紧去找人？何苦您亲自寻他？"

胤禛说:“你懂什么?我听顾师傅说过文王访贤的故事,他教育我们访求有学问的人应该虔诚,不能随随便便。我这叫‘四阿哥访法海’,回去了可以写一篇好文章呢。”

小钟用听不懂他说什么,只好紧紧跟着,在佟家的大院子里找来找去。两人很快穿过前院,来到了后面花园,远远望去,园子里假山层层,流水潺潺,鲜花盛开,芳香扑鼻,不亚于紫禁城的后花园。园子东北角有个荷花池,一池碧绿的荷叶衬托着几朵待放的荷花,清新脱俗,傲然不逊。胤禛一眼看见池塘边站着个少年,中等身材,面向荷花,似乎正在思索什么。他向小钟用使个眼色,两人悄悄走了过去。

快到少年身边了,他们听到少年朗朗吟诵道:“荷叶五寸荷花娇,贴波不碍画船摇。相到熏风四五月,也能遮却美人腰。”原来,他在临池咏荷。

胤禛心里一喜,想到,这个少年肯定是法海,不然怎么会出口成章?他急忙过去搭讪道:“请问你是法海吗?”

少年吃了一惊,回头望着胤禛,见他不足10岁模样,一双眼睛不大,却透露出英武气概,穿着华丽而不奢侈,举手投足间尽显贵族气派。他看了多时回答道:“正是。请问你是哪位?怎么来到佟府?”

胤禛高兴地说:“我慕名而来,就是为了找你。刚才听你吟诵荷花,果真才气逼人。”

“找我?”法海讶然道,“今天来我们府上的全都是为了皇贵妃娘娘,怎么会有人来找我?你叫什么名字?”

胤禛故意说:“我跟随家里大人来的,早听说过你很有才学,特地来拜访。”

听他这么说，法海消除芥蒂之心，与他攀谈起来。少年人情趣相投，很快成为无话不谈的好友。他们从圣贤典籍聊到文人墨客，又从国家大事谈到皇贵妃省亲，当胤禛问法海为什么不去前面拜见皇贵妃时，法海自负地说：“哼，这些人听说皇贵妃来了，一个个挤破脑袋想去见上一面，还不是为了升官发财？我读书求道，才不与他们同流合污！”

胤禛笑了：“你倒是看破红尘，可是大家去见皇贵妃，未必是你想象的那样。你想，皇贵妃多年不回娘家，家里人能不想她吗？见一见也是人之常情，你太刻薄了。”

法海固执地说：“皇贵妃娘娘又不认识我，我去见了有何益处？”

胤禛又笑了：“刚刚你还说别人为了升官发财去见皇贵妃娘娘，怎么，你见她也是为了好处不成？我看你呀，一腔文人气，满腹名利心。”

这句话正中法海要害，他脸腾地红了，嗫嚅着说：“你，你不能这么说。我就是觉得那些人太世俗了，不愿和他们一同拜见娘娘。”

胤禛也不再逼迫他，而是接着他刚才吟诵的诗词聊起来：“看到满池新荷，认识公子这样的人，真是觉得有幸。”

不知不觉天色已晚，他们说笑着去前院，迎面看到隆科多急匆匆奔来。隆科多看到胤禛，慌忙地施礼说：“四阿哥，您这会儿去哪了？皇贵妃娘娘急坏了。”

法海登时怔住了，看着胤禛说：“你，你是四阿哥？”

胤禛笑着说：“是啊，我不虚此行，结识了一个大才子。”

法海自知失礼，赶忙施礼赔罪。

胤禛说:“没什么,临来时皇阿玛交代,一定要跟你好好学习,我算是完成他交给我的任务了。要是把这次‘访贤’告诉顾师傅,他也会很开心的。”

不知道顾八代听说这件事后会如何感想?法海有没有成为胤禛的好友?

皇贵妃病重,胤禛心急如焚,他多次祈福,竟然中暑晕倒在寺庙前——康熙不忍惩罚私自出宫的儿子,却碍于戒律,不得不令其自罚。

胤禛日书百“孝”,诚孝名显。这时,孝庄太后病故,大阿哥和太子之间互相告状,并且拉拢胤禛。胤禛会不会参与告状?他又是如何获得贝子封号的呢?

第四章

祭祖巧祈福　四阿哥诚孝名显

第一节　为母祈福

乞巧节

胤禛"访贤"结识了法海，此事在佟家传为佳话。皇贵妃佟佳氏欣喜地说："四阿哥做事精细，竟然与恃才傲物的法海成为好友，不简单。"原来她早就知道法海的秉性，这次来还打算劝说他一番，希望他不要固执己见，能够心平气和地读书做人。法海得知皇贵妃的用意后，惭愧地说："我从前傲慢无知，自以为了不起。这次结识四阿哥，与他交谈后，才知道像他这样的皇子都能静心求学，谦谨做人。真是学无止境，我太浅薄了。"在胤禛影响下，法海一改先前作风，埋头苦读，谦虚为人，学问和人品大有长进。几年后，他考取进士，并在胤禛推荐下侍讲皇十三子胤祥和十四子胤禵，成为尚书房最年轻的老师。

再说胤禛，当他把结识法海的事情告诉康熙和顾八代时，两人不约而同地夸奖了他。特别是顾八代，高兴地说："学有所用，四阿哥效仿古人'访贤'，真有明君风范啊。"

胤禛说："明君不敢当，这都是顾师傅教导有方。"此后，他一直与法海保持交往，或者交谈学习心得，或者议论国事，还一起研究西学，进步很快。

回宫不久，皇贵妃佟佳氏生病了，太医们轮番诊治，效果不佳。恰在这时，七月七日乞巧节来到了。乞巧节是传统的节日，说起它的来历，人们自然会记起牛郎织女的爱情故事。

相传很久以前，天上的织女星下凡嫁给了牛郎。他们耕织劳作，生子育女，过着平凡的生活。王母娘娘得知后大怒，亲自捉拿织女归天。牛郎用扁担挑着一双儿女追赶，眼看就要追上了，狠心的王母娘娘拔下发簪，在身后划出一条银河挡住了牛郎。从此，牛郎织女隔河相望，不得团聚。后来，每年七月七日，地上的喜鹊都会飞上天去，结成鹊桥，让他们两人相聚。七月七日由此成为人们向往爱情的节日，许多文人墨客曾经写下美好的诗词来赞颂它，著名的《古诗十九首》中就有："迢迢牵牛星，皎皎河汉女，纤纤擢素手，札札弄机杼。终日不成章，涕泣零如雨。河汉清且浅，相去复几许。盈盈一水间，脉脉不得语。"这样的经典篇章引起后人无尽感慨。

七月七丢巧针，清代诗人吴曼云《江乡节物诗》："穿线年年约北邻，更将余巧试针神。谁家独见龙梳影，绣出鸳鸯不度人。"

殊不知，乞巧节不仅是爱情的节日，更是女子的节日。所谓"乞巧"，乞愿求巧的意思。在这天夜里，女子们要动针线，用麻缕为彩线，借月影穿过七枚纤细的针孔，如果穿过了，那么说明她心灵手巧。另外，还要在庭院中陈列瓜果，要是有蜘蛛在上面结网，就证明非常吉利。当天空中白气蒸腾，五彩光华闪耀时，乞愿的人可以跪拜求福求寿，还能求子。这在古代十分盛行，很受重视。

所以，乞巧节历来都是后宫中的重要日子。这天，从太后到普通宫女无不精心打扮，早早地准备好针线瓜果，等候夜晚降临。佟佳氏是后宫之主，几年来她总是陪伴孝庄太后在宫苑里设宴乞巧，有时候一直坐到深夜，等待着牛郎织女星相会。一旦天空出现异样，她们也会跪地祈福。可是今年她生病了，孝庄太后身体不爽，乞巧宴会就交给苏麻喇姑和其他嫔妃组织主持。

夜色降临，皇宫内的乞巧宴会开始了。宫苑内坐满了嫔妃宫女，她们一个个喜气洋洋，谈笑风生，有人不停地穿针引线，有人开始遥望天际，还有人躲到葡萄架下，招呼着说："快来，快来，在这里能听到牛郎织女的谈话。"

大家玩得正开心，忽然前面一阵跑动，胤禛带着小钟用慌慌张张赶来了。看到他们，众人吃了一惊，苏麻喇姑上前问道："四阿哥，你怎么来啦？"

胤禛说："我来祈福。"

"祈福？"苏麻喇姑奇怪地问，"乞巧是我们女子的事，你祈什么福？"

不少嫔妃格格凑过来，与胤禛打趣道："四阿哥，你为谁祈福？是不是想偷听牛郎织女说话。"

胤禛满面通红，生气地说："我为皇额娘祈福，你们管不着！"原来，白天在无逸斋，他听顾八代说起七夕祈福的事，当即表示要为佟佳氏祈福。当时胤祉就阻止他："那是女子的事，你不能去。"胤禛反驳说："《汉武帝故事》中说，西王母遣谓帝曰：'七月七日，我当暂来。'那天，汉武帝打扫宫内，点燃九华之灯。《汉武帝内传》还说：'七月七日夜晚，汉武帝看见西南方白云涌现，满满接近皇宫。'不一会儿，西王母乘坐紫云之辇来到了。汉武帝大喜，在承华殿举办斋筵，他头戴太真晨缨之冠、脚踏玄琼凤文之履迎接西王母。这些记载说明乞巧不只是女子的事，男子也可以参加。"

一心为母祈福的胤禛不顾他人劝说，来到乞巧宴会现场。当他看到在座全是女性时，不免心里发慌，但是希望母亲康复的强烈愿望压制了其他一切，他勇敢地走过去，站在了乞巧的队列中。不一会儿，空中云朵浮动，接着西南方亮起一道闪电，人们欢呼道："哎呀，祥云来了，祥云来了，快祈福！"

胤禛心急，跪到众人前面，默默地祈求上苍保佑母亲康复长寿。就在他真诚地跪拜之际，空中飘起细密的雨丝，跪地祈福的人陆陆续续起身躲避，唯独胤禛一动不动。苏麻喇姑喊道："四阿哥，下雨了，快起来。"可他依然纹丝不动。小钟用站在他的身边，用手遮住额头，小心地提醒道："阿哥爷，我们躲一躲吧。"

胤禛虔诚地跪在地上，仿佛睡着了一样，根本不理睬他人。大约过了半个时辰，雨停了，众人围过来惊奇地看着胤禛，只见他浑身湿透了，雨水顺着眼角眉梢往下滴。而他，显然十分满意，拉着小钟用的手站起来，简单地说了一句："走吧。"

在场的人无不唏嘘感叹："四阿哥冒雨为母祈福，真是孝顺！"

为母再祈福

胤禛为母祈福的事很快传遍后宫，佟佳氏心疼地抚摸着他

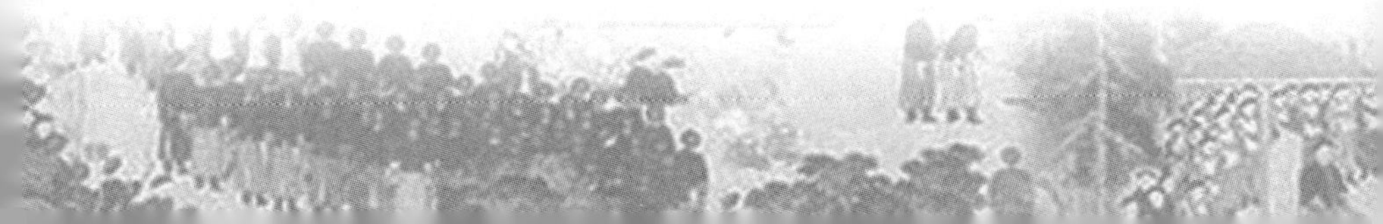

的额头说："你怎么这么傻呢？万一淋出病了怎么办？"

胤禛说："我情愿生病，换取皇额娘身体健康。"

佟佳氏眼里一酸，哽咽着说："额娘没有白疼你。"

康熙听说了这件事，也很感动，特意赏赐给胤禛一把折扇。胤禛十分珍惜父皇的赏赐，把它藏到橱柜里。康熙奇怪地问："你怎么不用，把它放起来了？"

胤禛回答："皇阿玛是君，儿是臣，君所赐，是臣的荣幸，我只有敬奉，哪敢随意使用？"

康熙高兴地说："小小年纪明白君臣之礼，严格要求自己，很好。"

过了几天，胤禛听人说起去寺庙拜佛可以为病人祈福延寿的事，心里一动，决定到附近柏林寺为皇贵妃祈福。可是，宫戒森严，他一个少年皇子哪能随意出入宫廷寺庙。为了实现自己的愿望，这天中午，他趁着众人吃饭时，推说身体不舒服，带着小钟用悄悄溜走了。中午时分，太阳像火一样炙烤大地，皇宫内上至太后下至一般宫人，都为吃饭忙碌，外面少有人走动，所以他们一路朝着午门走去，并没有引起他人注意。

小钟用时常出入皇宫，对于外出之路自然轻车熟路，可他担心违反宫内戒律，不住地阻止胤禛："阿哥爷，不能出去，这要让万岁爷知道了，可不是小事啊。再说宫门防守森严，我们出不去！"

胤禛猛然醒悟过来，急急地问道："那怎么办？出不去怎么拜佛？你快想想办法。"

小钟用人小鬼大，眼睛转一转说道："阿哥爷，柏林寺离神武门不远，听说国舅爷就在那里值班，我们何不求他把我们带出去?”国舅爷即隆科多。

胤禛满脸喜色,转身道:“走,去神武门。”

他们一路小跑赶到神武门,累得气喘吁吁,满头大汗。可巧,今日恰是隆科多值班,他看到胤禛惊问:“四阿哥,您怎么跑到这里来了?有什么急事?”

胤禛略作喘息,说出自己的打算。隆科多连连摇头:“不行不行,这要是让万岁爷知道了,还不拿我问罪!”

被誉为“京师八大寺庙”之一的柏林寺。

胤禛说:“皇阿玛最重诚孝,前次我为母祈福,他还赏了一把折扇呢,怎么会反对我拜佛祈福?要是我求他,他准会同意。可是这几天他不在宫内,皇额娘又病得厉害,不能再耽搁了!”

隆科多是皇贵妃的弟弟,十分挂念她的病情,听到胤禛这番话,沉思片刻即痛下决心:“快去快回,半个时辰内赶回来。”

胤禛高兴地一溜烟出了宫门,在小钟用带领下直奔柏林寺。

柏林寺是座有着百年历史的寺庙，寺内高僧不少，香火旺盛。寺庙周围古树掩映，显得格外庄严肃静。庙前的佛道用青石板铺成，一块块，一阶阶，已经踏出深深浅浅的足迹。胤禛站在佛道前，忽然想起顾八代讲过的一个故事，大意是有位孝子在为母亲祈福时，许愿从离寺庙 100 里的地方开始跪拜，每七步磕一次头。结果，他一路跪拜，走进寺庙时磕了 15 000 次头。如今，同样为母亲祈福的胤禛决定，自己也要沿着佛道一路跪拜，求菩萨保佑母亲。

当胤禛扑通跪倒在佛道上时，小钟用吓了一跳，连忙拉着他说："阿哥爷，您怎么啦？还没进庙呢，您拜什么？"

胤禛说："你不用管。我要效仿古代孝子，七步一磕头为母祈福求寿。"说着，他恭敬地磕了第一个头。

小钟用吓坏了，又是劝止胤禛，又是朝着庙门张望，心里想："这些老和尚，怎么一个也不出来，难道任凭阿哥爷在这里磕头？"他刚想跑到庙门前喊人，就见里面走出一位和尚，四十岁左右，一脸安然神态，他身穿袈裟，口诵佛号："阿弥陀佛，是谁在外面喧哗？"

小钟用上前喊道："大胆的和尚，阿哥爷来了，还不快迎驾？"

和尚一点也不慌张，平静地说："贫僧妙智，知道来了贵客，特意出门迎接，没想到是阿哥爷亲临，快请进吧。"

这时，胤禛已经磕了好几次头，还在坚持跪拜。也许他没有吃午饭，也许他跑的路太多了，加上天热，一贯养尊处优的他在佛道上这番折腾，显然超出他的承受能力。就在小钟用和妙智请他进庙的瞬间，只见他头一歪，昏倒在佛道上。这一下子，直吓得小钟用惊叫连声："阿哥爷，阿哥爷，您怎么啦？您快醒醒，您别吓唬奴才呀！”

妙智也是大吃一惊，飞快地抱起胤禛，一边摁掐他的人中，一边为他号脉，然后抱着他冲进寺庙，对身后的小钟用说：“快，快去取凉水，阿哥爷中暑了。”

小钟用慌忙地取水喊人，柏林寺内一阵慌乱。经过妙智和其他僧人的抢救，胤禛清醒过来，看到周围站满了和尚，脱口问道：“你们都是佛祖派来为皇额娘治病的吗？”

妙智开口说：“阿哥爷的孝心感天动地，佛祖一定会保佑皇贵妃娘娘的。”

小钟用惊喜至极，擦着眼泪说：“阿哥爷，您吓死奴才了。您醒过来了，我们赶紧回宫吧。”

胤禛努力想了一下，记起刚才发生的事情，挣扎着坐起来说：“我还没磕完头呢，怎么回去？”说着，他就要再去跪拜。慌的小钟用和妙智等人一起阻拦道：“阿哥爷刚刚苏醒，千万不能再出去曝晒了。”

不知道胤禛有没有听从他们的建议？

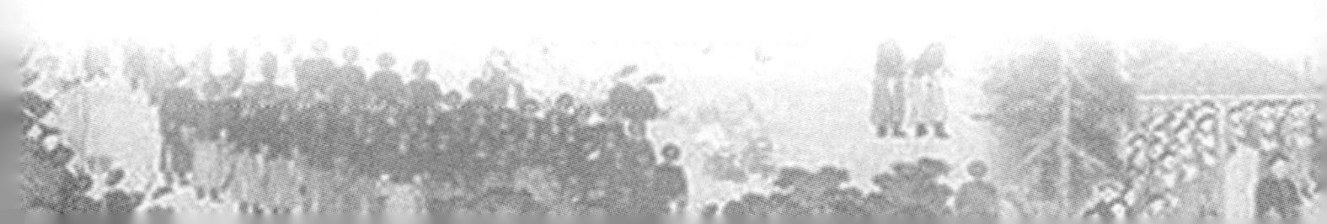

第二节　日书百"孝"

胤禛自罚

胤禛不顾众人劝阻，坚持出去跪拜祈福。可他刚刚起身，就觉得头昏脑涨，四肢乏力，只好再次躺下来。妙智说："阿哥爷，您一片孝心拜佛，佛祖肯定会满足您的心愿。您放心，贫僧会为您祈福的。"胤禛这才点点头，望着妙智说："多谢大师了。"

小钟用着急地说："阿哥爷，您身子好点了吗？我们还要赶紧回去呢。"

胤禛皱着眉头，看样子身体很不舒服，不过他心性坚韧，想起出宫已久，担心被人发觉，又向妙智要了几口汤水，服下去，然后说："走吧，没事了。"

小钟用搀扶着胤禛，在众位僧人护送下走出柏林寺回宫。他们来到神武门时，隆科多远远地迎过去，抱怨道："怎么现在才回来？尚书房已经派人找您了。"

小钟用气呼呼地冲着隆科多嚷道："国舅爷，您没看见阿哥爷病了吗？您不赶紧想办法，还在这里抱怨，真是的！"

"病了？"隆科多吃了一惊，这才细细地关注胤禛，见他精神不振，脸颊潮红，汗水淋淋，与刚才出宫时判若两人，急忙追问，"怎么回事？什么病？"

小钟用简单叙说了胤禛跪拜祈福，中暑倒地的事。隆科多感动地说："四阿哥仁孝，实在是难得啊！"说着，和小钟用一起搀扶着胤禛回宫。

皇贵妃得知胤禛祈福中暑的事，亲自把他接回自己的宫内，一边请太医瞧病，一边派人去尚书房为他请假。尚书房的师傅们听说胤禛私自出宫，还中暑了，面面相觑，不知道该如何处治。要知道，康熙教育儿子们甚为严格，多次要求尚书房的师傅一定要严加管教各位皇子，不能出现纰漏。谁要是掩饰他们的哪怕一个微小的错误，都要受到严厉惩罚。如今，康熙不在宫中，胤禛做出了这等事情，该如何是好，确实让他们很难做出决定。

大阿哥胤禔看到师傅们犹豫，很不高兴地说："阿哥私自出宫，是件大事，应该交给内务府处置。"内务府是清代管理宫廷事务的机构。它渊源于满族社会的包衣（奴仆）制度，其主要人员分别由满洲八旗中的上三旗（即镶黄、正黄、正白旗）所属包衣组成。最高长官为总管内务府大臣，正二品，由皇帝从满洲王公、内大臣、尚书、侍郎中特选，或从满洲侍卫、本府郎中、三院卿中升补。凡皇帝家的衣、食、住、行等各种事务，都由内务府承办。

太子胤礽一听，当即说道："阿哥身分贵重，内务府哪有资格处理？依我看，四弟为皇额娘祈福，孝心可嘉，让他安心养病，身体好了再说。"一直以来，他和胤禔之间矛盾不断，随着年纪渐长，身后各自形成了利益不同的政治集团，分别由索额图和明珠领导。他为了打击胤禔，当然不肯错过任何机会。

顾八代十分精明，听到这话，忙说："万岁不在宫中，宫里的事理应由太子作主。既然太子这么说，臣等领旨照办就是。"

胤禔没好气地瞪一眼顾八代，继续说："哼，此事关乎宫廷戒律，不是哪个人说了算的！顾八代，你身为尚书房师傅，难道这点道理都不懂！你明目张胆地袒护胤禛，我要在皇阿玛面前告你！”

胤礽听出话中的火药味，针锋相对地说：“你不要放肆！这里是尚书房，顾八代是阿哥们的师傅，你这么无礼，要是皇阿玛知道了，一定会惩罚你。”

顾八代眼见两位皇子为自己争吵，吓出一身冷汗。坐在一边的汤斌连忙起身劝阻：“大阿哥，顾八代说的没错，万岁不在宫中，太子爷以储君之位，可以管理国家大事。我们身为臣属，不能违抗储君之命。”

胤禔自知理亏，不再争吵，气恨恨转身出去了。

康熙回宫后，了解到胤禛私自出宫的事，既喜悦又烦恼，喜悦的是胤禛诚孝有加，做出这等感天动地之举；烦恼的是他私自出宫，违反戒律，为了这事胤禔和胤礽还发生了争执，那么该如何处置他呢。经过一番考虑，康熙做出解铃还需系铃人的决定，让胤禛自己处罚自己。

胤禛得知康熙的旨意后，二话不说，来到乾清宫领受处罚。皇贵妃知道胤禛耿直性急，身体刚刚复原，担心他吃了苦头，拖着病体赶到乾清宫为他求情：“万岁，四阿哥做事鲁莽，欠考虑，不过他一心为了臣妾，看在他这份孝心上，您还是饶了他吧。”

康熙笑道：“该罚该饶他自己说了算，朕也不当家了。”

皇贵妃苦笑一下：“万岁，您也知道这个孩子，脾气倔着呢，又爱认死理，您让他自己处罚自己，不是明摆着让他受罚吗？”

康熙说：“正因为如此，朕才要好好磨练他。璞玉不琢难成器，四阿哥秉性不错，就是做事太率性了，这样下去，长大了难堪重任。”

皇贵妃不敢再说什么，回头看一眼站在门外的胤禛，悄然退到一边。胤禛一直听着父母争论，这时开口说：“皇额娘，您不要担心，儿子私自离开尚书房出宫，做错了，甘愿接受处罚。”说着，他跪倒在地等待杖责。原来，擅离书房，出宫不归是要挨板子的。

“有些胆气，”康熙说，“来人！”他刚要吩咐人处治胤禛，就见大太监李德全慌慌张张跑进来，边跑边喊：“万岁爷，不好了，不好了。”不知道他为何事如此惊慌？

百“孝”当先

康熙忙问：“什么事？值得你这么大惊小怪！”李德全进宫几十年，服侍康熙已有多年，什么样的大事没有见过，今天竟然如此失态，倒让宫内人吃惊不小。

李德全气喘吁吁地说：“万岁爷，老佛爷……老佛爷身体欠安，您赶紧过去瞧瞧吧。”

孝庄太后已经 75 岁了，年老多病，几年来，康熙在繁忙的政务之中，总是抽出时间陪伴她左右，极尽孝道。正是他的这种做法，深深感染和影响着胤禛，让他时刻不忘孝敬父母长辈。再看康熙，听了李德全这句话，立刻意识到祖母病情加重，顾不得其他，匆匆忙忙赶往慈宁宫。皇贵妃也不敢怠慢，在宫女们搀扶下紧紧跟在康熙身后。她一边出门，还一边吩咐：“四阿哥，你快快起来去尚书房读书。”

胤禛望着父母离去的身影，兀自呆了一会儿，才起身赶往尚书房。一路上，他既挂念孝庄太后的病情，又思虑着自己受罚的

事，走得很慢。赶到尚书房时，大家已经去练武场了，书房内空荡荡的。几日没到书房，使他有了些许异样感觉，他走到自己的桌子前，吩咐小钟用取来笔墨纸砚，铺开纸张书写起来。不自觉地，他的笔下出现了一个“孝”字，很快，又一个“孝”字写好了。他把两张“孝”字摆好，端详了一会儿，开始继续写下去。小钟用平常不能进尚书房，今日第一次进来，看到胤禛写字，夸张地说：“阿哥爷，您写的字这么好看，真是了不起！”

雍正皇帝的书法。

“这有什么，”胤禛专心地写着字，“这要与皇阿玛相比，差远了。”

小钟用羡慕地问：“阿哥爷，您平日一天写几个字？”

胤禛抬起头，看着小钟用说：“你说得轻巧，几个字？告诉你吧，每天写一百张字。”

“一百张？”小钟用睁大着眼睛，吃惊地问：“那要多长时间？还不累坏了。”

胤禛微微一笑，指着写完的字说：“别管那么多了，数一数，我写完几张了？”

小钟用忙不迭地清点，然后惊讶地说：“哎呀，这一会儿写完10张了，阿哥爷，你写得又好又快。”

胤禛也不理他，继续用心写着“孝”字。小钟用很会看眼色，一会儿研墨，一会儿摆弄纸张，还不时汇报写完的张数。胤禛一刻不停地书写，等到写完一百张，才放下毛笔，一边抚弄着酸软的手腕，一边高兴地说：“几天不写字，手有些生疏了。”

小钟用恭维道：“阿哥爷，您可真是神人，写了这么多好看的字。这些‘孝’字就像您的孝心，又多又好。”

胤禛扑哧一声乐了：“你这奴才，怎么这么说话呢？孝心能和字相比吗？”

“怎么不能？”小钟用眨眨眼睛说，“我以前在老家，当地有个秀才就很孝顺，他家里很穷，有一次他父亲病了，请不起郎中。秀才很着急，可他除了读书写字，其他的什么都不会做，无法挣钱给父亲治病。眼看着父亲的病越来越重，秀才却什么办法也没有，只是天天在家里写‘孝’字，等到他写了一大沓‘孝’字，他父亲的病竟然好了。人们都说，这是他一片孝心感动了佛祖。”

说者无心，听者有意。胤禛听了这个故事，激动地说：“竟有这样的奇事？太好了。我以后也要天天写‘孝’字，为老佛爷、皇阿玛和皇额娘求福延寿。”说完，他将写完的“孝”字一张张整理好，待到墨迹干了，恭恭敬敬叠在一起，捧在胸前，好久也不忍心放下。

这时，顾八代从练武场回来，看到胤禛捧着一大叠纸张，不解地问：“四阿哥，你这是干什么？你的身体好了吗？怎么不去练武场？”顾八代兼顾文武，既是皇子们的文科老师，也是教导他们武学的老师，常常亲自到练武场陪他们骑射。

胤禛把怀里的“孝”字放到桌子上，对顾八代说：“师傅，我在写字。我写了一百个‘孝’字，我还要继续写，天天写，只有我写得多，老佛爷和皇额娘的病才会好。”

顾八代没有听懂他的话，奇怪地盯着他追问：“写什么？‘孝’字？这到底是怎么回事？”

小钟用简单地说了一下刚才讲过的故事，有些不好意思地说：“我听人说的，说着玩的，阿哥爷当真了。顾大人，您说，我……”

看他言辞闪烁，顾八代明白了，小钟用的故事不是真的，是自己编的。他有心拆穿他，又担心胤禛失望，想了想才说：“四阿哥，你诚孝仁义，多次为母祈福，如今又书写‘孝’字表心迹，真是令人感佩！好，老臣支持你，支持你日书百‘孝’，做天下儿女们的表率。”

胤禛高兴地说：“多谢老师！”

胤禛说到做到，以后每天完成必修的功课外，还要抽出时间写一百个“孝”字。由于日常课业很紧，额外写一百个字就不是件轻松事，有时候写完已是深夜，但他从不放弃。在这个过程中，孝庄太后病情恶化，康熙日夜守护，不离左右。当他听说胤禛日书百“孝”为孝庄太后和皇贵妃祈福时，非常震惊，感慨地说：“四阿哥真是诚孝的孩子，朕有这样的儿子，实在令人宽慰！”他免除胤禛挨板子的处罚，对他擅离宫苑的事不再追究。

那么，胤禛的诚孝之举还有哪些具体表现呢？

第三节　祭祖风波

不肯告状

过了些日子，皇贵妃病情好转，她认为这是胤禛的功劳，亲自到柏林寺拜佛：“四阿哥求佛立功，这是佛祖的恩赐，感谢佛祖，求佛祖保佑他一生平安。”

妙智默默地念诵佛号，等到皇贵妃拜佛完毕，对她说：“贫僧细观四阿哥，看他性情真切，是个有缘人。贫僧斗胆直言，他命相贵重，前途未可限量。不过过于刚烈，似乎对他的未来不利，要想成就一番伟业，需要摒弃浮躁，修性练行，方才逢凶化吉。”

皇贵妃一直记着康熙对胤禛的评价，十分希望他的性格有所改变，听了妙智这番话当即说：“大师所言极是，不知道可有什么良方？”

妙智微微颔首，说出几句莫名其妙的话：“佛性，禅道，心中魔障，缺一不可。”随后闭上眼睛，再也不肯说话。

皇贵妃不明白他的话中之意，还想再问几句，想到禅道天机，恐其中有变，也就不说什么，起身告辞了。

时日匆匆，秋光逝去，冬天来临。12 月，年迈的孝庄太后病逝。临死前，她留下遗诏说自己盛年丧夫，中年丧子之哀情，全靠康熙一片孝心。康熙为祖母举行了隆重的葬礼，亲自书写了

功德碑，其中盛赞："昔奉我皇祖太宗文皇帝赞宣内政，诞我皇考世祖章皇帝，顾复劬劳，受无疆休，大一统业。暨朕践祚在冲龄，仰荷我圣祖母训诲恩勤，以至成立"，"设无祖母太皇太后，断不能敦有今日成立"，充分肯定了孝庄太后一生功绩。葬礼期间，清宫上下陷入无限沉痛之中。胤禛和兄弟们停止学业，披麻戴孝日夜守候孝庄太后遗体，天天哀恸不止。

在孝庄太后去世前，清廷还发生了一件事。为了压制党争，打击以明珠为首的大阿哥党，巩固太子地位，康熙断然罢黜明珠职务。这件事影响很大，就连胤禛在内的其他皇子都听说了。大阿哥胤禔已经16岁了，遭受这等打击十分沮丧，患病不起，不肯为孝庄太后守灵。索额图知道后，认为他不孝，唆使太子胤礽在康熙面前告状。胤礽果然听从索额图的建议，在康熙面前状告胤禔："大阿哥装病，这是不孝，请皇阿玛治他的罪。"

祖母去世，康熙极度悲伤，看到两个儿子借机生事，心情更加悲痛。他哽咽着问："太子，依你看，该治大阿哥什么罪？"

胤礽语气冷冷地说："不孝是大罪，依法应该削除大阿哥的爵位，交内务府处置。"

康熙打了一个哆嗦，而后强自镇静地说："现在是国丧期间，这件事以后再说。"他痛心胤礽无情，竟要置大阿哥于死地。

胤礽没有体会到父亲的感受，反而进一步催逼，打算联合其他兄弟状告胤禔。胤祉不敢得罪胤礽，答应下来。而胤禛听说了这件事，对胤礽说："现在老佛爷升天，皇阿玛心神俱伤，要是大哥果真装病不出，皇阿玛只能更加伤心。处治大哥等于伤害皇阿玛，这样的事我不干。"

胤礽不解地说："君叫臣死，臣不得不死，这是自古以来的道理，皇阿玛是皇上，处治大阿哥怎么啦？这样的事天经地义，有什么不妥？”他自幼学习为君之道，明白各种治国之理，却忽略了人性和道义。严格而周全的教育培养了一位学业出众、理论扎实的人才，让他经历了与普通孩子不同的成长经历，也让他失去了很多一般人的宝贵东西。

胤禛说：“虽说如此，可我不忍看着皇阿玛伤心，我不能告大阿哥的状。”

胤礽生气地说：“你不告大阿哥，就是欺瞒皇阿玛，这样做更不对。”

胤禛固执地说：“我就是不想让皇阿玛伤心！”

胤礽气极了，嚷道：“你告也要告，不告也要告。要不是你平日里恭顺听话，我非打你不可。”胤禛一贯尊奉君臣兄弟之礼，对胤礽非常恭敬，从来没有顶撞过他。今天他如此倔强，出乎胤礽意料。

胤禛脸色涨红，提高了声音：“你打我也不怕，我不告！”

兄弟俩的争吵传到一人耳中，他就是康熙。康熙走过来问：“四阿哥，你为何顶撞太子？你不知道这样做是不敬吗？”

胤禛委屈地说：“儿臣知罪，可是儿臣不想告大阿哥的状。”

康熙吃了一惊，追问道，“这是怎么回事？”

胤礽抢先回答：“大阿哥装病，不为老佛爷守孝，他犯了大罪。儿臣和兄弟们商量了，大家都说他做得不对，想一起告他，请皇阿玛处治。”

康熙一听，心头沉沉的，好一会儿才说：“四阿哥刚才说不想告状，这又是怎么回事？”

胤禛跪倒在地，哭泣着说：“皇阿玛，儿臣不想让您伤心。老

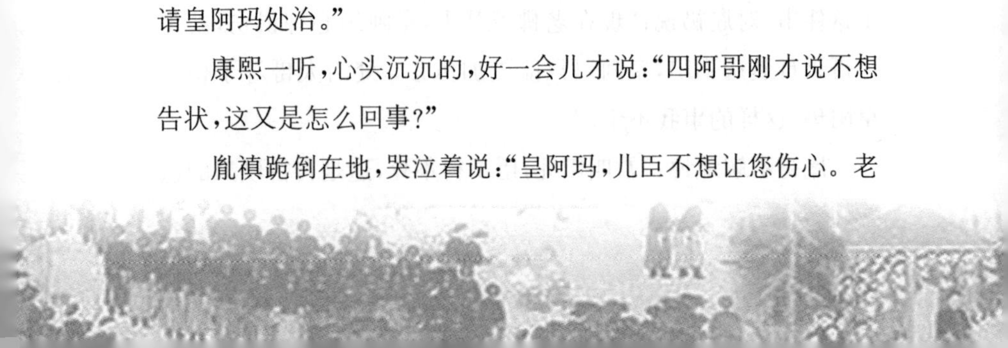

佛爷刚刚升天，您好几天没有吃饭，儿子们不能为您分忧，还要告大阿哥的状，我怕您受不了。”

这几句话说得康熙眼圈红了，他忍住泪水，一边拉起胤禛一边说：“瞧你，都多大了还是这样，喜怒不定的，怎么说哭就哭了？这件事皇阿玛自有主张，你们都回吧。”

丧期结束，康熙亲自处理了大阿哥一事，对他进行了批评，没有做出太多处罚。胤礽不服，还想继续告，这时，康熙做出一件事打消了他的念头。

以孝受封

处理完大阿哥一事后，康熙下旨晋封几位年长的皇子为贝子。贝子，又称作固山贝子，是清朝皇族爵位的一种。在早期满族社会中，贝子意为天生贵族。努尔哈赤确立八旗制度，以子侄为各旗旗主，称和硕贝勒。贝勒下设贝子，全称为固山贝子，属高级贵族。自皇太极后逐渐实行12级封爵制。贝子在亲王、郡王、贝勒之下。受封贝子者皆为宗室、觉罗及其他八旗贵族。获取途径有世袭、恩封、功封和考封几种办法。这是康熙第一次册封皇子，在与诸大臣议论受封皇子人选时，他特意说：“四阿哥年纪虽小，可他诚孝长辈，友爱兄弟，朕有意晋封他为贝子。”

大臣们早就听说过胤禛拜佛祈福，日书百“孝”的故事，对他十分认同，一致表示拥护康熙的决定。从此，胤禛受封为贝子，为他日后进一步晋封打下了基础。

这次晋封本来是件大喜事，却让胤礽感到很不悦，他暗地里想，皇阿玛不仅不严惩大阿哥，还晋封他们，这不是有意抬高他们的身价，鼓励与我竞争吗？在这种思想影响下，他变得焦躁不安，一方面加紧学习，努力用功，保持自己的形象和地位，一方面，由于情绪得不到宣泄，开始经常打骂手下人。这天，他和兄弟们到练武场练习骑射，恰好是徐元梦当值。徐元梦虽是满人，满腹文才，却不爱骑射，不像顾八代一样文武双全。他站在场边观望时，胤礽突然过来说："徐师傅，你下场表演一下射术。"

徐元梦推辞说："太子爷见笑了，我不懂骑射，哪敢献拙？"

胤礽生气地说："身为满人，不懂骑射算什么！来，你今天必须为大家表演一番。"

徐元梦赶紧说："我是个文人，真的不懂骑射。太子爷武艺超群，不要难为我了。"

胤礽不依不饶，硬是要驱赶着徐元梦下场射箭。两人僵持不下，胤礽挥手喊来侍卫，大声吩咐："打，给我打，我看他会不会还手？"

侍卫们会武功，个个身手不凡，围住徐元梦一阵拳打脚踢，直打得他哀哭嚎叫，声声凄惨。胤禛看不下去了，跑过来替他求情："徐师傅是个文人，这样打下去会出事的！太子，求您放过他。"

胤礽没好气地说："他自恃有些文才，瞧不起骑射，这样的人不该教训吗？老四，你怎么啦，专门和我作对，哪里来的胆量？"

胤禛忙说："我哪敢和您作对！我担心您这样做惹恼了皇阿玛，他要是生气了，您会受到牵连。"

胤礽细一琢磨，觉得有理，拍打着胤禛的肩膀说："老四，你长大了，懂的道理越来越多了。好，以后好好听我的话，辅佐我治理天下。"

胤禔一直站在练武场另一边，他冷眼观察徐元梦挨打，心想，哼，胤礽呀胤礽，你无故施暴徐元梦，我一定要告你的状。他是个记仇的人，对胤礽状告自己的事念念不忘。果然，他私下里对胤祉、胤禛说："皇阿玛一直教导我们，对待师傅应该恭顺有礼，今天太子暴打徐元梦，你们都看见了，你们说，我们是不是该去告诉皇阿玛？"

胤禛吃惊地说："大哥，前次太子状告你，已经让皇阿玛很生气了，你怎么又要告他呢？"他不明白兄弟之间为何如此不能容忍。

胤祉也说："大哥，太子是储君，你要告他就是以下犯上，这样做很危险。再说了，徐元梦不会骑射，就连皇阿玛也多次要他学习。今天太子这么做，无非是激发他学习骑射的勇气。"

胤禔虽然鲁莽，可刚刚受到一次重大打击，还是有些畏惧心理，想了想最终放弃了告状的打算。过后，徐元梦对顾八代谈起此事，叹息着说："别看四阿哥年纪小，还真是仁孝，在太子面前为我求情。"

顾八代感慨地说："四阿哥至诚至孝，这一点就连皇上也多次夸奖他。"至此，胤禛诚孝之名在后宫乃至整个朝廷传开，上至康熙下至一般官员、宫人无不为他的孝心感动。

来年的12月，孝庄太后忌辰之日，康熙前去遵化拜谒暂安奉殿。孝庄太后是清太宗皇太极的妃子，一般来说，去世后应该安葬在丈夫陵寝附近。可是皇太极没有入关就去世了，陵寝在盛京(今沈阳)。如今几十年过去了，孝庄太后去世前留下遗言："太宗文皇帝梓宫安葬已经很久了，不可轻易地为我去惊动他，况且我心里挂念你父皇和你，不忍心远去，你若能在孝陵附近为我找块地方安葬，我就心无遗憾了。"孝陵是顺治的陵寝，她希望

雍正三年(1725年),世宗皇帝以孝庄文皇后暂安以来国家昌盛,圣祖在位历数绵长、子孙繁衍为由,故将孝庄文皇后葬入昭西陵地宫。

安葬在儿子陵寝附近。康熙是大孝子,遵从祖母遗愿,没有把祖母的遗体运回盛京,而是在孝陵的前面,风水墙外建了一座暂安奉殿。他下令把祖母生前修建在慈宁宫的一座面阔五间,恢宏壮观的宫殿拆运到此重建,并再三叮嘱拆卸时原件不可缺损,基址务必牢固等等。经过三个月的紧张施工,1689 年 3 月工程竣工。由于不是正式陵寝,所以命名为“暂安奉殿”。多年后,雍正继位,他认为孝庄太后的棺椁停在暂安殿内不是长久之计,况且暂安奉殿的所在地就是上吉佳壤,可以改建为陵寝。于是下旨修建陵寝,同年 12 月,孝庄太后的棺椁正式葬入地宫。因为皇太极的陵叫昭陵,位于盛京,孝庄太后的陵位于遵化,方位在昭陵西面,按照清朝皇后陵命名的办法,将孝庄太后的陵定名为昭西陵。从此,清东陵的风水墙外就有了人们所看到的昭西陵。

周年忌日,康熙更加思念祖母,心情非常悲恸。临行前,他留下 13 岁的太子监国,带着胤禔、胤祉和胤禛三兄弟前往,随行的还有皇贵妃。

这一去，会发生哪些事情呢？

噶尔丹南下，击败了喀尔喀蒙古，扬言“夺取黄河为马槽”，虎视大清。消息传到京城，人人震惊。为了稳定塞北局势，康熙率领儿子、朝臣大约3万人进行规模盛大的秋猎。秋猎时，皇子们为了彰显皇室威严，与蒙古诸王展开比赛。他们年少气盛，利用火器的优势取胜，震慑了蒙古诸王。

接着，在庆功宴上，胤禛大胆推荐革职的师傅，打败了气势汹汹的蒙古武士，再次赢得了尊严。蒙古诸王不甘示弱，以玉壶为题为难康熙。胤禛出面破解谜题，并且讲述重黍轻佻的典故，以深厚的儒学文化功底威服蒙古诸王。

第五章 秋猎不落后　木兰围场显英武

第一节 出猎途中

杀虎救人

在拜谒暂安奉殿期间，皇宫传来不幸的消息，皇贵妃不足1岁的亲生女儿得急病夭折。康熙知道这个消息后，犹如雪上加霜，难过之极。眼看着父皇如此伤心，胤禛懂事地安慰他，还请求说：“皇额娘还不知道皇妹夭亡的事，儿臣求皇阿玛不要告诉她，免得她过于伤心。”

康熙点头应允，让胤禛多多陪伴皇贵妃。胤禛对皇贵妃扶前围后，像个小大人一样细心周到地照顾她，皇贵妃高兴地夸奖他：“孝心堪比你的皇阿玛。”康熙赞同地说：“四阿哥继承了朕诚孝的品格，这一点最难得。”

拜谒完毕，胤禛随同康熙等人回归紫禁城，恢复了以往读书求进的岁月。这时，康熙的六子夭殇，五子胤祺、七子胤祐和八子胤禩已经先后到了入读年龄，也进入无逸斋读书。康熙十分重视儿子们的学习，有一阶段，在临朝御政之前，他先让太子胤礽将前一天学过的功课背诵复讲一遍，达到熟记和融会贯通才作罢。他还多次告诫各位皇子：“凡人养生之道无过于圣人所留之经书，故朕惟训汝等熟习四书五经性理，诚以其中凡存心养性立命之道无所不具故也。”受此影响，胤禛读书更加用心，课业进

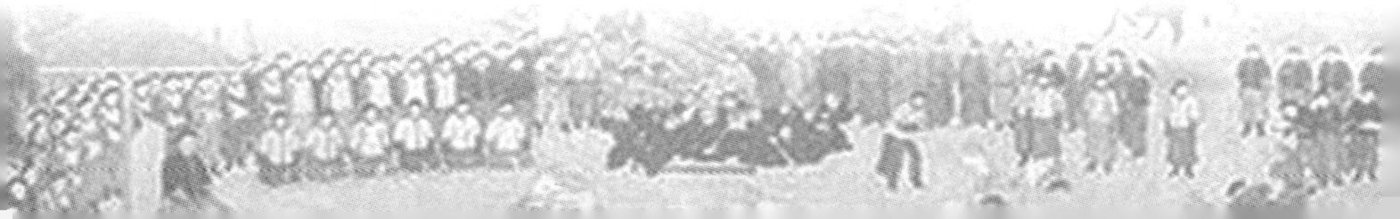

步明显。

第二年，康熙早早下旨，到木兰围场进行规模盛大的秋猎活动。康熙出塞，名为“秋弥”，与蒙古王公共猎，实际上是会见蒙古族首领，加强他们同清政府的关系，稳定对这个地区的统治。自从平定三藩和统一台湾后，他几乎每年都要到塞外巡视。胤禛 9 岁那年，第一次参与塞外秋猎，整整一个月，他身背箭筒，手挽弓弩，和父皇兄长们一起终日在马上，时而疾驰，时而慢行，任凭风吹日晒，射猎不止。今年他已经 12 岁了，骑射之术与从前不可同日而语，听说又要秋猎，格外激动，赶紧做着各项准备工作。

北京故宫博物院武备兵器库中珍藏的雍正皇帝御用马鞍。

启程的日子来到了，胤禛随同队伍踏上秋猎之路。他们日行夜宿，出北古口，一路上，穿山过野，行程紧迫，晚间就在野外宿营。这让胤禛十分兴奋，他兴致勃勃地与士兵们一起扎帐篷，准备食物器具。胤祉见了，提醒他说：“你以前特别喜欢纳兰性德《长相思》里的‘山一程，水一程，身向榆关那畔行，夜深千帐灯。’现在身临其境，有何感想？”胤禛吟诵一遍，然后说道：“可惜纳兰性德去世了，要是他与我们同行，说不定还会有佳作问世。”

胤祉又说："这一路行来，白天赶路，夜里睡不好，腰酸背痛，累死了。"

胤禛不以为然地说："经风雨长见识。我们平日里养尊处优，太娇惯了，所以皇阿玛才让我们出来锻炼。"

兄弟俩边说话边进帐篷休息。不多时，夜幕降临，各个帐篷亮起烛光灯影。胤祉睡不着觉，推推胤禛说："走，我们去外面看看千帐灯火共明的情景。"

胤禛好奇心强，也想外出瞧瞧，他带好刀箭和胤祉出了帐篷。营地里，帐篷一座连着一座，绵延数里，十分壮观。胤禛观看多时，感慨万千，对胤祉说："漠西的噶尔丹攻占了漠北喀尔喀蒙古，率众南下，兵犯内蒙，扬言'夺黄河为马槽'，皇阿玛这次巡视塞外与其有关。"1688 年，噶尔丹 3 万骑兵与喀尔喀蒙古土谢图汗的部队尘战 3 日，大败喀尔喀。喀尔喀蒙古"溃卒布满山谷，行五昼夜不绝"。在哲布尊丹巴的建议下，喀尔喀蒙古三部内迁中原。

胤祉一边点头应和，一边和他向着不远处的一片树林走去。树林位于山岗上，树木葱郁蓬勃，夜晚显得格外静谧幽深，透露出丝丝不祥之兆，胤祉拉住胤禛说："我们走得太远了，还是回去吧。"

胤禛说："四周戒备森严，你怕什么？走，我们进去瞧瞧。"说着，他带头走进树林。所谓年少气盛，看来谁也不例外。

就在他们走进树林的刹那，猛然听到一声惨叫，树林里冲出一人，身后跟着一头斑斓大虎。老虎瞪着灯笼似的眼珠，脖颈上插着一支利箭，旋风一样嚎叫着直扑那人。胤禛大吃一惊，拔出佩刀对准了老虎。胤祉早已吓得脸色苍白，呆立不动。所幸，老虎并不关注他俩，而是气势汹汹追逼那人。那人一心逃窜，显然惊吓不小。这会儿，胤禛稍稍冷静下来，他观察着老虎动向，大声提醒那人："快，爬到树上去，爬到树上去。"

那人听了这话，一个箭步窜到树前，噌的跳到一根树杈上。老虎同时赶到树下，使劲撞击树干，大有不吃掉那人不罢休的态势。这边，胤禛手握佩刀，目不转睛地盯着老虎，小心地靠过去，趁老虎不备，用尽全身力气劈下去。这一刀砍在老虎的脖子上，只见血光飞溅，老虎哀鸣一声，没有来得及掉转身体就躺下去了。

过了半炷香的时间，那人才大着胆子跳下树杈，走到惊魂未定的胤禛、胤祉身边，抱拳说："多谢搭救之恩，不知道恩人贵姓？"

胤禛手握血刀，并不回答他的问话，反问道："你是谁？为什么被老虎追赶？"

那人约莫 20 岁年纪，一身低等侍卫装束，身高体壮，十分威武，客气地回答："我叫图其琛，是皇宫侍卫，随驾出塞。对了，看你们年纪不大，怎么也来到这里？你们是谁？"他是大将军图海的儿子，进宫不久，所以不认识胤禛、胤祉。

胤禛略略放下心来，继续追问他被老虎追赶的原因。图其琛这才说："唉，我听人说这山林里有野兽出没，想趁着天黑猎一两只。没想到遇见了这只老虎，我情急之下拔箭射中了它。它疯了一般扑向我，我第一次射到这么威猛的野兽，吓坏了，拔腿就跑，幸亏小义士搭救，要不还不知道怎么样呢。"

胤禛明白了，指着地上的老虎说："怪不得我一刀就砍死了它，原来它早就中了你的箭。这样说来，你才是真正的勇士。"

图其琛性格豪放，为人爽快，连忙推辞说："小义士说笑了，要不是您出手相救，我早就让老虎吃了。"说着，他再次询问胤禛的姓名。

胤禛不再隐瞒，告诉图其琛自己是谁，并指着胤祉做了介绍。图其琛大惊，赶忙施礼说："原来是阿哥爷，难怪如此神勇。小人有眼无珠，多有冒犯。"胤禛笑笑，与他一起回去喊人运虎。

放生母鹿一家

胤禛砍杀老虎的事迅速传遍营地，康熙亲自出帐视察情况。胤禛将图其琛带到康熙面前说："皇阿玛，这不是儿臣一人的功劳，是他先射了老虎一箭。"

康熙打量图其琛，见他面色黝黑，身材魁梧健壮，高兴地说："不愧是图海的儿子，果真勇敢，好样的。"

图其琛不好意思地说："万岁，是阿哥爷救了奴才，奴才不敢贪功。"

此后，胤禛和图其琛成为好友，日日骑马并进，关系超出他人。这件事引起大阿哥胤禔不满。本来，他是皇子中骑射之术最高明的，历次秋猎中也总是射杀无数，收获丰厚，名列前茅。没想到这次出行，还没有到达木兰围场，就让胤禛抢了先，真的气闷。

队伍终于接近木兰围场了。木兰围场，是满语、汉语的混称。木兰是满语"哨鹿"的意思。围场位于河北省最北的围场县境内，与内蒙古交界，从承德北行约 120 公里。围场自古就是一处水草丰沛，禽兽繁集的天然名苑。清朝初年，康熙巡幸塞外，看中了这块"风水宝地"，于公元 1681 年设立方圆一万平方公

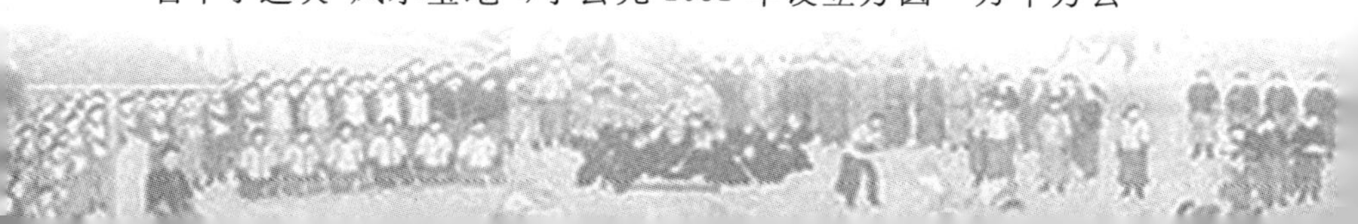

里，含72围的“木兰围场”，“岁行秋弥”使这里成为清王朝展示军力、训练官兵、威服外藩的重要场所，延续230多年。这次秋弥，康熙带领的官员、将士、嫔妃、子女多达3万，足见场面之壮观。

胤禛和图其琛走在队伍前面，他们一会儿撒马狂奔，比试骑术高低，一会儿挽弓射杀鸟雀，平添旅途乐趣。不知不觉，两人离队伍越来越远，走进一座山谷里。山谷蜿蜒不断，古树林立，奇花遍地，一派天然美景。忽然间，树丛中跳出一只野兔，似乎觉察到有人在眼前，迅速蹦跳着不见了。胤禛和图其琛哪肯放过野兔，他们同时策马追赶。这一追，就钻进了山谷深处。

在山谷里转来转去，胤禛两人遇到了一位壮年猎人。交谈之后，猎人热情地说：“我发现了一头母鹿，它带着一头小鹿，跑得很慢。走，我们一起去追杀它。”

胤禛和图其琛大喜，跟着猎人追杀下去。果然，母鹿和小鹿很快出现在他们面前，它们显然受到了惊吓，惊恐万状，跑跳着试图找到一处藏身之地。猎人吩咐说：“我们从三面包抄，一定可以抓住它们。”于是，三人从三面向母鹿和小鹿围拢。眼看着它们已经无路可逃了，母鹿忽然温柔地将小鹿挡到身后，爱抚地舔着它的皮毛，喂它吃奶。小鹿含住母亲的乳头，情绪逐渐稳定下来，以为危险远去了。母鹿显得格外镇静，它低头吃了几片草叶，随后将小鹿带到一株小树后，再次做了几遍吃草的动作，然后独自昂首步出树后，等待着猎人们的到来。

胤禛目不转睛地看着母鹿的举动，被深深震惊了，他手里的弓箭慢慢垂下，朝着图其琛和猎人发出不要行动的信号。图其琛正要开弓放箭，听到胤禛的信号，转过来不解地问：“怎么啦？

阿哥爷是不是想活捉它们?"

胤禛摇摇头:"不是,我想放过它们。"

"放过它们?"图其琛吃惊地问,"为什么?"

胤禛指着母鹿说:"你看它,临死前还要喂小鹿吃奶,这是多么感人的母爱,我们不能射杀这样的生灵,我们应该放了它。"

图其琛刚想说什么,就听一声箭响,小鹿扑通倒地。胤禛知道这是猎人放箭射中了小鹿,他急忙跑向小鹿,冲着猎人的方向高喊:"停下,停下!"

猎人射中小鹿,非常高兴,却见胤禛跳出阻拦,以为他抢夺自己的猎物,怒冲冲地喝道:"你想干什么?这是我射中的!"

胤禛本想放过母鹿和小鹿,没想到猎人不听自己的话,还敢呵斥自己,真是气不打一处来,争辩道:"我刚才不是发出信号,不让你射杀小鹿吗?你杀了它,那头母鹿多伤心?"

猎人奇怪地盯着胤禛,鼻子一哼说:"天底下哪有你这样的猎人?要是害怕母鹿伤心,你还来打什么猎?"

胤禛生气地说:"你太狠心了,你不是好猎人!"

猎人也很生气:"我打猎几十年,是当地最好的猎人,皇帝秋猎都要找我带路,你敢说我不是好猎人!"

图其琛看他们越吵越激烈,忙出面劝阻胤禛说:"小鹿只是肩部受伤,说不定还能医治,先瞧瞧再说。"

胤禛恼怒地瞅一眼猎人,赶紧掏出金创药为小鹿疗伤。猎人跟在他们身后,不服气地说:"你们不是出来打猎的吗?这是干什么?"

胤禛不理他,只顾低头上药。图其琛扯住猎人,低声说:"我是随皇上出猎的侍卫,这位公子是王爷的儿子,你不要多问了。"

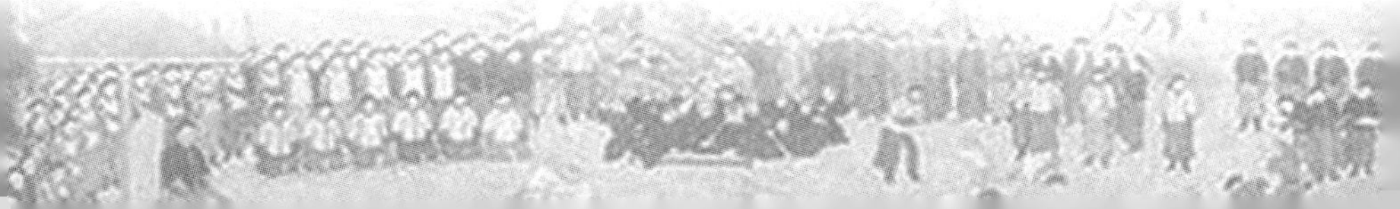

箭伤小鹿，母鹿断肠。

猎人从胤禛两人的穿着打扮已看出他们身分尊贵，来历不同寻常，听他这么一说，更确定了自己的想法，不再言语。

胤禛为小鹿上完药，转身看着猎人说："你有错在先，我不追究你。不过，我还要给你一个任务，你把小鹿和母鹿带回去，好好疗伤，不得有误。"

"啊？"猎人委屈地说，"医治一头鹿要花很多钱，我一个猎人，吃了上顿没下顿，哪有能力养活它？"

胤禛瞅他一眼，从怀里掏出一块翠玉，递给他说："这块玉价值不菲，你拿去换钱，足够治好这头鹿。记住了，过些日子我还要来看它。"

猎人接过翠玉，看了又看，最后高兴地说："多谢公子啦，小的一定照办。"

就这样，猎人将小鹿带回家去养伤治病。那头母鹿很有灵性，也顺着小鹿的气息到了猎人家。后来，猎人得知放生母鹿一家的是皇帝的儿子，很感动，在当地广为宣扬。当地人感激胤禛的放生之德，特意命名该山谷为活鹿谷。

第二节　秋猎比赛

输了也要比

胤禛放生母鹿和小鹿后，和图其琛回归队伍。这时，他们已经进入到木兰围场之中，放眼四望，到处水草丰美，森林茂盛。空中飞禽，林里走兽，时时出现人们眼前，它们或者身姿矫健，一闪而过，或者停驻树梢，好奇地盯视队伍。康熙走在队伍中间，传下令去，不到正式捕猎，谁也不准私自射猎。胤禛兴奋地望着出没无常的禽兽，对图其琛说："这么多野兽，我们一定可以大获丰收。"

清代皇帝举行木兰秋猎之所——木兰围场，位于承德北部，现名塞罕坝国家森林公园。

正式围猎开始了。当时的木兰围场,根据地形和禽兽的分布,划分为72围。每次正式狩猎都有一定的程序。一般先由管围大臣率领骑兵按预先选定的范围,合围靠拢形成一个包围圈,然后逐渐缩小。另外一些士兵则头戴鹿角面具,隐藏在包围圈内的密林深处,吹起木制的长哨,模仿雄鹿求偶的声音。雌鹿闻声寻偶而来,雄鹿为了争夺配偶也会赶来,而且,很多野兽为了猎食鹿纷至沓来。包围圈缩得越来越小,野兽密集聚拢,正是捕猎的大好时机。这时,大臣们奏请皇上首射,皇子、皇孙随后,紧接着是王公贵族。最后大规模围猎开始,上至皇上,下至一般士兵无不张弓射箭,捕杀猎物。今年,康熙下令在塞罕坝进行第一次围猎。"塞罕坝"是蒙汉混合语,意为"美丽的高岭",面积9.4公顷,是木兰围场主要猎区之一。

随着康熙射出第一支箭,一头受惊的鹿应声倒地,胤禛和兄弟们纷纷张弓搭箭,射猎前方禽兽。除了太子胤礽留下监国外,这次随行皇子不但有胤禔、胤祉、胤禛,还有五阿哥胤祺、八阿哥胤禩。第一次放箭,大家分别有所收获,其中胤禔射中了一头野猪,他激动地打马在队前来回奔了几圈,大有炫耀之意。而八阿哥胤禩人小技高,射中一头狍子,他激动万分,策马就要去捕拿猎物。胤禛连忙挡住他说:"不要过去,那边危险!"

原来,那些中箭的猎物并没有立刻死去,还在痛苦地挣扎着,如果有人靠近,将会非常危险。胤禩勒马驻足,惊讶地望着那些猎物。这一细节让康熙注意到了,他欣喜地看着胤禛,什么话也没说。这时,王公贵族们已经做好了射猎准备,却见胤禔提马上前,对着他们大声说:"我们从小练习骑射,个个都有些本事,听说几位蒙古王爷功夫了得,今天我们就比一比,看看谁射

中的猎物最多、最大，怎么样？”

几位蒙古王爷听了，不由转脸看看康熙，心里说：“这位大阿哥，怎么讲的像是挑战？这是皇上的意思吗？”康熙没有理会他们，像是没事人一样观望着。蒙古王爷只好应声说：“大阿哥抬举我们了，您年少有为，上来就射中大野猪，我们哪敢和您比试。”

胤禔笑着说：“各位王爷不用客气，秋猎本来就是展示本领的机会，就这么说定了！”说完，他打马退到康熙身边，目不转睛地注视着王爷们射杀野兽。

这边，王公贵族轮番射猎，也是各有所获。紧接着，康熙一马当先，带领臣子将士冲进包围圈，开始了大规模围猎活动。胤禔非常勇猛，屡屡放箭，屡屡射中，他得意地率领一批将士冲到最前面，猎获最丰。胤禛和胤祉、胤祺、胤禩一开始还追随在他身后，渐渐与他拉开距离，跟不上了。几个人在森林里转来转去，与大部队失去了联系，胤祺左右张望着，胆怯地说：“我们迷路了吧，还是先回去找到队伍吧。”胤禩说：“我们参与围猎，怎么不射猎就回去呢？皇阿玛知道了，一定会斥责的。”

他俩争吵时，胤禛骑马走在最前面，他观察了一会儿地形，对胤祉说：“你看，前面有座山包，草木密集，一定是野兽出没之地。我们分成两路围拢过去，一定会抓到不少猎物。”

胤祉说：“好，我带着老八，你带着老五，我们过去瞧瞧。”

胤祺听了，吓得脸色发白，结结巴巴地说：“啊？就咱四个，还要围猎？太危险了吧？”

“你怕什么？”胤禩生气地说，“你没有听见大哥说吗？要和那几个蒙古王爷比赛。我们再不赶紧行动，肯定要输了。”

胤祺瞅他一眼，没好气地说：“那些蒙古王爷都是骑射高手，年年参与秋猎，很有经验，我们哪里比得过他们？再说了，皇阿玛和大哥那么厉害，一定会赢，还用得着我们去比吗？”

“你……”胤禩生气了，又不敢训斥胤祺，转向胤祉说，“三哥，你看他，只会长他人志气，你评评理。”

胤祉脾气好，笑着说：“老五，你比老八还大一岁呢，反而胆子小。我们手里有武器，还怕几只野兽？”

胤祺哼了一声，刚要说什么，胤禛回过头来，着急地说：“你们吵什么？现在是围猎，不是吵架评理！真是的。跟你们说，输了也要比！三哥，你赶紧带着老八从西面过去，我和老五从北面包抄。”说完，他径直往北面行进。胤祺没有办法，只好追随他而去。

胤禩自以为有理还挨了批评，受了委屈，噘着嘴巴，和胤祉往西面包围。果然，山包四周野兽麇集，他们略一吆喝，就见雉鸡乱飞，野兔四跳，不时跑出一两只狍子，瞪着一双双可爱的眼睛看着他们。胤禛大喜，快速地开弓射箭，一会儿就射中了好几只猎物。由于没有大兽，胤祺也放开胆量，跟在胤禛身旁不停地放箭。突然，前方树林一阵响动，许多小野兽惊恐地四下乱跑，胤禛大叫一声：“不好，有大野兽出来了！”

不知道他们遇到了什么野兽？

将军泡子

随着胤禛一声喊叫，林子里走出来一头大黑熊。这头熊形体高大，眉目狰狞，样子十分骇人，它瞅了瞅四周，一步步朝着胤禛兄弟走来。胤禛和胤祺都吓傻了，他们的马也惊恐地直往后

退。情况危急时刻，就听不远处一声马嘶，图其琛飞马赶到。他手里握着一把火枪，瞄准黑熊开了火。黑熊应声倒地，胤禛这才长长地舒了口气，回望图其琛，招呼道："你怎么来了？"

图其琛答道："刚刚万岁派我们查看阿哥们狩猎情况，我带着几个弟兄一路找来，正好遇见了三爷和八爷，听说你们在这里围猎，就赶了过来。"

胤禛高兴地说："你来得可太巧了。"说着，他打马过去，拿过图其琛手中的火枪说："还是这东西管用。"

图其琛说："这是裕王爷让我给阿哥爷们捎来的。刚才我遇到他，他说大阿哥带着几个兄弟围猎，带的火枪太少了，怕有危险。"裕王爷名叫福全，是康熙的亲哥哥。

胤禛托起火枪，向远处瞄准着说："裕王爷想的真是周全。听说他用火枪的本事很高，我要跟他学。"

胤祺依旧沉浸在恐怖的气氛之中，看着胤禛若无其事的样子，皱着眉头说："四哥，那头熊怎么办？"

胤禛放下火枪，笑着说："图其琛，你猎到一头熊，这回可立大功了。"他和图其琛简单商量一下，吩咐士兵们将死去的黑熊抬回营地。

傍晚时分，围猎行动结束，大伙陆陆续续返回营地。按照胤禔事先约定，皇子们开始和蒙古王爷比拼所获猎物。第一比数量，经过查点，皇子们收获的猎物没有蒙古王爷们的多，这让胤禔有些恼恨。第二比猎物大小，从野兔开始，一直比到黑熊，蒙古王爷一帮没有猎到黑熊，所以输了。结果平手，福全带头庆贺道："阿哥们年龄不大，能够与蒙古诸王比平，真是不得了啊。"康熙也很开心，他接受了福全的祝贺，还高兴地询问猎获黑熊的过程。当他听说胤禛四兄弟为了比赛，组织小规模围猎射到黑熊时，惊喜地说："好，好，输了也要比，这种精神值得奖励。"

晚饭后，胤禛和几个兄弟讨论明天围猎的事，大阿哥胤禔不屑地说："你几个功夫太差，要是和我一样，肯定能把那几个蒙古老头比下去。"

胤祺说："大哥，我和四哥猎获了黑熊，哪里比你差？"

胤祼也说："我们年纪小，长大了也很厉害。"

"哼，"胤禔说，"等你们长大，还不知道是猴年马月呢。准噶尔的噶尔丹虎视眈眈，已经攻占了漠北喀尔喀蒙古，弄得这些蒙古老头心惊胆战，一个个左右摇摆，对我们大清不放心了，也不忠心了。我就是想借这个机会给他们点厉害瞧瞧，让他们明白，我们兵强马壮，噶尔丹根本不是我们的对手！"

他慷慨陈词，引得众兄弟连连惊问："是吗？""真的？""蒙古人要投靠噶尔丹？"在这片惊呼声中，胤禛激动地说："噶尔丹太猖狂了，大哥，我们不是有火枪火炮吗？他们来了，我们就像打黑熊一样把他们打回去。"

"哈哈哈，"众兄弟一阵大笑。胤禔有所领悟，他指着胤禛说："你说得有道理，听说噶尔丹部擅长骑射，却不太懂使用先进的火炮，要是我们的火炮发挥了威力，还不把他们打烂了？"

胤禛欣喜地说："既然这样，我们赶紧跟裕王爷学用火枪去。"

胤祉说："火枪火炮，我都有研究，这些洋武器可不简单，比起刀枪剑戟大有不同……"

"别说那些没用的了，"胤禔打断他说，"如今兵临城下，你研究有什么用？赶紧学会才是真的。我这就去向皇阿玛禀告此事，你们赶紧学习。”说完，他一头钻出营帐，匆匆忙忙走了。

胤禛招呼兄弟们说：“我们去找裕王爷。”

福全还没有休息，听说几位皇子求见，慌忙出来迎接。胤祉说明来意，福全说：“你们不是学过火枪吗？怎么，是不是不敢用？”

“对，”胤禛说，“那都是在练武场比划着玩的，没有真功夫。现在可以趁着围猎，真枪真炮地练一练，提高我们大清国的威望。”

“呵呵，”福全笑了起来，“这火炮恐怕不能用，不过，我明天可以奏明皇上，带着你们用火枪围猎。”

“太好了！”胤禛兄弟高兴地击掌相庆，憧憬着明日射猎。

第二天一大早，用过早饭，康熙果真传旨让福全带着皇子用火枪围猎。这一下，蒙古诸王不干了，他们说：“皇上，他们用火枪，我们也要用。”康熙笑着说：“你们随便用。”蒙古诸王一听，心里猛一惊，他们平日接触火枪不多，拥有的数量有限，哪能跟皇家相比。结果，这天围猎结束，皇子们猎物颇丰，远远超过蒙古诸王。

围猎一天天进行着，胤禛和兄弟们借此机会，使用火枪的本事大增。不仅如此，受他们影响，清兵将士也有不少人喜欢上用火枪，这又大大提高了他们的战斗能力。第二年，噶尔丹南下，康熙任命福全为抚远大将军，领兵抵抗，并命胤禔为副将军从征。两军经过几次交锋后，清军屡屡失利。噶尔丹步步紧逼，进至乌兰布通。“乌兰布通”蒙语为红瓮，汉意为红山。这里是康熙出巡蒙古的要道，地理位置十分重要，因此，京师戒严，中外震动。为了抵制噶尔丹，康熙亲自到隆化督战。在乌兰布通，两军展开一场大战，噶尔丹用上万骆驼“使卧于地，背加箱垛，毡渍水盖其上，排列如栅以自蔽”。这就是历史上著名的骆驼阵。

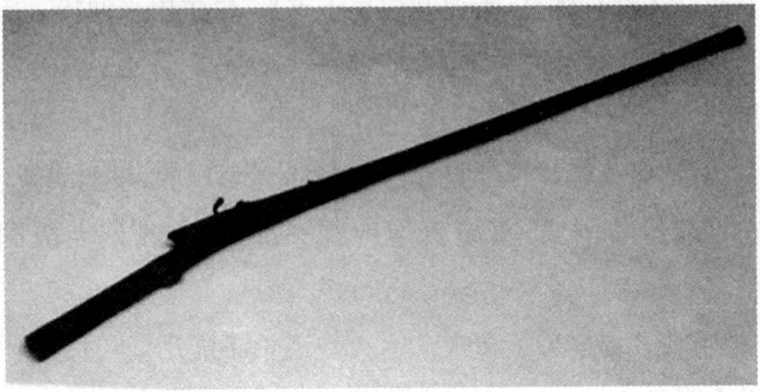

雍正皇帝的御用火绳枪，长 160.5 厘米、内径 12 厘米，清宫造办处，清宫旧藏。

面对敌人的强大阵营，清军隔河而阵，用火炮轰击，万炮齐鸣，从中午一直到傍晚，终于把骆驼阵摧毁。炮火的强烈轰击震动着此地的地理结构，致使地下水涌出，形成了一个“大泡子”。将军佟国纲率领军队出击，与噶尔丹部战士肉搏相拼，不幸阵亡。他的鲜血染红了身边的泡子，为了纪念他，后人就将此地称作“将军泡子”。

在清军勇猛的进攻下，噶尔丹只好落荒而逃，退回科布多地区。这一战，火器显示了充分的威力，为大清进一步消灭噶尔丹势力提供了很好的保障。

第三节　庆功宴上

推荐巴图鲁

康熙一边与蒙古诸王共猎，一边向他们展示着自己的军事力量，这一点无疑取得了巨大成功。此时，以索额图为首的清廷代表团在尼布楚与沙俄签订了平等的《尼布楚条约》，结束了半个世纪以来的中俄边境问题，制止了沙俄的侵扰。17 世纪以来，沙俄不断侵扰中国边境。1681 年间，沙俄的侵扰愈演愈烈，移民东进，建立据点，其中雅克萨城最为重要。面对沙俄的侵染，康熙于 1683 年设黑龙江将军，在黑龙江城（今瑷珲）置将军衙门，任命萨布素为首任将军，派兵驻守，严防敌人入侵。他还建立了水师营，有 100 余艘船。同时，康熙派人深入沙俄后方，刺探敌情，掌握信息。

经过充分准备，1685 年，康熙发兵 3 000 人，从水陆两路直逼雅克萨城。俄军抵抗不过清军，大败而逃。清军拆毁沙俄城堡，胜利班师。其后，俄军卷土重来，清军没有给他们喘息之机，再次打败了他们。在此情形下，康熙派出以索额图为首的代表团与沙俄开始谈判。1689 年 9 月 7 日，条约签订，9 日，索额图带领使团返回京城。此消息传到木兰围场，所有人都很高兴，蒙古诸王向康熙祝贺："皇上威服天下，沙俄鬼子再也不敢肆扰我境了。”

康熙笑笑：“朕不仅要打退沙俄，还要击溃噶尔丹，维护蒙古的安宁。”蒙古诸王自然深知康熙用意，一个个随声附和，不敢多言多语。

20 多天后，围猎结束了，按照惯例，康熙会同诸王到张三营行宫（现隆化县境内）举行盛大的庆功告别宴会。每次宴会，不仅要饮酒歌舞，摔角比武，还要按照军功大小，予以奖赏。因此，这次宴会形式隆重，影响很大。

雅克萨抗俄之战中，清军的神威无敌大将军炮。

胤禛和兄弟们跃马飞驰，二十几天的围猎，让他们更加健壮有力，也更加精神抖擞。他们最先来到行宫，这里早有京城的官员们前来接驾欢迎，其中一人就是顾八代。顾八代看到越发威武有神的胤禛，恭喜道：“四阿哥，二十几天不见，你更加精神奕奕了。”

胤禛亲切地与顾八代交谈着围猎过程中的种种事迹，并说：“我用火枪打中了几只狍子，等到赏赐完毕，我就把它们送给你。”

顾八代连连摇头说：“多谢四阿哥的美意，不过我以为，你应该将受赐猎物最先送给皇贵妃，以及她的家人。”

胤禛笑道："师傅教诲，我难能忘记，我已经为皇额娘和舅舅们准备好礼物了。你就放心吧。"

顾八代高兴地点点头，他明白自己多年教诲没有白费，胤禛不再是幼稚顽童，而是有了一定思想和能力的少年皇子。在他面前，正有一条模糊不明的道路等待他去旅行，去征服。

庆功宴开始了。康熙与蒙古诸王举杯共饮，观赏勇士们摔角比武。一位叫胡土克图的蒙古勇士非常勇猛，一连击败了好几位摔角手，他得意扬扬地站在场地上，一副志在必得的架势。这一下，蒙古诸王高兴了，他们满脸喜色地望着胡土克图，高声说："皇上，胡土克图勇猛无比，连连打败对手，请封赏他为巴图鲁。"巴图鲁是勇士的意思，满蒙贵族非常珍惜这个封号。

康熙瞧了瞧场内，看到无人上场应战，不免有些失望，开口说道："没人上场应战了吗？"却见胤禛站了出来，朗声说道："皇阿玛，儿臣推荐一人，可以与胡土克图一战。"

"喔？"康熙没想到胤禛站出来说话，好奇地问："你推荐何人？"

胤禛说："这个人名叫查阿朗，他曾经是儿臣们的师傅。"

康熙一惊，查阿朗是他亲自为儿子们挑选的武学师傅，因为明珠一案受到牵连，革职受罚，如今不过是普通士兵，也随行了今年的秋猎活动。他不明白胤禛为什么突然提起他，沉着脸没有说话。

胤禔见到这种场面，急忙站出来，随着胤祺说："皇阿玛，查阿朗武功高深，擅长摔角，他才是我们大清国的巴图鲁。"

其他皇子见了，也纷纷起立请求让查阿朗上场与胡土克图交战。康熙笑了，转身对几位蒙古王爷说："阿哥们推荐他们的师傅上场交战，朕看，就再让胡土克图比试一局，好让他们心服口服。”

几位蒙古王爷不好说什么，只得同意了。不一会儿，查阿朗在侍卫们带领下来到场地，他拜见过皇帝和诸王，略作准备来到胡土克图面前。查阿朗身材中等，相貌平平，与高大威猛的胡土克图相比，真是相距甚远。胡土克图打量着他，轻蔑地说：“你也敢和我比？”

查阿朗并不答话，只是用一双闪着火焰的眼睛盯视着他，似乎在说：“看我怎么收拾你！”两人抱拳过招，很快打斗到一处，你攻我进，难解难分。大阿哥胤禔带头为查阿朗加油助威，胤禛和其他兄弟也很兴奋，不停地喊叫着，希望查阿朗能够取胜。

紧张的比赛场面吸引了所有人，场内场外响起阵阵喝彩声，图其琛还和几个侍卫敲起战鼓，更增加了几分火爆气息。就见查阿朗突然退步，闪出空档。胡土克图不知是计，进步追上。查阿朗藉势拉住胡土克图，猛一用力将其掀翻在地。胡土克图输了，场内外响起雷鸣般的欢呼声。

蒙古诸王好不气恼，又不便发作，只得赶紧命人搀扶胡土克图回去休息。他们转身向康熙祝贺道：“庆贺皇上，您为阿哥们挑选了一位好师傅。”

康熙高兴地宣布查阿朗为巴图鲁。这件事后，查阿朗官复原职，继续教导皇子们武学功夫。第二年，他参与了击退噶尔丹的战役，立下战功。当他听说是胤禛带头推荐了自己时，感慨地说：“四阿哥不忘师恩，真是仁义之人。”胤禛却没当回事，他平淡地说：“为国推荐人才，这是天经地义的事。蒙古诸王一心打压我们的锐气，怎么能让他们得逞？!”他一颗年少的心为国家大计考虑，而不是陷入你争我夺的政治漩涡之中。这一点，让他总是能够超然其外，在诸兄弟的争斗中十分独特，而且有利。

几日欢宴，几日封赏，庆功宴接近尾声。这是最后一日相聚了，康熙与蒙古诸王坐在行宫内，下面陪坐着几位皇子。说话间，一位蒙古王爷突然拿出一把小巧别致的玉壶，晶莹剔透，十分漂亮，他对康熙说："皇上，这是臣的祖先传下来的一把玉壶，里面有七个道道，据说如果用丝线穿过这七个道道，此壶会出现异样。可是，多年来无人能够用丝线穿过它。我看大清天下人才辈出，不知道有没有人能够为臣实现这个愿望？"

巧穿玉壶

康熙听了，皱着眉头看看玉壶，心想，他想借此与朕比斗，好啊，我朝文才武略者不乏其人，难道还怕这点小难题。于是，他哈哈一笑说："没问题，朕一定找人为你穿过丝线。"

那位蒙古王爷紧接着说："皇上，臣今日就要启程了，想把玉壶带回去，不知道能不能快一点解决难题？"

听到他催逼，康熙有些不快，再次望望玉壶，沉着地说："既然你这么着急，朕这就传旨。"他刚要传下旨意，命令随行文官学士们赶紧想办法用丝线穿过七曲玉壶，就见胤禛从下座站起，指着玉壶说："皇阿玛，儿臣可以用丝线穿过玉壶。"

康熙一愣，不放心地问："你有什么办法？"

胤禛满有把握地说："皇阿玛，你放心，我自有办法。"

康熙继续问："你需要什么工具？"

"只要一根丝线，一些蜂蜜，还有一只蚂蚁就足够了。"胤禛回答。

蒙古诸王颇感奇怪，不由问道："蜂蜜和蚂蚁有什么用？"

胤禛并不搭理他们，继续对康熙说："皇阿玛，儿臣这就出去抓蚂蚁。"胤祉兄弟听了，凑上来说："我们和你一起去。"

康熙笑微微地看着儿子们，默许他们出去捉蚂蚁，并吩咐人准备蜂蜜和丝线。不一会儿，胤禛兄弟小心地捧着几只蚂蚁进来了，他们来到玉壶前，刚要动手，就听那位蒙古王爷喊道："慢着，这是我祖先留下的玉壶，极其珍贵。几位阿哥想要用丝线穿玉壶，我不反对，但我有言在先，如果你们把它弄坏了，怎么办？"

胤禔第一个瞪起眼睛，冲着蒙古王爷嚷道："你一个堂堂王爷，怎么这么小家子气？不就是一把玉壶吗，弄坏了，我们赔你十把。"

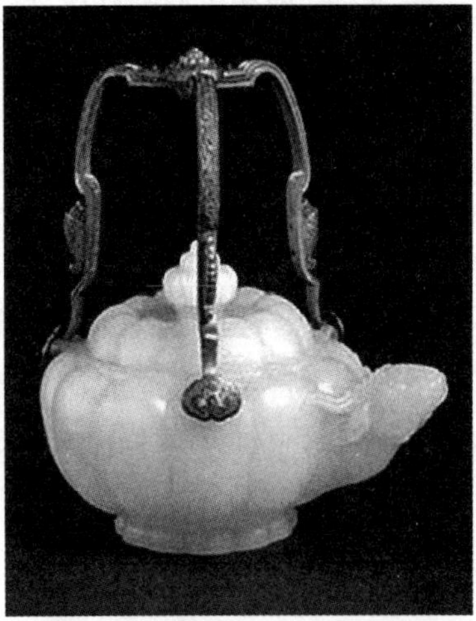

清代玉羊首提梁壶。玉壶是清代宫廷重要的生活用品之一，做工精细，质量优良，样式极多。

蒙古王爷嘿嘿一笑："大阿哥，恐怕你不知道这把玉壶的价值吧？别说你们赔十把，就是赔一百把，我也不答应！"

胤禔急了，回敬道："你不答应？我还不答应呢！是你让人穿丝线，怎么还这么啰嗦！我皇室里珍贵的玉壶多的是，难道还不如你一把玉壶不成？"

他俩的话语里带有了火药味，倒让康熙有些为难，他盯着胤禛，似乎在问："你有把握穿过丝线吗？"

胤禛连忙放下手里的蚂蚁，对康熙和蒙古王爷说："放心吧，我可以保证玉壶丝毫无损，一会儿你们就能看见丝线如何穿过玉壶。对了，王爷说会有异样出现，你们可要盯仔细了。"说着，他低头往玉壶里面浇灌蜂蜜。

蒙古王爷碰了一鼻子灰，还是不甘心，摊着双手转向康熙："万岁，玉壶价值连城，万一有个闪失，您可要为我做主啊。"

康熙向来沉着冷静，他看到胤禛胸有成竹的样子，心里更觉踏实，十分平淡地说："王爷不要多虑，这点小事难不倒他们。你呀，就瞧好了，看他们如何穿过丝线，到时候你也好回去为你的臣民表演。"

蒙古王爷又碰了个软钉子，闷闷地坐在座位上，紧紧盯着胤禛的举动。这时，胤禛已经灌完蜂蜜，正拿着丝线捆绑一只蚂蚁。蚂蚁太小了，他捆了几次都没有捆好，只好喊过胤祉帮忙。胤祉心细，三两下就把蚂蚁捆住了，他递给胤禛时悄悄说："四弟，这个小东西真的行吗？"

胤禛说："怎么不行？蚂蚁爱吃蜂蜜，它顺着小孔吃完蜂蜜，也就把丝线带出去了。"

胤祉拍拍脑袋，恍然说道："四弟，有你的，你怎么想起来的？"

胤禛说："我也不知道，反正我知道蚂蚁爱吃蜂蜜。"他在生活中善于观察，汲取了很多有用的知识。说着，他将蚂蚁放在玉壶的小孔旁，看它果真快速地啃食起蜂蜜来。这个办法吸引了康熙和蒙古诸王，他们也凑过来，惊奇地看着小蚂蚁吃蜂蜜。那位拥有玉壶的王爷还没有明白其中道理，不解问："哎呀，这是要干什么？小蚂蚁在做什么？"

胤祉故意说:“你没看见吗?它在吃蜂蜜啊。”

“吃蜂蜜?”那位蒙古王爷还是不解,“蚂蚁吃蜂蜜与穿玉壶有什么关系?”

胤祉扑哧一乐:“蚂蚁吃完蜂蜜,丝线也就穿过玉壶了。”

康熙明白儿子的办法了,点着头说:“原来如此。”那些蒙古王爷也想明白了,不由惊讶地说:“阿哥能想出这样有趣的方法,真是太聪明了。”

胤禛专心地盯着蚂蚁,并不和他们说话,他看见蚂蚁进入玉壶之中,才回头对康熙说:“皇阿玛,蚂蚁一会儿就从另一头出来了。”

康熙大喜,美滋滋地欣赏着儿子的杰作,与王爷们说笑着等待蚂蚁出来。一刻钟过去了,半个时辰过去了,可是那只小蚂蚁却没有出来。这可急坏了众人,他们沉不住气了,纷纷追问胤禛:“怎么回事?蚂蚁呢?”

胤禛也很焦急,他搓着手来回踱步,心想,蚂蚁怎么不出来呢?难道在中间出了问题?胤禔不耐烦地说:“那只蚂蚁可能死了,再换一只。”

胤禛摇头说:“不对,蚂蚁没有死,可能是吃饱了,不愿意吃了。”

“那怎么办?”胤禔问。

胤禛一时也没有主张,咬着嘴唇没说什么。一位蒙古王爷等急了,几次看看康熙,发现他脸色阴沉,不言不语,因此他也不敢催逼,转身拿起烟袋抽起来。他抽了几口烟,喷出来的烟雾引起胤禛注意,他走过去说:“王爷,借你的烟袋用用。”

“用烟袋?”王爷好不吃惊。

“对。”胤禛说。

王爷看一眼康熙，见他依旧沉闷不语，只好将烟袋递给了胤禛。

胤禛却不接烟袋，笑着说：“王爷，我不会用烟袋，还是你来，你把烟雾喷向玉壶。”王爷不明就里，只好按照他的吩咐去做，猛吸了一口烟，憋住气，对准玉壶吹出去。接连吹了几次，累得面红耳赤，才停下来问：“行了吧？”

胤禛说：“好了，你们瞧，蚂蚁出来了。”

果然，那只拴着丝线的蚂蚁急匆匆露出头来，它可能吃得太多了，步履有些蹒跚，不过脚步很急，显然受了某种刺激。众人看去，一个个惊喜地说：“出来了，出来了。”原来，胤禛让王爷用烟熏玉壶，蚂蚁在里面受不了了，被迫钻了出来。

胤禛巧穿玉壶，又一次为清皇室赢得荣耀，给蒙古王爷们一个大大的难堪。

重黍轻桃

庆功宴结束，康熙与蒙古诸王告别。这一次秋猎，他成功地实现了威服蒙古诸王的目的，非常满意。临行前，当地官员呈送上鲜美的水果，供众人食用后启程。一盘盘鲜美的瓜果，散发着诱人的香气。康熙示意大伙不要客气，随意取用。由于连日食用猎物肉食，又刚刚饮过酒，大多数人都抓起水果，大口品尝起来。不少人边吃边与旁边人议论：“桃子好吃，甜美多汁。”“还是葡萄可口，又酸又甜。”

在大伙品尝瓜果之际，唯有一人做出了奇异之举，他就是四阿哥胤禛，只见他伸手端起桌子上的一碗米饭，埋头吃起来。这

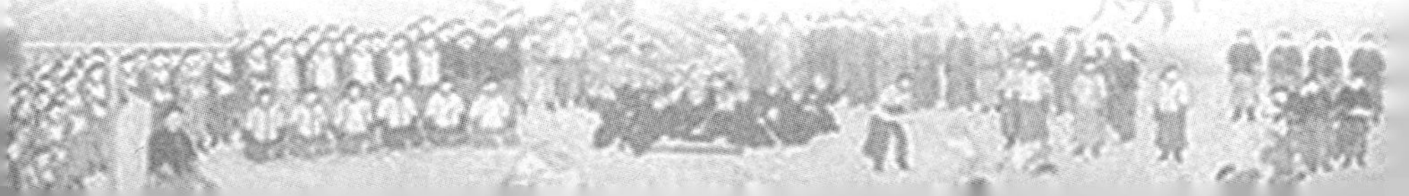

一举动引起兄弟们好奇，他们吃吃笑着问：“你还饿吗？怎么不吃新鲜水果而吃米饭？”

几位蒙古王爷也好奇地看着这位巧穿玉壶的皇子，不解地问：“米饭不过是一般饭食，而水果是时令鲜物，阿哥为何不吃水果却吃米饭？”

康熙也奇怪地盯着儿子，好像在等待他的答案。胤禛放下饭碗，认真地说：“我听说过圣人重黍轻桃的故事，虽然知道水果好吃，但是米为五谷之长，是祭祀时的主要贡品，因此先吃米，再吃水果。”

“重黍轻桃？”一位蒙古王爷脱口问道，“这是个什么故事？”

胤禛说：“这是《韩非子》里面讲述的一个故事：

有一次，鲁哀公宴请孔圣人，命人端上了水蜜桃和黍子招待他。水蜜桃鲜红娇嫩，水灵灵的，谁看了都想咬一口。可是孔圣人没有先吃水蜜桃，而是先吃黍子。黍子是人们经常食用的饭食，没什么珍贵之处，所以四周人都捂着嘴巴笑话孔圣人。鲁哀公很好奇，就问孔圣人：‘黍子是常用饭食，你为什么把它放在鲜桃之前呢？’孔圣人不慌不忙地回答：‘我知道桃好吃。可是，大王您没有听说过五谷之首黍在上，六果之末桃在下的道理吗？黍是五谷之长，是祭祀先王时的主要贡品。果实分为六种，桃是最末的一种，它没有资格进入庙堂祭祀先王。这个道理难道能够颠倒过来吗？我依照古礼行事，尊重先王，所以先吃黍，后吃桃，难道不对吗？’这番话说得鲁哀公心服口服。孔圣人的这番理论也为后人所推崇，因为它不仅体现了上下贵贱之别，也体现了孔圣人重视粮食生产，民以食为天的思想。”

所有人静静听着胤禛侃侃而谈，无不流露出钦佩神色，那位询问的蒙古王爷连连点头说:“哎呀,阿哥年纪轻轻,能文能武,知识渊博,实在不得了啊!”

胤禛神色平静地说:“这不算什么,我和兄弟们从小谨遵皇阿玛圣谕,日日研读圣人典籍,这点道理还是懂的。要说知识渊博,太子不知比我强多少倍。”

蒙古王爷转向康熙,恭喜道:“万岁圣明,不仅治国有方,还培养了文才武略的阿哥们,真是可喜可贺。”

康熙不动声色地说:“阿哥们将来要治理天下,身负重任,是朝廷和国家的希望,朕对他们要求甚严。君以民为重,民以食为天,这是最基本的为政道理。”

清代画家冷枚所绘《避暑山庄图》。

说话间,启程的时刻来到了,康熙与蒙古诸王告别,带领皇子、官员、将士踏上归途。他们一路行进,路过承德时,康熙打算在这里修建一座园林,为日后避暑和秋猎所用。这年春夏,他利用原来清华园的一部分修建的畅春园完工,从此,康熙几乎每年要有大部分时间住在园里,开创清代皇帝园居的习惯。

当他和皇子、官员们考察期间，他说：“我们满人来自北方，最耐不得炎热。前几年，四阿哥中过暑，最怕热，修建了园林可以年年来避暑。”胤禛忙说：“多谢皇阿玛记挂。”日后，承德避暑山庄建成，康熙赏赐了胤禛一座狮子园。

就在他们考察讨论修建园林一事时，京城传来急报。没想到的是胤禛得知急报内容，竟然当场晕厥过去，不知道这份急报究竟是何内容，与胤禛有什么关系？

为了磨炼心性，胤禛找人替自己出家，他也开始参佛修道，得到章嘉大师赏识。有一次，他出宫路过潜龙寺，庙里的老僧算出他为“万”字命，这让他既慌又惊。他恳求父皇带他前去五台山拜佛，这一去，又发生了智救才子和黄瓜治病的故事。

第六章 尊佛为修性 五台山治病救人

第一节　皇贵妃病逝

“孝”字陪葬

少年胤禛随行秋猎，回京途中路过承德，与父皇一起考察修建避暑山庄之事，没想到京城传来急报——皇贵妃病重。这个消息犹如晴天霹雳，胤禛顿时昏倒在地。康熙连忙派人为他医治，并传旨连夜返回京城。他们一路急驰，回到紫禁城时，皇贵妃佟佳氏已经病入膏肓。胤禛跪爬到她的床前，连声呼唤：“皇额娘，儿臣回来了。”

皇贵妃努力抬起头，从头到脚打量着胤禛，脸上浮现一丝笑意，她轻轻咳嗽几下，声音微弱地说：“四阿哥，你越来越健壮了，额娘心里高兴。”

胤禛强忍泪水说：“皇额娘，我今日回来，天天服侍您，您一定会很快好起来。”

皇贵妃笑了笑，示意胤禛靠前，艰难地说：“额娘知道你诚孝，可是生死由命，这件事强求不得。如今你也大了，额娘走了，你不要太难过。”说到这里，她眼里泪花闪烁。

胤禛再也忍不住，扑倒在皇贵妃床前，放声大哭。哭声中，康熙走进宫里，看到他们母子情形，已然明白大概，他上前握住皇贵妃的手，急切地说：“你病得这么厉害，怎么不早点命人告

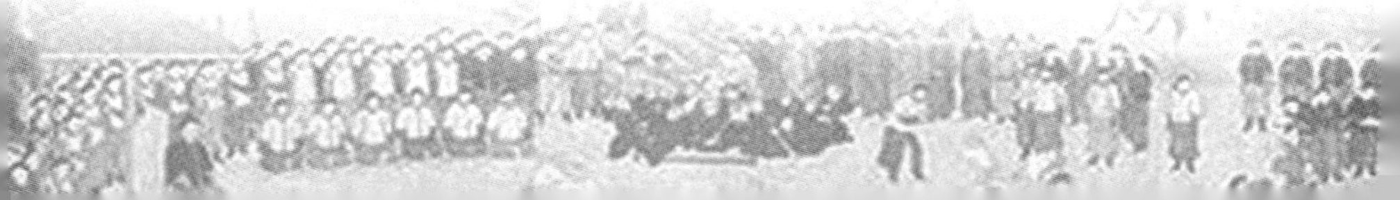

诉朕?”

皇贵妃摇摇头:“万岁,臣妾知道自己的身子,这些年常常患病,要不是万岁用心,恐怕早就去了。我来这世上一遭,承蒙万岁厚爱,又有四阿哥承欢膝下,心意已足,今日一去,别无牵挂。”

胤禛哭着说:“不会的,皇额娘不会走,您的病一定会好。我这就去柏林寺,问问那老和尚,当初他说佛祖会保佑您,现在怎么不管用了?”说着,他爬起来就要往外闯。

康熙一把拦住他,低声呵斥道:“这么大了,还是这般草率!你皇额娘病重,你不知道好生安慰,又哭又叫,像什么话!”

胤禛性子急,只想着快点治好皇贵妃的病,哪里还想其他,听了康熙几句训斥,依然固执地说:“我要为皇额娘治病,我不要皇额娘走。”

康熙皇帝的第三位皇后是孝懿仁皇后——佟佳氏,满洲镶黄旗人,领侍卫内大臣佟国维之女,本是康熙帝生母孝康章皇后的亲侄女,即康熙的表姐。

皇贵妃了解他的性情,强撑着伸出手臂,拉住胤禛的衣袖说:“四阿哥,你的心意额娘清楚,你先坐下,额娘有话说。”

胤禛哪还敢走,他回头继续跪下,哭泣着说:“皇额娘,儿臣听您的话,您说吧。”

皇贵妃略略休息片刻,讲起前次去柏林寺,妙智和尚说过的“佛性、禅道”之语,并说:“据我看，妙智所言有些道理。四阿哥是个真性情的人，聪慧诚孝，品格贵重，可是脾气急躁，喜怒不定，行事过于浮躁，这都是缺点。四阿哥，你一定要记住，要用心修身养性。”她说着，转向康熙，继续说：“万岁，您最了解四阿哥，他虽然有不少缺点，可他是个好孩子，将来一定会有所作为。臣妾这一去，就把他交给您了。”

说完这番话，皇贵妃似乎用尽了力气，闭上眼睛好久没有睁开。胤禛跪在地上，泣不成声地说：“皇额娘教诲，儿臣句句铭记在心，我一定好好磨炼心性，不让您操心。”

康熙紧紧握着皇贵妃的手，眼泪止不住滴落下来。他心酸至极，哽咽着说：“朕知道，朕知道，你就放心吧。”

第二天，康熙下旨晋封皇贵妃佟佳氏为皇后。这样做既有冲喜之意，也在表明皇贵妃在他心目中以及紫禁城的真实名分。然而，佟佳氏没有因此好转，而是很快就去世了。新后离世，普天哀恸，康熙为她举办了隆重的殡丧仪式，把她和前两位皇后安葬在一起，这就是景陵地宫。景陵是康熙皇帝的陵寝，他不足40岁就安葬了自己的3位皇后，其中辛酸恐怕只有他个人知晓。

自从佟佳氏去世，胤禛水米不进，日夜守候在她的棺椁前，哀哭不止。这天，佟佳氏的棺椁启程入葬，他跟随前往，临行前，他喊过小钟用说：“前次皇额娘有病，我写了不少‘孝’字，你去取来，我有用。”

小钟用不解其意，又不敢询问，急忙地回宫翻出“孝”字，包扎好了交给胤禛。胤禛接过“孝”字，逐个打开查看，然后用黄绫包扎，装进精致木盒，抱在怀里，再也不肯放下。等到佟佳氏下葬时，胤禛才把一盒“孝”字放进她的棺椁，痛哭着说：“皇额娘在天有知，儿臣还要孝敬您，要生生世世孝敬您。”

在场人见此情景，无不感动流泪。清廷制度，帝后入葬都有一定陪葬品，这些陪葬品既有生者日常用品、各种珍玩，还包括其他人送的物品。佟佳氏身为皇后，陪葬品自然少不了，可是最为珍贵奇特的莫属这一木盒“孝”字了。

安葬完佟佳氏，胤禛生了病，卧床不起。德妃乌雅氏听说后，几次欲往劝说，几次忍下了。康熙请来为佟佳氏丧事做法事的妙智和尚听说后，念诵佛号：“阿弥陀佛，四阿哥这般伤心，反倒误了皇后娘娘的去路。”

小钟用听到了妙智的这几句话，赶紧跑进来告诉胤禛：“柏林寺的妙智老和尚说，阿哥爷这样伤心，对皇后娘娘不利。”

胤禛一听，勃然大怒：“这个老和尚，我还没去找他算账，他反倒找起我的麻烦来了。我倒要问问，他凭什么这么说？”

替身和尚

胤禛不顾病体，找到妙智责问：“前次我去寺里拜佛，你口口声声说佛祖保佑皇额娘，如今你还有何面目来宫里做法事？”

妙智似乎早料到胤禛会来，面色沉静地说：“四阿哥，贫僧想问你一句话，你是真孝还是假孝？”

“你，”胤禛恼怒了，“你敢怀疑我？你真是太不像话了。你们和尚僧人，难道就是这样解救世人？”

妙智很沉稳：“去既空，空既去，皇后娘娘去路安宁，转世为佛，这有什么可悲的？四阿哥以‘孝’字陪葬，孝心感召日月，还有何可怨的？无悲无怨，大彻大悟，实乃佛家境界。要是四阿哥沉溺哀恸，卧病不起，悲怨无尽，岂不阻挠皇后娘娘转世之路？”

胤禛生在宫中，受孝庄太后等人影响，对佛并不陌生。可他从小攻读儒家典籍，受儒学思想影响至深。另外，康熙崇尚“外用儒术，内用黄老”的治国策略，使得胤禛对道家思想有了认识。这样看来，他像大多数中国读书人一样，是集儒释道于一体的。不过，现在的他年少气盛，哪里听得进佛家劝说，因此不依不饶地说：“什么佛家境界？皇后娘娘有老天保佑，谁也阻挠不了她的转世之路！你不要在这里欺世盗名了，赶紧回你的寺庙去！”说完，他气咻咻走了。

几天后，康熙来到胤禛住处，见他卧床不起，茶饭不思，一副病容，又是心疼又是着急，板着面孔说：“朕听说你与妙智大师吵架了，这是怎么回事？”

胤禛说：“他诅咒皇额娘，还说什么大彻大悟的话。我看这些和尚没什么真本事，就会吓唬人。”

康熙眉头一皱：“不得胡言乱语！我们大清是信佛的，你身为皇子，怎么能说出这种话？朕倒想问你，还记得你皇额娘临终前对你的教诲吗？朕看你性情浮躁，又不懂得养性修行之道，特意为你选了一处修行之地。你身体好了，就去吧。”

胤禛一惊，忙问：“什么地方？我还要去无逸斋读书呢。”

康熙没有理他，头也不回地走了。

第二天，胤禛才得知，康熙让他去柏林寺修行。他听了，急得大叫：“啊，要我去当和尚？我不去，我不去。”

小钟用连忙说：“阿哥爷，您别吵了。圣命难违，您这样吵闹有什么用？依我看，不如想别的法子。”

“别的法子？”胤禛催促，“什么法子？快说！”

小钟用抓抓头皮，低声说：“求人说情。”

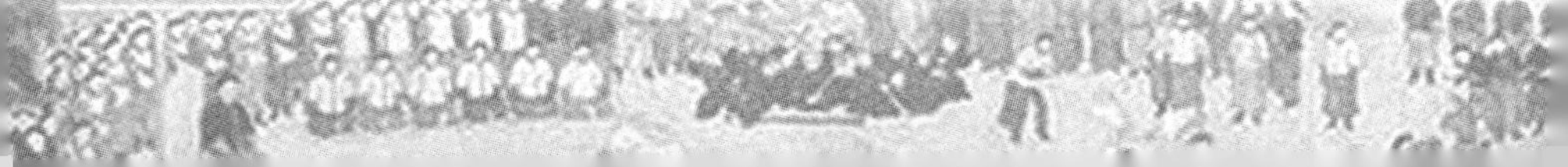

胤禛琢磨着这几个字说:“如今皇额娘刚刚走了,谁会为我说情?想起来,也怪我莽撞,不该责难妙智。唉,看来皇阿玛真是铁了心要改变我的性情。小钟用,你说佛家真有那么大的威力吗?”

小钟用嘿嘿一笑:“阿哥爷不懂的事,奴才哪里知道。奴才小时候在乡下,常常看到人们去庙里烧香磕头。来到皇宫里,看见老佛爷、万岁爷也信佛,就觉得这佛毕竟是好的,可信的。”

他们说来说去,对佛的排斥心理逐渐减少,觉得寺庙充满了神奇的吸引力。胤禛呆呆地想:“皇阿玛让我去修行,一定是为了我好,可是听说去了那里一天到晚打坐念经,非常乏味,这可怎么办?”

胤禛左右为难,不知道该不该去寺庙修行,这件事很快传遍无逸斋。胤禔兄弟们笑着议论:“这下子好了,我们皇家出和尚了。”“以后见了老四,不能以兄弟相称了,要称呼大师。”他们嘻嘻哈哈,有一个人却坐立不安,他就是顾八代。顾八代清楚康熙的意图,也熟悉胤禛的个性,他决定面君为胤禛说情。

下午,康熙来到无逸斋考察皇子们学习情况,顾八代做了充分准备,见到康熙后分析说:“皇子礼佛是修养心性的手段,值得推崇。可是微臣以为,我朝以儒学为重,要是万岁让四阿哥去寺庙礼佛,一旦传扬出去,必定招致士子议论,有违尊儒重教本意。这样的话,将会对万岁您的圣名不利。”

康熙觉得有理,说道:“可是朕已经把话说出去了,岂有反悔的道理?”

顾八代不慌不忙地说:“这倒不难,微臣听说过替人出家的说法。万岁可以为四阿哥找一替身,让他代为出家。这既可以达到参佛的目的，又能保证四阿哥继续攻读儒学。”

康熙笑道：“朕把这事忘了，你说得有道理。好吧，你为四阿哥寻访一个替身，让他代为出家。”

经过一番挑选和商量，最终顾八代推荐小钟用做胤禛的替身。

小钟用替胤禛出家，胤禛亲自送小钟用来到柏林寺，小钟用哭丧着脸说：“阿哥爷，我一个太监，在哪里都一样。只是从此不能伺候您，心里很难过。”

《雍正皇帝行乐图——佛像装》。

胤禛拍拍小钟用的肩膀，站在一尊尊佛像前许愿说：“胤禛性情无常，本该出家修行。小钟用大仁大义，替我来了，各位佛祖在上，从今往后我一定克己用忍，苦砺个性，好让小钟用早日回宫。”

小钟用听了，忙说：“阿哥爷，您放心吧，小钟用在这里努力念经，为您求福，求佛祖保佑您一生平安，早日封王。”

胤禛点头说：“你还要多学点佛家知识，说不定会成为一代宗师。到时候，我可要向你取经了。”

小钟用慌忙摇手：“奴才哪有那本事。阿哥爷，天色不早，你早回吧。”

胤禛与小钟用告别，一个人默默回宫。路上，他几次回望，看见小钟用恋恋不舍地向他挥手致意，暗暗地想：“自己鲁莽，连累了小钟用，回去后一定竭力控制自己的性情，好让他早一点回来。”

第二节 与佛之缘

章嘉大师进宫

小钟用出家，对胤禛产生了强烈的影响，他事事处处比从前谨慎多了，遇到不顺心的事尽量忍耐，能不与人争吵就不争吵。腊八节这天，按照满洲皇族习俗，御膳房的厨子们早早地准备了黏高粱、小豆等八种粮食煮的玉皇腊八粥，供康熙、妃嫔以及皇子品尝。皇子们在尚书房用餐，吃饭时，七阿哥胤祐的贴身太监为了照顾他，不小心打碎了饭碗，溅了大阿哥胤禔一身粥米。胤禔气坏了，指着他一顿臭骂。胤祉等人看不过去，出面劝解："大哥，不看僧面看佛面，他又不是故意的，你何苦呢？"

胤禔气愤地说："你们知道什么！要是平时，我也不会说什么。可今天是什么日子？你们知道吗？"

"今天是什么日子？"胤祉问。

胤禔张张嘴，想说什么，却又忍住了，瞅瞅在座各位，忽地一下转身离去。胤祉不以为然地望着他远去的方向，嘟囔道："什么大不了的事，这么慌张。"

胤祺神秘地说："听说皇阿玛派大哥出征噶尔丹，会不会是这事？"

胤祺说："这又不是新鲜事，还用得着这么神秘。"

兄弟们议论纷纷，唯独胤禛一言不发。胤祉忍不住问：“老四，平日里你爱打抱不平，常和大哥争论，今天怎么啦？”

胤禛看看胤祐的太监，不疾不徐地说：“挨了骂，与人争吵不算能耐，忍耐才是真本事。你们吵吵嚷嚷，貌似为人求情，实际为了表现个人的爱心，这样做也没什么可效仿的。”

胤祉笑道：“听你这番言论，倒像是个出家的和尚。唉，是不是小钟用出家，你也跟着沾了佛性。”

这时，一位太监急匆匆赶来传旨，让所有皇子前去乾清宫会客。原来，今日是藏传佛教四大活佛之一——章嘉大师进京见驾的日子。章嘉活佛转世系统，是清代四大活佛转世系统之一，如今进京的是二世章嘉。

胤禛兄弟赶往乾清宫，果真看见章嘉大师坐在那里，正与康熙说话。太子胤礽、大阿哥胤禔侍立两旁，一个儒雅得体，一个威武健壮，十分引人注目。胤禛兄弟上前施礼问安，见过章嘉大师。章嘉大师逐一打量皇子，然后合掌念诵佛号：“阿弥陀佛，皇子们聪明有礼，举止非凡，真是万岁和大清的福气。”

康熙客气地说：“大师，他们尚且年幼，未知前途如何，不可夸耀。”说完，命令儿子们站立一边，倾听章嘉大师传经讲道。

讲着讲着，忽听外面一阵脚步声，李德全进来附在康熙耳边低语。康熙脸色一沉，显然出现了大问题。可是章嘉大师讲经不辍，似乎没有注意到康熙的表情变化。过了一会儿，康熙有些坐不住了，太子胤礽、大阿哥胤禔见此，先后上前请示说：“皇阿玛，请章嘉大师日后讲经。”

他们的表现影响了在场皇子，几乎所有人都动起来，根本听不进章嘉大师讲什么。章嘉大师不为所动，只顾洋洋洒洒讲说经书。康熙忍耐着，好不容易等他讲完了，忙说："大师辛苦了，你先回去休息，朕处理边防军务。"

章嘉一听，哈哈笑道："边防军务？是不是噶尔丹打过来了。皇上莫急，贫僧久居西方，了解那里情形，这次来正是为了助你一臂之力。"

康熙惊喜地说："大师果有此意，真是太好了。"他这次请章嘉大师进京，就是想让他奔走边关，为安顿边防出力，没想到自己还没开口，他倒先提出来了。

章嘉大师再次打量一遍皇子，目光落在胤禛身上，认真地说："皇上，刚刚贫僧讲经，大多数皇子坐立不安，唯独这位皇子镇静自若，佛心坚弥。"

"哦，"康熙看一眼胤禛，想了想笑着说："不愧是活佛。四阿哥近日与佛结缘，有些悟性，瞒不过大师的慧眼。"

雍和宫是清代全国规格最高的一座佛教寺院，因为里面出了雍正和乾隆两位皇帝，所以被誉为"龙潜福地"。

章嘉大师接着说："原来如此。这位皇子佛性天成，前世定是菩萨，如果诚心修炼，将来定有大善缘。"

康熙很吃惊，不过他什么也没说，就打发儿子们下去了。日后，章嘉大师出入皇宫，奔走边关，深得康熙宠幸。在这段时间里，胤禛与他的关系逐渐熟识，从他那里了解到很多深奥的佛学知识，促发了他对佛学的兴趣，奠定了他的佛学根基。他成年后，将自己喜欢的文章编辑成《悦心集》，里面所选多是看透世事，任情放达的文章。其中一篇《醒世歌》如下：

南来北往走西东，看得浮生总是空。
天也空，地也空，人生杳杳在其中。
日也空，月也空，来来往往有何功！
田也空，地也空，换了多少主人翁。
金也空，银也空，死后何曾在手中。
妻也空，子也空，黄泉路上不相逢。

章嘉大师对胤禛的影响很深，史书记载，胤禛在结识章嘉活佛后，与其“时接茶话者十余载，得其善巧方便，因知究竟此如。”消除了对禅宗的偏见，章嘉大师成为他的佛学恩师。

“万”字命

在章嘉大师引领下，胤禛与佛的关系日渐密切，常常与他谈佛论经，心性变化很大。这件事让很多人不解，胤祉问：“参佛论道，枯燥无趣，老四你怎么能耐得住？”胤禛回答：“正因为如此，才能消除我心中魔障。”胤祉摇摇头，摆弄着手里的对数表说：“还是这东西有意思，你参你的佛，我学我的算术，两不相干。”康熙听说胤禛刻苦参佛修性，欣慰地想：“这个孩子知道改进自己的缺陷，还是有些造化的。”

1690年，康熙任命福全为抚远大将军出征抵抗噶尔丹。为了锻炼儿子们的能力，他特意命年仅19岁的大阿哥胤禔为副将军从征。这是皇子首次领兵出征，对于诸多皇子来说，是件了不起的大事。临行前，他们纷纷为大哥送行。胤禔头戴银盔，身披亮甲，骑着高头大马，威风凛凛。胤禛兄弟看了，心生羡慕，一直将他送出京城。

回京的路上，胤禛遇到了法海。他前来为父亲佟国纲送行。两人多日不见，今日相逢格外高兴，他们催马并进，高谈阔论，不亦乐乎。法海还为胤禛介绍了一个叫傅鼐的贵族子弟。三个少年一路急驰，相谈甚为投机。走了一段路程，法海忽然有些口渴，指着不远处的一个寺庙说："我过去讨杯水喝。"傅鼐紧跟着说："我也去。"胤禛看他们都走了，觉得无趣，也偷偷打马跟上。送行的人很多，大伙谁也没有注意他们的举动。

三人来到寺庙门前，看到这是一座有些破败的小庙，草长墙塌，砖旧瓦破，甚为凄凉。胤禛心里一酸，感慨道："佛家圣地，怎会落得这般场景？"法海指着庙门上的字说："瞧，别看寺庙不大，名字倒不错。"傅鼐顺着他手指的方向望去，脱口念道："龙湾寺。"

法海一惊，好像突然记起什么："哎呀，这里就是龙湾寺？"

"怎么？你听说过？"胤禛问。

法海说："听人说龙湾寺有位高僧，很会相面，算命极准。没想到，这位僧人会住在这么破旧的寺庙里。"

傅鼐兴奋地说："真的？我们进去算算。"说着，他带头敲响了寺庙的院门。

可是，任凭他们敲了半天，里面毫无动静。傅鼐急了，气呼呼地说："敢情老和尚睡着了，我们走吧，过几天再来。"

胤禛忙说："佛门净地，说话不可造次。依我看，高僧可能外出云游了。"他们边说边往回走，商量着何日再来。就在这时，迎面走来一位衣衫破旧、精神矍铄的老和尚，他嘴里哼着什么，只顾低头赶路，不去理会三位贵公子。法海和傅鼐对视一眼，上前拦住老和尚："唉，请问你是这寺里的僧人吗？"

老和尚低头赶路，似乎没有听见他们的问话。法海和傅鼐又问了一遍，他依然不理不睬。胤禛见此，开口说了一句："春夏秋冬弹指间，钟送黄昏鸡报晓。"

老和尚停下了，慢慢转身看着胤禛，眼里闪起不易察觉的光彩，他缓缓说道："公子，看你富贵之人，无限荣华，也晓得世间沉浮，难得也。"

胤禛一笑："人生世间，不过百年光阴，高低贵贱，亦如眼前浮云。"

"说得好！"老和尚爽朗地说，"公子年纪不大，有此见解，可见佛缘不浅。"

胤禛说："说不上佛缘，不过养性修身罢了。"

老和尚却摇摇头："公子骨骼非常，命相至贵，与佛大有渊源。"

法海在一旁催促道："高僧，听说你很会相面，何不为我们三人相看一番。"

老和尚诡秘地说："公子取笑了，贫僧哪会算命？我只送给有佛缘的公子一个字——'万'，你们去吧。"

"'万'是什么意思？"傅鼐奇怪地问。老和尚不理他，径直回归寺庙去了。

法海知识渊博，通晓儒道释多家学问，皱着眉头说：“在卦象中，‘万’字有一种解释，就是‘万字命’，难道老和尚说的是这个意思？”

“‘万字命’又是什么意思？”傅鼐追问。

法海惊讶地瞪着胤禛，好半天才说：“‘万字命’指的是此人命贵骨重，将会问鼎天下……”

“不可乱说！”胤禛大声制止，“法海你好大胆子，敢说这种大逆不道的话。你们俩听着，刚才和尚所言，是说我与佛有缘，与命相无关！你们再敢胡说，小心我惩治你们！”

法海和傅鼐吓得不敢言语，陪同胤禛离开龙湾寺，回归京城。自此以后，他们谁也没有提起此事，胤禛也没有再来过龙湾寺。倒是那位老和尚，不久后就不知去向。十几年后，一位叫戴铎的人成为胤禛的幕府，他在前往福建赴知府之任的路上，遇到一位道人，他请这位道人算卦，这位道人指出他的主子，也就是胤禛是“万”字命，竟与老和尚所言一模一样，实在令人称奇。

第三节 拜佛五台山

智救才子

少年胤禛为了磨炼心性，尊佛读经，取得一定成效。由于北方战事吃紧，为了稳固西北方政局，也为了祈求佛祖保佑，康熙准备到五台山朝佛。五台山是佛教圣地，康熙一生多次前往朝佛，留下很多故事。胤禛听说朝佛一事，请求说："皇阿玛，儿臣听您训示，礼佛读经，请您这次也带着儿臣去圣地参拜，以便更能感知佛法，修养心性。"康熙点头答应了。

朝佛的队伍出发了，胤禛随侍康熙左右，殷勤备至。他们经涞水、易州、阜平，来到龙泉关下。已是傍晚时分，康熙传旨队伍停下休息。胤禛自小生长宫中，除了京城只去过木兰围场一带。这次来到风景迥异的五台山附近，他纵马观赏四周景色，但见山峦起伏，村庄人家，一派别样风致，心情颇为激动。夜里，他辗转难眠，爬起来铺纸研墨，写诗抒感。写完后，他反复读了几遍，惊醒了胤祉。胤祉坐起来迷迷糊糊地问："干嘛？还不睡？"胤禛兴致很高："三哥，我刚刚作了首诗，你来听听。"胤祉不耐烦地摆摆手："睡吧睡吧，明天还要赶路。"说着倒头睡下了。

第二天一大早，胤祉醒来，看到胤禛早早地站在那里写字，不由叹道："也不知道你哪里来的精神？怎么总是睡的晚起的

早?”从小到大,胤禛精力充沛,从不睡懒觉,不管做什么,总比别人用功。他看着睡眼惺忪的三哥,打趣道:“我脑子笨,再不勤苦,还不被你们丢下了。”

兄弟说笑间,小钟用过来喊他们用饭。小钟用为替身和尚,这次也随行朝拜。他们夜里住宿在当地一家旅馆里,所以吃穿比较方便。就在三人步出房门时,忽然听到有人吟诵诗词。胤禛奇怪地张望着,看到周围除了一个浇花的少年奴仆,并无他人。他走过去问道:“你叫什么?是你吟诵诗词吗?”

那个少年恭敬地说:“在下戚寿田,是这里的花奴,刚才一时兴起,吟咏了几句李太白的诗,请公子原谅。”

胤禛上下打量他,见他举止文雅,谈吐不俗,像是读书人,就与他交谈起来。这一谈才明白,戚寿田本是当地一才子,能文擅画,因为父亲去世,家里遭难,被迫到这户人家为奴。不幸的是,这家夫人非常刻薄,常常为了一些小事鞭打手下奴仆,戚寿田吃了很多苦头。更令人气愤的是,夫人还没收了他以前所有的画作,不许他变卖。戚寿田指着胤禛住过的房间说:“墙上挂的画就是我画的,可夫人非说不是,我没有办法,不敢索要。”

胤禛气愤地说:“你怎么不到官府去告她?这等泼妇天理难容!”

少年慌忙说:“公子,我看你是外地人,所以跟你说了这么多。你想我现在这种状况,哪还敢去告状?您呀,赶紧去吃饭吧。”

胤祉也说:“老四,这些家长里短的琐事,谁能理得清楚?我们吃完饭还要赶路,快走吧。”

胤禛反驳说:“才子沦为奴仆,恶主强霸他人财产,这怎么成了琐事？这是大事！”

胤祉向他使眼色说：“此次出行，没有多少人知晓，你要是横生事端，岂不误了大事？”

胤禛明白他的意思，想了想出去了。吃早饭时，胤禛发现店夫人带着一帮奴仆去五台山拜佛，其中也有那位才子奴仆，他突然有了主意，悄悄对小钟用说：“我有办法制服那位夫人，解救才子啦。”

小钟用问：“什么办法？你可不要暴露我们的身份。”

“不会的，”胤禛满有把握地说，“到时候就看你的了。”说着，如此这般交代了小钟用一番。小钟用边听边不住地点头说：“阿哥爷，您就放心吧。”

地藏王菩萨像。

用过早饭，他们匆匆赶到附近一家寺庙，果然遇到了店夫人一行。这时，就见小钟用一身和尚装束走进来，直冲夫人一行而去，走到戚寿田面前，跪倒在地，不停地膜拜，嘴里念念有词：“罪过，罪过……”在场人惊讶极了，那店夫人忙问：“哎呀，大师，您这是做什么？”小钟用回答说：“这位少年是地藏王菩萨托生，是专门来寻访人间善恶的！夫人，您以奴仆的身份收留他，听说还经常虐待他，如此深重的罪孽，不知会有什么样的报应！”

夫人大惊失色道：“你说的都是真的吗？”

小钟用念诵佛号:“阿弥陀佛,夫人拜佛信佛,怎么说出这等话来?”

夫人吓坏了,急急忙忙带着人跑回家去告诉丈夫。寺里,胤禛对小钟用交代一番。第二天一大早,店主和夫人一起来到庙门前,他们长跪不起,请求帮他们开一线佛门生路。小钟用早与寺里和尚交代清楚了,他端坐佛前,沉痛地说:“这不仅是你的罪过,贫僧和小寺也有罪啊。地藏王来到本地,贫僧不知道迎接,真乃大罪!请允许贫僧率领众僧以清水洒路,用鲜花铺地迎接地藏王入寺,为你们夫妻洗刷罪孽,也为小寺洗刷罪孽。”

店主和夫人听说可以赎罪,大喜过望,布施了很多钱财给寺庙,归还了戚寿田所有画作,并恭恭敬敬把他交给了小钟用。小钟用这才对戚寿田说出胤禛设计相救之事,戚寿田感激不尽。此后,他变卖画作,有了资本,刻苦读书学画,成为一位有名的画家。

黄瓜治病

解救了戚寿田之后,胤禛随同父皇在五台山诸大寺朝佛参拜。五台山是我国四大佛教名山之一,座落在山西省北部,以秀丽的高山自然风光和灿烂的佛教文化艺术著称。山中寺庙众多,风格多样,五峰之外,称台外,有寺庙 8 座;五峰之内,称台内,有寺庙 39 座。以佛光寺、南禅寺、显通寺等最为有名。位于塔院寺内高 60 多厘米的藏式舍利塔庄严雄伟,108 级台阶直通顶端,气势夺人。

胤禛在名刹倾听高僧名侣谈佛论经,受益匪浅。这一天,他们来到北通寺住下。傍晚时分,胤禛和小钟用步出寺庙,在周围

佛教圣地——五台山。

漫步赏景。忽然看到远处有位老僧人在田间劳作,他弓背屈腰,正在采摘蔬菜。胤禛想,这一定是个火头僧,专门负责寺里饮食。小钟用开口说:“阿哥爷,我们多日来身临佛教圣地,往来无俗人,谈笑皆僧侣,真是大开眼界啊。”

胤禛没有理他,继续观望采摘蔬菜的老僧。不多会儿,老僧摘满篮子,站直身体朝着山下张望,似乎没有立即回寺的打算。小钟用也注意到了老僧,不解地说:“快要吃饭了,这个老和尚还磨蹭什么?”

不多时,就见山下跑来一个孩子,看见老僧人高兴地喊:“老师傅,让你久等了。”

老僧人很高兴,从篮子里取出几根黄瓜递给小孩。小孩接过黄瓜,蹦蹦跳跳离去了。

小钟用气愤地说:“这个老和尚,拿寺里的东西送人,真是太不应该了。”

胤禛一开始觉得老僧人做得不对，可又一想，也许这个孩子家里困难，老和尚资助他？不过，要是如此，他不用这样偷偷摸摸送人东西啊，其中必定有隐情，想到这里，叹息着说：“佛门圣地，也有这样见不得人的事，可见天下人实难教化。”

他们正在说话，却见寺里冲出一个年轻和尚，三步两步跑到老僧人面前，一把揪住他说：“又送人黄瓜，走，回去受罚。”

老僧人也不争辩，默默地跟随他往回走。胤禛看着这场景，有些不忍，走过去劝道：“这位师父息怒，我看老僧人也是一片善心，做善事是佛家本分，你不要太难为他。”

年轻和尚认识胤禛，忙施礼说：“阿哥殿下，您一片佛心，真乃菩萨心肠。可是，这个老僧太气人了，当年，他无家可归，本寺收留了他，因他不会说话，是个哑巴，所以让他负责种菜烧水，做了厨僧。没想到，他多年来养成个坏毛病，总是拿黄瓜送人。这倒也没什么，可好说不好听，我们寺庙的名声全让他毁了，人们都喊我们‘黄瓜寺’！”

原来如此，胤禛奇怪地盯着老僧人，看他慈眉善目，一副诚实忠厚的样子，不像是个奸人，于是说：“佛家慈悲为怀，想必送出去的黄瓜也都有了用处，这就是

中医认为，黄瓜味甘、性凉，具有解毒、清热利尿的功效。

好的。”

老僧人呆呆地望着胤禛，好像听懂了他的话，眼神忽然亮起来，挣脱年轻僧人的手，跑回去提起篮子进寺去了。

老僧人的奇异举动一直吸引着胤禛，让他好生费解。这日，胤禛和老师顾八代又一次来到寺外田地边，观看老僧人采摘蔬菜。老僧人看见顾八代，忽然从篮子里取出一根黄瓜递给他，做着动作示意要他吃下去。顾八代觉得好玩，就听从他的建议吃了黄瓜。接下来的几天，胤禛和顾八代天天来到田地里，老僧人呢，无一例外送给顾八代黄瓜吃。

7天后，胤禛又邀顾八代出去，顾八代拍打着自己的双腿说：“哎呀，这些天可歇过来了，小腿不肿了。”自从登上五台山，他的下肢就出现浮肿现象。胤禛听了这话，猛然说道：“哎呀，我知道老僧人的秘密了！”

“什么秘密？”顾八代着急地问，“怎么回事？”

胤禛说：“你的腿不肿了，一定是吃黄瓜吃的。老僧人肯定知道黄瓜治病的秘密，所以才经常送给有病的人吃。”在研读佛经同时，他也拜读了不少医学典籍，有一定的医学知识。

顾八代“啊”了一声，不甚赞同地说：“黄瓜不过是普通蔬菜，哪有这样的疗效？你呀，是不是被老僧人的奇怪举止弄迷糊了。”

“不是的，”胤禛肯定地说，“老僧人虽然不会说话，可他心思灵敏，头脑清楚，不会做出无意义的举动。我现在就去问问，是不是这个道理？”说着，他拉着顾八代再次找到老僧人。

在他比比划划的询问下，果然证实了他的猜测。胤禛非常激动，赶回寺里找到住持为老僧人说理：“老僧人治病救人，做善事，你们以后不能为难他，要多支持他。”

住持恍然说道：“贫僧记起来了，当年老僧人得过浮肿的毛病，后来慢慢好了，我们竟然不知他是吃黄瓜吃好的。善哉善哉，阿哥殿下心思缜密，破了这等疑案，还我寺庙荣誉，真是感激不尽。”

康熙得知事情始末，觉得很有意思，为寺庙题字“黄瓜治病”四字。从此，这座寺庙就叫赠瓜寺，而当地人了解到吃黄瓜的好处，渐成风俗。胤禛受此事启发，对于医学典籍和饮食保健的研究更为深入，后来，康熙年老有病，他总是亲自问药服侍，深得康熙信任。

多日巡游朝拜结束，胤禛随同父皇返京，一行人还没有来到京城边上，北方战报频传，不知道这些战报是凶是吉？

康熙亲征，太子监国。胤禛为太子出宫办差，在一家羊眼包子铺里结识了邬先生，并为饭铺题字，改善了铺子的生意。

灯节来临，胤禛和兄弟们出宫游玩，被鬼影所吓。为了解开谜团，胤禛带人前去彻查，竟然发现了惊天之事。他大胆为民请命，要求太子调查乱收费现象。

康熙迟迟不归，胤禛为父祈福，路上遇到一伙盗贼，他能否揭开这伙人的秘密呢？

第七章

出宫视京畿　翩翩皇子初历世

第一节　错字生意

羊眼包子

康熙率领众人回归京城的路上，得到前线战事不利的战报。为了鼓舞士气，他决定御驾亲征，亲往隆化督战。临行前，安排太子胤礽监国，叮嘱其他皇子刻苦读书，不得有误。胤禛与兄弟们送走父皇，回到无逸斋读书。这天，胤禛心中牵挂父皇，于是研墨写诗，聊表思念之情。恰好胤礽看到了他的诗作，不以为然地说："老四，你也老大不小了，该做点正经事了。这些天皇阿玛不在，我一个人忙得团团转。过几天就是冬至了，索额图为我准备了新的仪仗，你替我去看看。"

胤礽已经 18 岁了，多年的太子身分使他身边聚集了一大批官僚，这些人以索额图为首，形成太子党，权力很大。为了彰显太子地位，索额图制订的关于太子的制度，与皇帝的相近，每年元旦、冬至、千秋三节，太子在主敬殿升座，文武百官排班朝贺，进表，行二跪六叩首礼。长期一人之下、万人之上的地位，胤礽的权势欲恶性膨胀，养成了刚愎、骄奢的个性。他常常凌虐贵胄大臣，与众兄弟关系也不甚和睦。大阿哥胤禔早就与他分庭抗礼，三阿哥胤祉性情恬淡，只爱读书，与他交往不多，说起来，还是胤禛一向守礼遵法，对太子颇为恭敬。所以，太子想也没想，就分派胤禛出宫办事。

爱新觉罗·胤礽老年时期的画像。

等胤禛出了午门，来到大街上，才发现这是自己头一次独自办差，心里不免有些紧张。此时已近中午，街道上人来人往，穿梭买卖，热闹繁华，胤禛好奇地打量着这些景象，觉得十分有趣。忽然，前面一条小胡同口传来稚趣的童唱声，胤禛仔细一听，歌声如下："头上插羽毛，快往城外逃。人惊马儿叫，城破门楼焦。"他不由自主顺着声音走过去，原来十几个男孩子在玩游戏。他们分成两帮，面对面站着，同排的孩子互相紧拉着手，然后其中一边的孩子就唱起上边的唱词，接着，一个孩子用力向对方的人墙冲去。要是他冲破了对方的人墙，就可以带回对方的两个孩子，反之，他就被扣留在对方。一轮结束，下一个孩子继续上阵。

胤禛生长在宫中，很少见过老百姓家孩子玩的游戏，觉得好玩，上前问道："你们在玩什么游戏？"

那些孩子停下游戏，盯着胤禛回答："这也不懂，这叫'跑马城'。唉，你是哪里来的？也来玩一会儿吗？"

胤禛笑笑，摆手离去。这个小插曲平息了他紧张的心情，他的脚步加快了。忽然，前面传来一阵吵嚷声，他吃了一惊，发现

京城清真美食——羊眼包子。

很多人围在一家店铺前，吵嚷声就是从那里传来的。胤禛有心体察民情，于是走了过去观看。这才清楚，是一位客人和店家吵架。那位客人面红耳赤地说："你这家馆子不地道，明明写着'羊眼包子'，怎么一个羊眼也不见？这不是欺蒙顾客是什么？天子脚下，行此奸事，我凭什么付账？"

店主人气得手指发颤，抓着客人骂道："你赖账不给钱，还敢诬陷我，真是恶人先告状。走，我们到衙门说理去。"

两人推推拉拉，四周人指指点点，议论纷纷，胤禛抬头看了一下店铺门前的匾额，写着"羊眼包子"四字，觉得客人说得有些道理，就上前劝架："店家，你这样吵吵闹闹耽误了生意，依我看，你就说说，你这家店铺为何取名'羊眼包子'？这样既可消除客人的疑虑，又能解决难题，不是一举两得？"

店主人听他说的有理，放开客人说："大伙都在这，我这家店铺开了有些年头了，因为包子做得精细，个头小，像羊眼，所以就取了这么个名字。这些年来，各位没少来捧场，都知道包子馅里没有羊眼，可这位偏偏有理说不清，非说我为商不仁，骗了他，不给我钱，你们说说，天底下哪有这样的事？”

在场人听了，无不轰然而笑。胤禛也笑了，转向客人说：“这位客人，店家把话说明白了，你还有什么顾虑吗？”

客人眼珠一转，依然不肯付账，说道：“他事先没有说清楚，我不能付钱。”

“唉……”店主人指着他，气得又要抓住他。

胤禛从客人的举止看出了端倪，他制止店主人说：“店家别生气了，我第一次听说你的羊眼包子，也想尝几个。这样吧，一会儿我吃完了，和这位客人一起算账。”

客人听说有人肯为他付账，脸色一变，很不自然。胤禛问他：“听你口音像是南方人，来到京城是做生意还是有别的事？”

客人沉思着说：“我是绍兴人，姓邬，前来投奔亲戚的。”

胤禛已然明白，客人一定是投亲无门，盘缠无多，所以才赖账不给。想到这里，他也不再细问，邀请他再次进店用饭，一并付账了事。正当他准备离去时，却听到外面又是一阵吵嚷，胤禛好生奇怪：“这清平天下，怎么如此不安宁？”

巧题错字

邬先生从胤禛的穿着已经看出他的来历不凡，笑笑说：“公子爷生在富贵乡，哪知天下百姓疾苦？一粒米、一滴油，来之不易，都是吵架的祸头啊。”

胤禛轻轻叹口气，起身望着外面说：“走，我们瞧瞧去。”

两人来到门外，看到店主人正与一卖羊肉的吵闹。卖羊肉的说：“你说好了 20 钱一斤的，怎么送上门来又反悔了？天底下有你这样做生意的吗?”店主人一边赔礼一边说:“这些天生意不好,我老婆又病了。就这个小门面,哪里支撑得住啊。您消消气,过些日子生意好了,我再给您涨钱。”

邬先生笑道:“这个店老板,刚才逼着我还钱,现在怎么?自己也被人骂了,哈哈。”

胤禛说:“我看这家店里的羊眼包子很好吃啊,怎么会生意不好呢?”

邬先生说:“你别听他的,生意人无商不奸,谁知道他说的是真是假!”

胤禛说:“看他倒也诚实,不像是奸猾之人。”

门外,店主人与卖羊肉的又吵了一会儿,终于把他打发走了。店主人擦擦额头的汗珠,有气无力地走进门来,一下子瘫坐在椅子上,好大一会儿没有动静。胤禛悄悄对邬先生说:“你看他,大冷天的汗都出来了,必定不是假的。”

邬先生歪头琢磨,笑着说:“公子心思细密,看来他是遇到难题了。唉,人生在世,为钱所困者岂止我他?”说着,他仰头喝下一杯酒。

这时,一位小女孩匆匆来到店主人面前说:“父亲,母亲又发病了,您快去为她请郎中。”

店主人斜瞥了小女孩一眼,挥手示意她离开,并没有外出请医的打算。小女孩一把抓住他的胳膊,摇晃着说:“求求您了,父亲,您不请郎中母亲就活不了了。”

店主人推开小女孩,指着店面说:“要想给你母亲看病,就得卖掉这家店面,你知道吗?要是那样,不是你母亲一人活不了,恐怕我们一家全要完蛋。”

小女孩放开父亲的手臂，哭着跑走了。

胤禛看着这一幕，心里非常难受，一时又想不出办法帮助他们，兀自叹气不止。邬先生与他不同，笑着问：“公子，看你的意思，是想帮助这位店主？”

胤禛说：“想帮也没有办法啊。”

邬先生说：“我倒有个办法，不知道你愿不愿意听？”

胤禛说：“说说看。”

邬先生说：“这家店位置偏僻，店面太过简陋，所以客人不多。要想帮助他们，只有想办法增加客人，客人多了，生意好了，还怕赚不到银子？”

胤禛苦笑道：“这谁不知道，可问题是如何增加客人？”

邬先生瞅瞅胤禛，故意说：“可惜你我名声不大，要我是个才子，或是个大官，往这店面上题几个字，写几句话，生意肯定会好起来。你说呢？”

胤禛眼前一亮，高兴地说：“好办法。”

邬先生接着说：“也罢，我们就冒充才子，写个假名如何？”

胤禛忙说：“这样的事我可不敢。不过，我想起一个更好的办法。”他详细地把自己的想法说了一遍。邬先生听了，含笑不语。

胤禛喊过店主人，询问他一番生意之事，问道：“我俩有心帮你，你同意吗？”

店主人忙不迭地说：“公子说哪里话，您要帮忙我求之不得。您说，要小人做什么？”

胤禛说：“这也不难，你去准备笔墨纸砚。”

店主人很快拿来了文房四宝，恭敬地递给胤禛。胤禛也不

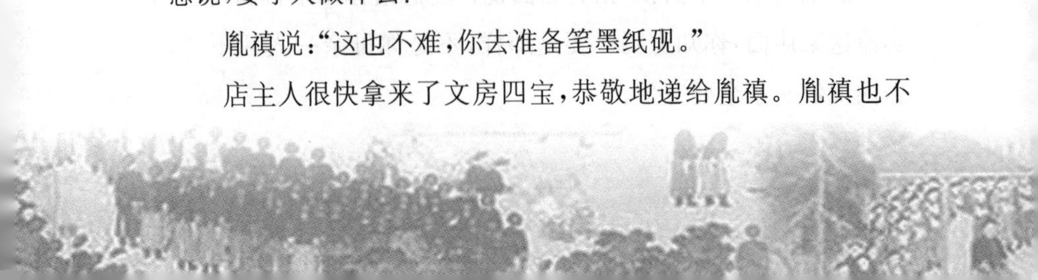

客气，拿过笔墨挥手写道："两条胡同岔路间，羊眼包子香又鲜。"写完了，在下面用满文落款自己的名讳，特意注明四阿哥几个字。然后对店主人说："你把这幅对联贴到门外，肯定会有很多客人来的。"

店主人欣喜地接过对联，细一打量，心里凉了半截。原来，他虽然出身寒微，却也读过私塾，认识几个字，他看到这幅简单的对联中竟有错字，"鲜"字中的"羊"少写了上面的两点。他有心指出来，想着客人也是好意，因此默不作声贴出去了。

邬先生和胤禛看他贴了对联，微微一笑，起身告别。路上，邬先生向着胤禛施礼说："小人有眼不识泰山，冒犯阿哥，请多关照。"他从胤禛的落款处知道他的身份。胤禛笑着说："先生也懂满文？这太好了，要是你没处去，我倒可以给你介绍个地方。"他将邬先生介绍到了傅鼐家里做老师。后来，邬先生成为胤禛的幕府，为他策划过很多好主意，他因此受到重用，先后辅佐过好几位封疆大吏，为清王朝做出了自己的贡献。

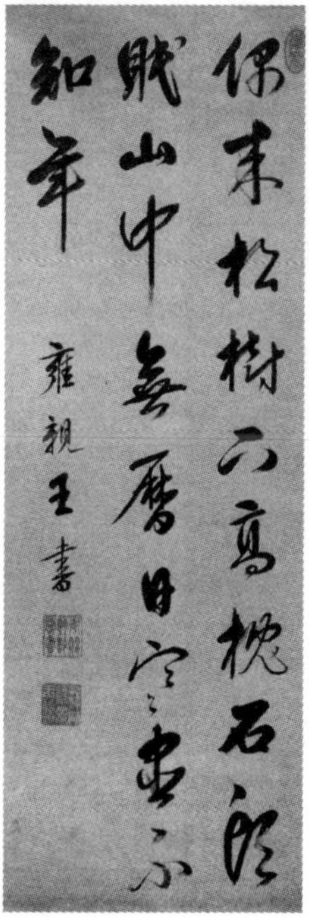

雍正皇帝的手迹。

再说羊眼包子店里，自从贴出那副对联，生意果然大见起色，有人路过这里，看着对联上的错字，不觉发笑，还追问是什么人写的。一传十，十传百，有些认识满文的人认出落款，惊讶地说："这是当今的四皇子写的。""四皇子也写错字？"这些消息像长了翅膀一样，很快传遍整个京城。人们为了观看四阿哥写的“错”字，纷纷赶到这里品尝包子。店主人知道这是胤禛故意写错字帮助自己，感激不已。

从此，羊眼包子名声大噪，誉满北京城。于是，城里各处不少店铺做起羊眼包子，羊眼包子遂成了京城人喜食的美味之一。就连康熙也传旨：“朕觉得羊眼包子很好，可经常送到宫中，找内务府开银。”

第二节　治理乱收费

识破鬼影

第一次出宫办差，让胤禛长了不少见识，他对胤祉说："市井百姓，生活情趣与你我迥异，可他们是民，是国家基石，怪不得皇阿玛经常出宫视察，这是了解他们的最直接管道。"

胤祉从书本中抬起头："你呀，想那么多干吗？读好书、写好文章就行了。"

胤禛并不认同："为国为民办事，这可是皇阿玛经常教育我们的话。对了，灯节快要到了，我派人联系法海和傅鼐，想要和他们一起微服逛灯会，借机了解民情，你去吗？"

"我？"胤祉想了想，"去了合适吗？这可是违反宫禁的事。"

胤禛素来谨慎，可又有股办实事的劲头，因此常常为了达成某个目标而勇于行动，这一点也许就叫胆大心细吧。他对胤祉说："我们又不是做坏事，在附近转转有什么不可？"

胤祉何尝不想出宫，何尝不想出去见见宫外的景象，他也不再坚持，答应道："好，我们一起去。"

灯节来到了，皇帝不在，索额图大权在握，为太子观灯做了细致准备。京城内各大街道上张灯结彩，豪华壮观。天一黑，就见灯火辉煌，映照紫禁城内外，堪比人间仙境。太子忙着带领自己的嫔妃、宠臣赏灯观景，也就懒得搭理众位兄弟。这一下，胤禛兄弟倒是自由了，按照事先约定，他和胤祉换上平民服装出了后宫，见到法海、傅鼐，几人兴高采烈地混入观灯的人流当中。

清院本《十二月令图轴——正月灯节》。

人头攒动，灯火通明，几个少年边观赏灯景边往前走，不知不觉远离紫禁城，来到一般人家住区。胤禛望着渐渐稀少昏暗的灯火，还有低矮的房屋，以及月光下的树木，不觉叹道："百姓人家，关系国家生计，了解他们的生活才是根本。"

傅鼐说："阿哥爷心怀天下，这是国家的福气啊。"

胤祉说："老四不要忧国忧民，别煞了风景。"

说话间，忽然从远处小树林闪过一道身影，披着长发，眨眼间不见了。傅鼐低声惊叫："不好，有鬼！"

胤禛三人也是吃了一惊，他们不约而同地向一起靠近，站到一处，目不转睛地盯着前方。过了一会儿，那个身影又出现了，他好像弯腰推着一辆车子，很快又消失了。几个少年奇怪极了，他们战战兢兢看着这一切，谁也没有动。

最终，胤祉扯扯几人的衣袖，示意离开。就这样，几个人匆匆离开此地，转回去了。过后，他们听人说，当地城门附近常常

崇文门，过往商贩最多，是北京最大的税关。清末，这里的税款全部做为慈禧太后的梳妆费。

闹鬼。早晨起来，守城官吏刚刚打开城门，就有一披头散发的鬼影冲门而出。为了避灾消祸，他们谁也不敢阻拦。胤祉唏嘘着说："哎呀呀，那天多亏我们跑得快，要不非让鬼捉去了。皇阿玛常常教导我们，远离污秽下贱之所，以后我再也不去那种地方了。"

胤禛却与他想法不同，他想："清平世界，老百姓居住的地方，怎么会出现鬼影呢？这件事一定有蹊跷！"为了一探究竟，这天，他约了图其琛去捉鬼。图其琛武功高强，又是他的好友，自然很痛快地答应了他的请求。

他们从傍晚时分开始等候，一直等到鬼影出现，图其琛大喝一声，冲上前抓住了鬼影，喝问："你是什么人？为何装神弄鬼？"

那人大惊，哭诉着说："好汉饶命。我是一个小生意人，经常出入京城贩卖物品。可是最近城门收费太多，无奈之下，我天天夜里装鬼，好骗过城门官。”

胤禛听说事情的真相，吃惊不小，他追问：“城门收费？这是什么规定？”

那人磕头回答：“好汉爷，小人哪里知道？听人说，好像是太子爷掌权，让他的手下人这么干的。小人实在不明白，堂堂太子爷，享不尽的荣华富贵，怎么会贪图这点钱财？这不是不让人活命吗？”

胤禛更加震惊，连忙说：“你不要乱说了，这些事情怎么会和太子爷扯上关系？一定是城门官吏贪得无厌，做出这等事。你回去吧，过几天收费的事自然会解决，不要再装鬼吓唬人啦。”那人听了，连磕几个响头匆匆跑了。

此事竟与太子有关，大出胤禛意外，令他手足无措。回到宫中，他思来想去，不知道该如何处置，如果张扬出去，必定陷太子于不仁；如果装作不知，不予处理，他又觉得老百姓太无辜了。思来想去，一颗为民为国的雄心渐渐战胜了私心，他决定去见太子言明此事，请他惩处收费贪官。恰就在此时，太子派人传他，胤禛一惊：难道太子知道我识破鬼影一事了？

借机进谏

胤禛疑虑重重来到东宫晋见太子，发现并非为了收费一事，而是太子请他为自己的狗设计服装。这件事说来有趣，太子和胤禛有一共同兴趣，都喜欢养狗。当时，宫内养了不少只狗，这些狗有的聪明机灵，有的憨态可掬，给严肃拘谨的后宫生活带来了不少欢乐。太子为人骄奢，养的狗都是名流显贵品种，自然待遇不低。可他不如胤禛懂得为狗设计服装，因此常常请他代劳。

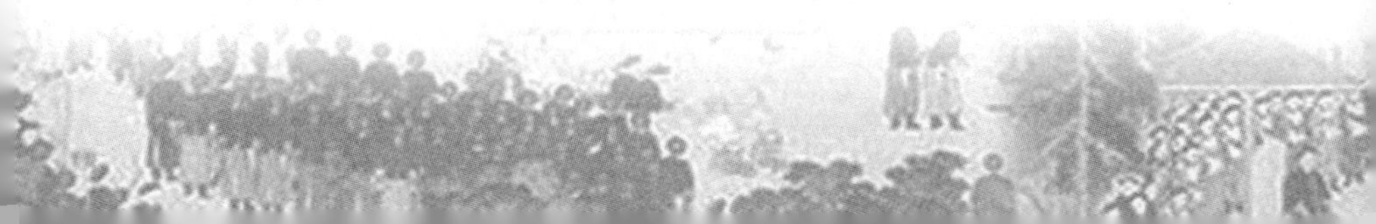

胤禛听说是这事，爽快地说："太子放心，臣弟一定完成任务。"

太子说："唉，不要光完成任务就行。我这次还要与人比赛呢，要是输了，拿你是问。要是赢了，重重有赏。"

"比赛？"胤禛奇怪地问，"跟谁？"

太子说："传教士张诚，他从国外弄来几只洋狗，品种奇特，非说比我的狗显贵。哼，我就不信，我堂堂大清国的太子还比不过他。"

《雍正皇帝行乐图》。

胤禛明白了，领命为太子的爱犬设计服装。几天后，他设计了一件麒麟式仿丝面软内里的套头衫，还在上面安上眼睛、舌头，这样一来，狗穿上后，眼睛从麒麟眼里露出来，俨然一个活生生的麒麟了。当他设计完毕时，他自己的小狗追着跑来跑去，大有要穿的意思。胤禛拍打着它的脑袋说："这不是给你的，你不要乱叫。"

此时，胤禛已经奉命成亲，他的福晋看见他设计的狗衣，奇怪地问："你怎么为狗设计这么贵重的服装？你不是常常说生活要节俭吗？"

胤禛说："我岂不知要节俭？这身狗衣大有用处，你不要过问了。"说完，他径直入宫去见太子。

太子见到狗衣，喜出望外，连连夸奖胤禛："老四，我就知道你能干，果真不错。说吧，想要什么赏赐？"

胤禛突然跪倒在地，恭敬地说：“臣弟确实有一事，不知道能不能讲？”

太子吃惊地说：“什么事？值得你行此大礼？”

胤禛不再隐瞒，一五一十说出识破鬼影之事，恳求说：“鬼影一事已经传得人皆尽知，臣弟恳请太子惩治城门贪官，安抚百姓。要不然，这件事传扬到皇阿玛耳中，可就麻烦了。”

太子非常惊讶，盯着胤禛看了半晌才缓缓说道：“我知道你是个直爽的人，能够直言进谏，也算忠心。城门收费的事我会派人彻查，你记住，不要对任何人说起此事。”

胤禛叩头答应，躬身退出去了。几天后，他亲自到城门查访，果然发现不再收费了。他很高兴，跑到东宫去见太子，却见太子一脸怒容，训斥他说：“怎么？你来替老百姓谢恩吗？我说你也不笨，以后闭门读书罢了，不要招惹是非。”

胤禛不敢言语，悄然回去了。这件事给他很深的影响，既让他看到了官场滥设名目，强收杂费，逼得人装鬼的恶果，也让他认识到政治斗争的微妙和残酷，这种切身实地的锻炼，无疑为他日后争储为帝打下了基础。更为重要的是，在与老百姓接触过程中，他看到了民间疾苦，看到了贪官污吏给老百姓带来的灾难，使他坚定了严惩贪官，为政清明的决心。

多年后，胤禛做了皇帝，把禁绝地方官员乱收杂费做为治吏安民的内容之一，倾力整顿，颇见成效。有一次，御史释迦保奉命巡察奉天，查实当地老百姓做贩卖猪羊生意的时候，如果进出城门，就要按照每口三钱收费，另外，车辆出入也要收费，小车一辆收银十六钱，大车一辆收银三十二钱，这样下来，每年收的银两在两千两左右，被府尹、书吏、经历司查验官员等分掉。在官吏盘剥下，物价腾贵，百姓怨声载道。释迦保把这种情况奏报给了胤禛，胤禛立即下令严行查禁。奉天府府尹得到旨意，不敢怠慢，不但革除了城门杂费，还严厉查办其他各种名目杂费。胤禛知道后，夸奖他办理得“非常及时，应该表彰”。受此影响，在许多地方流行的各种杂费，诸如给官员送的到任礼、端午礼、生日礼、阅城礼、盘库礼等等，尽被裁革，出现了较为清明的政治环境。

第三节　分油的故事

皇子抓贼

这天，胤禛想起父皇离京已近两个月，不知道前方战事如何，甚为思念，不免有些焦躁。于是换上平民装束，再次来到宫外。他信步走来，发现自己正向着柏林寺而去，不觉好笑："多日不见小钟用，不知道他怎么样啦？"

两人见面后，小钟用发现胤禛心情不佳，就说："阿哥爷，奴才给你讲个笑话吧。"

"好啊，"胤禛说，"讲来我听，要是讲得我不笑，你可要当心受罚。"

小钟用讲道："前朝崇祯年间，有一次，崇祯出宫闲步，宫门一名太监在旁边殷勤伺候。崇祯忽然记起这老太监在宫里很多年了，也算有功于朝廷。就问：'家里还有什么人呀？'太监说有一个侄子。崇祯一听，就说：'好，朕安排你的侄子去荆州做官。'老太监一听，号啕大哭：'皇上，奴才哪里做错了，您怎么让老奴的侄子去送死呢！'崇祯愕然，老太监接着哭诉道：'荆州是兵家必争之地，连关公关云长都守不住，我侄子哪顶得住啊。他去了那里，早晚还不得让东吴大将拿了他的脑袋去！'"

"哈哈哈，"胤禛大笑："你这奴才，真会编故事。"

关公壁画。

小钟用说："奴才不敢，奴才只求阿哥爷您高兴。"

胤禛说："你这个故事让我高兴，也让我想起前方战事来了。如今皇阿玛御驾亲征，两个月了，也不知道情况如何。我这次来，就是上香求佛祖保佑的。"说完，在小钟用带领下恭敬地上香叩头。

上香完毕，胤禛辞别小钟用回宫。走出庙门，恰好碰到傅鼐和邬先生，几人闲聊几句，打算去羊眼包子铺吃饭。傅鼐笑着说："我听邬先生说，最近那家包子铺生意非常好，我们去了，搞不好店主不会收钱。"

胤禛说："他是小本生意，生活很不容易，我们怎么能贪图那点钱财呢？既然想去吃饭，还是该付账才对。"

他们说着拐了几个弯，来到一个十字路口处。路上人多，他们站了一会儿，正在考虑着从哪条路去羊眼包子铺，却见人群骚动，一下子全朝前涌去。傅鼐好奇心强，追过去看热闹。看了一会儿，回来向胤禛汇报："真是奇闻，一个老太太的钱被抢了，一个年轻人为她追赶小偷。你们猜怎么了？小偷是追上了，可小偷和那个年轻人都说自己是抓贼的。这倒好，分不清谁是小偷了。"

"竟有这样的事？"胤禛惊奇地说，"这要是辨不出好人坏人，天下还有公理吗？"

傅鼐说："别管了，一会儿他们肯定要去官府告状，让当官的为他们分辨吧。"

邬先生插言道："慢着，我觉得这件事有些蹊跷，那个老太太被抢了钱，难道不认识小偷吗？她分不清小偷和抓贼的？"

胤禛也觉得甚是疑惑，说道："青天白日，天子脚下，贼人抢钱不算，竟敢反过来诬陷好人。这种恶劣的行为实在令人愤慨，走，我们过去瞧瞧，看看到底是怎么回事。"

他们凑上去时，人群中两个年轻人已经扭打成一团，旁边站着一个年迈的老妇人，气喘吁吁地叫嚷着："你们到底谁是好人啊？真是急死我了。"

邬先生过去问老太太："老人家，您的钱包是怎么被抢的，您怎么会不认识抢您钱的人呢？"

老太太眯缝着眼睛打量着邬先生，叹气说："别提了，我那老头子病了，今天早上想吃羊眼包子，要我出来买。走到半路，我遇见两个卖油的打架，拦住了去路，我刚停下来，小偷就上来抢了我的钱包就跑。我年老眼花，没有看清他的模样，也追不上他。就觉得身边一个人喊着'抓小偷'追出去了。咳，你说年纪大了有什么用，连小偷都认不出来了。"

听她絮絮叨叨，胤禛有了主意，他分开众人，来到两个打架的人前，高声说："别打了！我有办法分辨你们两人。"

"什么办法？"两人几乎同时追问。

"这也不难，"胤禛指着大约一百公尺远的一棵大树说，"看见那棵树了吗？你们从这里跑到大树那边，然后再跑回来，记住，要用最快的速度跑。"

两人听了，虽然摸不着头脑，却也没有反对。围观的人都想看看这个办法有没有用，自觉地闪到两边，留出一条路来。

胤禛让那两个人站在一条线，喊了一声“开始”，就见他们飞速地朝大树奔去。很快，两人一前一后赶了回来。这时，胤禛指着后跑回来的人说：“他就是小偷。”这个人大惊，不服气地说：“你凭什么说我是小偷？”

“凭什么？”胤禛冷笑道，“就凭你跑得慢。”说完，他面向大伙，解释道：“小偷在前面跑，抓贼的在后面追，只有小偷比抓贼的跑得慢时，才有可能被抓住。如果小偷跑得快，是不会被抓住的。所以，从刚刚他们两人的跑速来看，这个人一定是小偷！”

众人听罢，恍然大悟，纷纷唾弃小偷。小偷见自己暴露了，像只泄气的皮球，瘫坐在地上。

抓获了小偷，老太太和抓贼的人都很感激，胤禛却提出了新的疑问，不知道他对什么不明白？

分油

胤禛疑虑的事情是，为什么老太太刚刚停下来就会遭遇抢劫？这件事和那两个卖油的有没有关系？带着这个疑惑，他和傅鼐、邬先生顺着老太太指引的方向走去，打算会会那两个卖油的。

果然，走了不远，就看见两个卖油的正在打架，他们周围站着不少人。傅鼐指着那两人，惊奇地叫道：“哎呀，这两人我好像在哪见过？对了，他们也在我家附近打过架。”

胤禛好生奇怪：“他们不好好做生意，为何到处打架？”

站在人群中，胤禛逐渐明白了卖油贩子打架的原因。原来，这两个人合伙做生意，后来产生了矛盾，打算拆伙。他们剩下

10斤油，准备平分。无奈，两人只有一个装剩油的油缸，一个装3斤油的葫芦，还有一个能装7斤油的瓦罐。他们忙了半天，却无法将10斤油平分，所以两人就此争吵不休。

围观者有的伸着脖子看热闹，有的低头算计一会儿，叹着气说："不容易，不容易。"那些看热闹的就问："什么事不容易？"那个叹气的回答："平分10斤油啊。"

傅鼐问邬先生："先生，你聪明多智，能不能帮他们平分10斤油？"

邬先生沉思着说："不好分啊，就这几件用具怎么平分10斤油呢？依我看，倒不如让他们去买杆秤，不就好分了？"

傅鼐刚要上前告诉卖油者，却见胤禛一把拦住他，神秘地说："不要着急，让我来。"说着，他上前说道："两位不要吵了，这件事交给我吧。"

众人都吃惊地望着胤禛，不知道这个少年有何良策。卖油的贩子盯着他不信地问："你能用现有的用具平分10斤油？"

胤禛笑笑，不疾不徐地说："只要你们真心想分，听我的安排，肯定能够达到你们的要求。"

油贩子皱皱眉头，有些不情愿地说："好，你说。"

胤禛提高了声音吩咐道："你们照我说的做。第一步，先两次把葫芦灌满油，倒进空瓦罐。"众目睽睽之下，油贩子只好按照他的吩咐去做。

胤禛接着说："再把葫芦第三次灌满，把能装下7斤油的瓦罐倒满。这样，瓦罐有7斤油，葫芦里有2斤油。对不对？"

众人齐声喊："对。"静静等待下一步吩咐。

胤禛看着油贩子按照自己的吩咐做了，继续说："第二步，把瓦罐里的7斤油全部倒回油缸，这样油缸中共有8斤油。再把葫芦的2斤油倒入空瓦罐。这样，葫芦是空的，油缸有8斤油，瓦罐有2斤油。

第三步，再次把葫芦灌满油，倒进瓦罐。大家来看，瓦罐本来有2斤油，加上这3斤油，正好5斤。10斤油不就平分了吗？”

听了他的话，看着油贩子果真平分了10斤油，众人啧啧叹道：“真是奇妙，真的平分了。”在他们的议论声中，两个油贩子举止奇异，他们不但不感激胤禛，反而拿起瓦罐转身就走。胤禛招呼傅鼐：“拦住他们，别叫他们跑了！”

傅鼐平日习练武艺，有些身手，上来扭住一人的胳膊说：“你这个人真是不知好歹，我们替你平分了油，你不说声谢谢，慌忙跑什么？”

那人也不答话，只是拼命挣脱。胤禛已经扭住另一个人，将他们推到一处，厉声责问：“我不用你们谢，只要你们说实话。你们说，你们以此手段聚拢人群，然后趁人不备窃取钱财，对不对？”

“啊？”傅鼐惊讶地张着嘴巴，“他们与刚才那个小偷是一伙的？”

这时，两个油贩子见事情败露，垂头丧气地什么也不说了。

胤禛抓获了一个盗窃团伙，将他们绳之以法。事后，傅鼐不解地问：“阿哥爷，您怎么看出他们是骗人的？”

胤禛说：“你不是说了吗？看见他们曾经在你家附近争吵。你想，不就是10斤油吗？用得着在京城各处争吵好几天吗？肯定是骗局。”

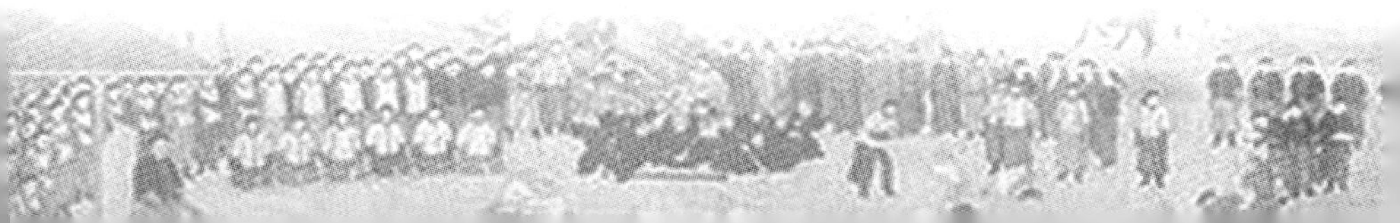

邬先生笑着说："这一点我倒想到了。可是在下还有一事不明，阿哥爷是怎么想出平分油的方法的？"

乌兰布通之战。

这下轮到胤禛笑了，他想了想故意说："天授神机，不可泄露。"邬先生听了，弄得一头雾水。胤禛心里直乐，他跟随父皇学习算术，具备一定的数学知识，解答这类问题还是很轻松的。

又过了几日，胤禛得到前方战事消息，康熙在征途中生病，想念太子，命太子立即启程前去见驾。胤禛十分难过，恨不能随行去见父皇，可圣命难违，他只好跟随众人为太子送行，然后默默等待父皇归期。

谁也没有想到，太子一去，竟然触怒龙颜。原来康熙患了疟疾，中医无法医治，病情危重，思念儿子也是人之常情。可是太子心思不在父皇身上，面君后嬉笑自若，竟无半点忧戚神色。康熙大怒，当即命他先行回京。后来，康熙服用金鸡纳霜病愈，乌兰布通之战也结束。康熙无心追赶噶尔丹部，匆匆班师回朝。

当康熙回到宫中，听说胤禛前去庙中进香祈求战事顺利，并日书百孝为自己祈福时，想到太子的表现，心里凄恻很久。不过，他心机深厚，并没有表现出什么。天下恢复了安宁，深深后宫也恢复了以往的平静。在康熙领导下，胤禛兄弟日读夜修，追求着更大的进步。

胤禛和胤祉、胤禩三个少年皇子奉命祭孔，来到神圣的孔子故乡——曲阜。在这里，他易席遵礼、讽批老塾师，引来众人赞叹。

祭孔大典上，胤禛行跪拜大礼，进退周旋、俯仰揖让，皆符合先圣礼仪要求，得到众儒赏识夸奖。他与众儒谈论学问，彰显个人政治抱负。

恰在这时，发生了一起失火案，胤禛有意了解其中原委，机智地惩罚了一个贪图名利的武生。

第八章

奉命祭孔庙　跪拜先圣断头案

第一节　祭　孔

易席遵礼

1693年，清廷重修阙里孔庙落成，康熙命胤祉带领胤禛、胤禩等前往曲阜参加告祭典礼。在古代，祭祀和兵戎是国家大事，其中祭孔又是祭祀活动的一大盛事。孔庙始建于公元前478年，后世历代帝王为了尊崇孔子及其学说，对其进行了一次又一次的重修、扩建，逐渐形成了一处规模宏大的古建筑群。这次康熙派皇子前往祭孔，体现了他对于儒家学说的重视，也寄托着他

曲阜孔庙，位于山东省曲阜市南门内，为现存最大的孔庙。

的殷切希望，这就是希望皇子们通过祭孔活动，能够进一步领悟圣人学说，以提高个人德行操守。

秋高气爽，万里无云，胤禛兄弟乘坐马车一路南下，出河北，过济南，从巍峨的泰山脚下前行，来到了圣地曲阜。皇子驾临，荣耀无比，当地官员和衍圣公迎出曲阜北门，欢迎他们到来，并安排隆重的仪式为他们接风洗尘。欢迎宴会完毕，一位官员带领他们下榻休息。这位官员有意讨好几位皇子，说："阿哥爷屈驾降临，我们深感荣幸。"

胤禛严肃地说："你怎么能这么说呢？这里是圣人居住生活过的地方，我们奉命参加祭祀典礼，是对圣人的仰慕，是我们的荣幸。"

那位官员讨了个没趣，指着床铺讪讪地说："为了迎接阿哥爷，我们准备了好几个月，把以前迎接皇帝的象牙席子都用上了。"

胤禛惊讶地瞅着他，更为严肃地说："什么？你们是圣人故地的官员，怎么连起码的礼仪都不懂？我们是皇子阿哥，怎么可以和皇帝用一样的用具？这不是越礼吗？"

那位官员吓了一跳，垂下头不敢言语。胤祉见此，劝说胤禛："当差的一时糊涂，这也是难免的，你不要发火了。"

胤禛没有就此打住，盯着官员说："不行，我们不能接受这种越礼的待遇。你赶紧吩咐下去，换下皇帝用过的所有东西。"

胤禖轻笑一下："四哥，何必这么认真。这里就你我兄弟，难道还会有人说出这件事去？你不必大惊小怪，接受他们的一片忠心吧。"

"不行，"胤禛脸色阴沉，"我们从小熟读经书，学习礼仪，来到了礼仪之乡反倒做出这等越礼之举，岂不是枉读了圣贤书？”

胤祉打算听从他的劝告，却见胤禩一把拦住他：“三哥，我们奉命祭孔，一是尊崇圣人，二来也要显示皇家气度。为了这点小事吵吵嚷嚷，还不让人笑话？”

胤禛指着胤禩生气地说：“你小小年纪怎么有此用心？皇家气度是什么？就是越礼行事吗？真是的，要想不让人笑话，就赶紧撤下象牙席！”

胤祉叹了一口气，不耐烦地说：“你呀，做事就是认真！算了，撤掉象牙席，这总行了吧。”

八阿哥胤禩（1681～1726年），是胤禛最大的政治对手。

那位官员看到皇子们争吵，早就吓得退到了门外，听到这句话，慌忙地吩咐人换席，重新为他们布置房间。经过一番收拾，已经很晚了，胤祉和胤禩倒头就睡，胤禛却拿出一本书，坐在灯下认真阅读。胤禩夜里起来小解，看到他屋里亮着灯，有心过去劝劝，想到他固执的脾气，又“哼”了一声回去睡了。

第二天，胤禛兄弟参观查看祭孔准备事宜。有了昨晚的教训，官员们再也不敢小瞧这几位少年皇子了，他们严格按照礼仪行事，不管招待他们用饭，还是安排他们行礼，再也没有越礼之事发生。不少人见到这种情况，都暗暗称赞皇子们谨遵礼仪的做法。随行的顾八代听说这件事后，满意地想：“四阿哥做事很有原则，这正是他的长处啊。”

由于皇子在场，祭祀活动的各种准备事宜需要向他们请示，胤祉忙着与名儒大家探讨典籍，祭拜圣人圣迹，各种准备工作也就交给胤禛处理。胤禛年龄不大，以往祭祀祖先都是跟随父皇前往，自己不过跟着行礼膜拜。这次由他亲自处理各种问题，自然给他极大的锻炼机会。这天，他与顾八代在孔府花园里漫步，听说前面有棵五槐抱子的奇树，甚为惊讶，遂过去观看。这一去，却听说了一件奇事。

讽批老塾师

几位下人正在花园里工作，他们没有注意到胤禛和顾八代，其中一人说：“唉，你们知道吗？昨夜那个老塾师又在庙前讲学了。”其他人听了，笑着说：“听说他还带着好几个弟子，专门讲说《诗经三百篇》，说是为了纪念先圣。”第一个人说：“其实他讲得不好，不过为了扬名罢了。”其他人问：“你怎么知道他讲得不好？”第一个人说：“我们虽是下人，可长期生活在圣人府邸，耳濡目染，也懂得些学问礼仪了，还能听不出好坏？”

胤禛听到这里，轻轻对顾八代说：“圣人圣地，教化礼仪，确实不同一般乡野村间。”

顾八代点着头说：“四阿哥说得有理。我有一点好奇，不知道那位讲学的老塾师有何样本领，敢在圣人面前卖弄？想来是个奇人，我们何不晚上去听一听？”

胤禛说：“我也正有这个想法。”

吃过晚饭，他们相约着来到孔庙东门外，果然看见一位塾师模样的人正在月光下高声讲学，他的身边围着几个少年人。这位先生讲的是《诗经·卫风》，声音朗朗，就像孔庙里的钟鼓一样响亮。他讲了一会儿，吩咐学生们背诵朗读。胤禛和顾八代站在一株树影下，听他讲学的内容，不禁哑然失笑道："此人勇气可嘉，教学的本事却是平平。看来，我们要劝劝他。"他俩说话间，不想惊动了那位老塾师，老塾师喝问："什么人？"

胤禛迈步向前，从容答道："颜回。"颜回是孔圣人的第一高徒，听孔子所讲的许多高深道理，他能"闻一知十"，且严格按照孔子关于"仁"、"礼"的要求约束自己，"敏于事而慎于言"，以德行著称，孔子称赞他具有四德。为此，颜回被人称为复圣。

老塾师大喜，忙施礼问："复圣驾临，有何指教？"他以为自己讲学感动了先圣。

胤禛故意说："是为了老先生讲学呀。"

老塾师激动万分，一面喊起自己的弟子向胤禛施礼，一面说："多谢先圣器重。"

胤禛沉稳地说："老先生搞错了，我的老师在里面告诉我说，这几天总有人在外面颠三倒四地讲话，就像醉汉一样，你去看看，不要让他吵了，让他赶紧离开！"

此话一出，全场哗然，老塾师闹了个大红脸，羞得再也无话可说。顾八代没想到胤禛一向严谨，却说出这等笑话，已是笑弯了腰。这件事很快传遍孔府内外，老塾师得知那晚冒充颜回的竟是当今皇子，又急又羞，再也不敢在人前卖弄学问了。

很快，祭祀大典正式举行了。祭祀孔子的典礼，称为"释奠礼"。释、奠都有陈设、呈献的意思，指的是在祭典中，陈设音乐、舞蹈，并且呈献牲、酒等祭品，对孔子表示崇敬之意。祭孔大典主要包括乐、歌、舞、礼四种形式，乐、歌、舞都是紧紧围绕礼仪而

孔庙大成殿外的雍正御题匾，源于孟子对孔子的赞颂："生民未有盛于孔子也"，意即从有人类以来，还没有全面超过孔子的人。

进行的，所有礼仪要求"必丰、必洁、必诚、必敬"。大典用音乐、舞蹈等集中表现了儒家思想文化，体现了艺术形式与政治内容的高度统一，形象地阐释了孔子学说中"礼"的涵义，表达了"仁者爱人"、"以礼立人"的思想。

祭孔的最重要议程是三献礼，分为初献、亚献和终献。初献帛爵，帛是黄色的丝绸，爵指仿古的酒杯，亚献和终献都是献香献酒。皇子在场，初献自然由他们手捧帛爵进献。在胤祉带领下，胤禛和胤祺将帛爵供奉到香案后，主祭人宣读并供奉祭文。而后全体参祭人员对孔子像行大礼。作为皇子，不用像其他人一样行跪拜礼，只需叩拜则可，然而胤禛却没有叩拜，而是径行下跪，至虔至诚。这一举动震惊了全场人员，随行礼部官员提醒他说："阿哥爷，您只要叩拜就行了。"胤禛并不理会他，跪拜礼毕

才说："我在先圣面前献爵，理应下跪方显真诚。"

接着，亚献和终献开始，分别由亚献官和终献官将香和酒供奉在香案上，程序和初献相当。在这个过程中，每每对孔子像行礼，胤禛总是行跪拜礼。

第二节　独到的儒学见解

独到的儒学见解

胤禛在祭孔活动中的表现深得诸位名儒赏识。典礼结束，大家齐聚孔府安怀堂，与诸皇子继续探讨儒学。一位学士有意奉承胤禛，恭敬地说：“阿哥进退周旋、俯仰揖让，皆符合先圣礼仪要求，真是我等学习的榜样啊。”

胤禛当即严肃地说：“先圣思想，以仁义道德启迪万世人心，辅政立教，造福黎民百姓，这比帝王还要有益于天下，当然应该受到与天地共存的尊崇。你所说的礼仪，只是繁文缛节而已，怎么能够体现先圣的思想，又怎么能够说符合先圣礼仪呢？”

那位学士脸色一红，讷讷地说：“阿哥所言极是，圣人制订礼仪，教化四方，人们有了行事规范，懂得天伦常理，人心正，民风端啊。”

胤禛微微摇头，看着他说：“自古以来，人们往往遵循先圣明教，教化百姓，却不知道受益者犹在君主也。所谓礼，如果只是讲究进退周旋、俯仰揖让，这是小礼。我想各位都是名家大儒，自然深知礼的本意。话说回来，如果尊儒只是为了表面文章，不去做事，不为天下苍生着想，就是虚的。”

听他说出这番话，在场人无不讶然，他们面面相觑，似乎在

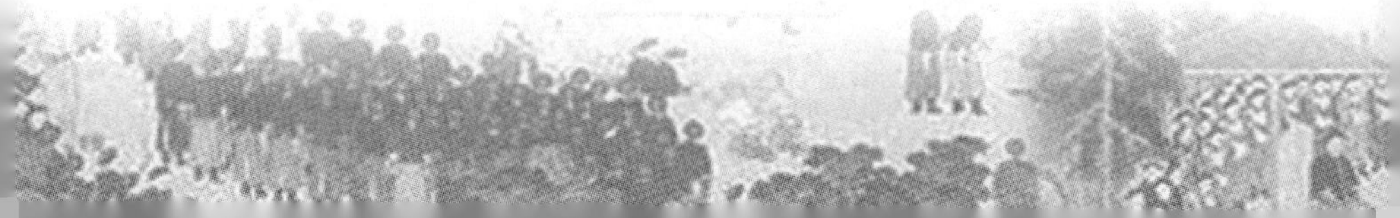

说:“这位皇子不仅懂得遵礼,还能体察礼仪深意,用礼来考察为人做事的真假,看来功底不浅啊。”

又一位学士开口说:“在下愚钝,以为化民成俗,立教明伦,使天下为臣者知道忠君,为子者知道孝顺,这就是礼的本意。”

胤禛转向他,想了想说:“礼与义往往并提,就是因为义也有大小之分。我认为讲信用,不欺人,慎言行,都是对义的侠义理解,而大义是指开诚布公,无党无偏,和衷共济。”

话题就此深入下去,各位名流望着侃侃而谈的四皇子,一个个面露钦羡神色。胤禛接着说:“先圣还教导我们知廉耻,我认为廉耻也有大小之分,比如当官的不贪图老百姓的东西,这是小廉。而真正的廉,是要善于为百姓谋求福利,教导百姓勤俭,治理一方,教化一方,能够使当地家给人足,路不拾遗。既没有盗贼奸佞,也没有贪官污吏。”看来,年纪轻轻的他已经有了自己的政治理想。

顾八代了解自己的学生,看着众人异样的表情,笑着说:“廉耻二字,最为我等重视,殊不知,一个‘耻’字却是涵义万千啊。”

“此话怎讲?”几位学士问道。

胤禛接过顾八代的话,说:“‘耻’对不同的人,有不同的要求。比如说为人臣者,往往以君主不为尧舜而耻,可普通百姓,就会以失言于人为耻。诸位说,是不是这个道理?”

大伙听了,略一思考,都点着头说:“有道理,有道理。”

胤禛依然没有停下自己的话题,总结道:“所以,我以为,我们读圣人书,尊圣人教诲,就不能只图小节而不去明大义。拘于小节,明哲保身,不敢担负天下重任,这是不可取的。”

大伙这才明白胤禛的深意,知道他尊孔学礼,不是流于表面

周公，西周初期杰出的政治家、军事家和思想家，被尊为儒学奠基人，孔子一生最崇敬的古代圣人之一。

形式，而是强调学有所用，为天下人谋福。由此来看，他是一个务实的人，是一个心念天下的人。这一点，正体现出他的政治抱负。

辩论结束，胤禛和兄弟们又逐一祭拜了颜庙、周公庙等圣人纪念地。在周公庙，胤禛在元圣殿内目睹了金人铭背的三位历史人物，周公、鲁公伯禽和一个童子。这个故事讲的是周公的儿子伯禽出任鲁国国君，临行前，周公交待他说：“为人处事一定要谨慎，礼贤下士，谦恭待人。我是文王的儿子，武王的弟弟，成王的叔父，地位高高在上，尚且能做到‘一沐三握发，一饭三吐哺。’你到了鲁国，一定要谨记我的话。”尽管他一再叮咛，还是不放心，又把自己的话写下来，挂到一个童子的背上，让他走在前面，让伯禽跟在他身后，时时都能看到上面的文字，记住其中的道理。

虽然胤禛早在无逸斋就读过这个故事，可如今身临周公庙，看到后人为了纪念先贤，为他们雕塑的神像，遥想几千年前的那些感人故事，依然心潮起伏。作为普通皇子，他们从小受到的教育就是能够效法周公，辅佐皇帝治理天下，成就一代贤王美名。

制订圣诞祭日

胤禛独到的儒学见解，无所顾忌地表现出了自己的政治理想和见解，他自然没有料到，后来这件事传到康熙耳中，他又是高兴又是担忧，高兴的是儿子有此才干，担忧的是他在政治上太有理想，会不会危及太子地位。权衡利弊，他决定罢黜顾八代礼部尚书的职务，对胤禛以示警告。几年来，胤禛克己用忍，透过参佛磨炼心性，对父皇的惩戒心知肚明，他立刻意识到，自己太过张扬，为师傅招惹了祸端。所以，这次祭孔对他来说，影响非常深远。

在胤禛做了皇帝后，他对于孔子的尊崇超越了前辈所有帝王。继位之初，他追封孔子五世先人，把他们由前代封的公爵，改封为王爵。过去帝王去学宫，称做“幸学”，意思是尊帝王之巡幸，是臣下尊君的意思。可是胤禛觉得这样说，对先圣不尊，于是下旨将“幸”字改为“诣”字，表达自己的崇敬之意。另外，他还要求对孔子的名讳予以敬避，凡是地名、姓氏都要加以改易，加偏旁，“丘”作“邱”字，读“期”音。

在胤禛尊孔的各种举动中，他钦定孔子圣诞的事情尤为值得一提。雍正四年，衍圣公孔传铎盛请雍正为《圣迹图像》作序文。雍正亲自书写，并亲临曲阜祭拜孔子，为孔庙题写了“德冠生民，道隆群圣”的对联。在这次祭拜中，他身为天子，却跪拜行礼，并对礼部和太常寺官员说：“当年作为皇子，参与祭祀大典，行了跪拜之礼。如今虽然身分变了，但是心意未改，立于先师之前，心甚不安。”他把孔子当作了自己真正的老师。

在曲阜期间，胤禛看到孔庙执事人员没有爵秩，认为不能尽显对孔子的尊崇，不能显示祭祀典礼的隆盛，为此下旨设立执事

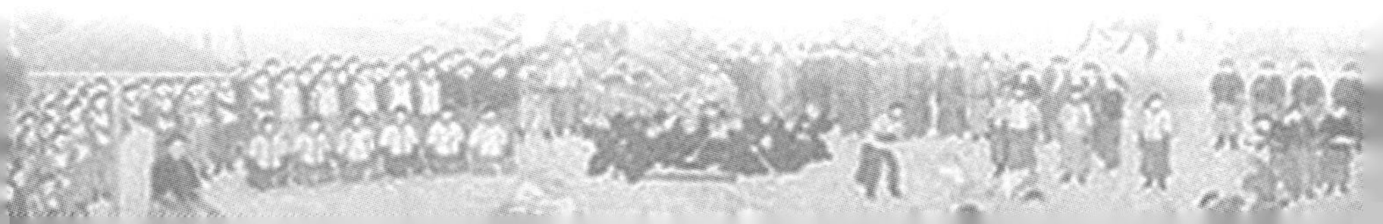

《孔子圣迹图》，图中孔子方面密髯，俯身拱手，席地而坐，神情恭肃；国王和颜悦色，静坐在孔子对面的红木椅上，做侧耳聆听状。国王身后三五随臣，交头接耳。此图所绘为孔子周游列国、游说诸王的典故。

官，两名三品官员，四名四品官员，这些人由衍圣公在孔氏子孙内挑选。他还下旨仿照皇宫宫殿制度修建大成殿，黄瓦画栋，十分壮观。所用器皿，由皇宫中出，前后花费了150万两白银。

不仅如此，胤禛了解到先师诞辰时，决定以农历八月二十七日，即孔子诞辰日为祭祀时间，这一天全国禁止屠宰，天下人虔诚斋素。典礼规格极高，与康熙圣诞日相同。说起祭孔典礼，可以追溯到公元前478年，孔子去世后第二年，鲁哀公将孔子故宅辟为寿堂祭祀孔子。汉武帝罢黜百家、独尊儒术后，各地纷纷建孔庙，孔庙逐渐演变成封建朝廷祭祀孔子的礼制庙宇，进而使祭孔大典成为“国之大典”。自唐玄宗于公元739年封孔子为“文宣王”后，祭祀孔子的活动开始升格。宋代之后祭祀制度扶摇直上，明代已达到帝王规格。但是，最初祭孔每年只有秋季一次，后增为春秋二次，时间并不确定。直到雍正确立圣诞祭日，孔子诞辰祭祀典礼由过去的中祀改为大祀，这一制度沿袭下来，时至今日，依然在这一天举行隆重的祭孔典礼。

胤禛尊孔重教，还特别注重儒学的实用性。这一点主要表现在科举考试中，他重视“四书”文，敕谕礼部以“四书”为科举考试的主要科目。要求“四书”文一定要做得“雅正清真”，这就是文章不仅优美好看，还要思想醇正，讲解真切，体现儒家圣贤的精神。这一要求，有效地抵制了当时文风冗长浮靡的习气，为朝廷选拔了一批有用的人才。

第三节　还头断案

武生告状

在祭孔期间，还发生了一件事情。这天，胤禛和兄弟们刚刚起床，就听到前面有人喧哗，他奇怪地出门查看，原来是昨天夜里孔府豆腐坊失火，烧坏了许多东西。孔府上下人等无不为此事所惊，所以一大早起来议论纷纷。胤祉听说后，不以为意地说："这是常常发生的事，有何大惊小怪。"

胤禛说："此事虽是常事，可发生在祭孔期间，我还是有些不放心。既然我们在此，何不参与询问一下失火的原因，回去了也好向皇阿玛交代。"

胤祺笑着说："四哥真是精细，这样的小事也要过问。"

胤禛说："事关先圣，并无大小。这几天我在圣地虔诚祭拜，看到几处问题，一一做了记录，回去都要向皇阿玛奏报的。"

胤祉问："什么问题？还是孔林围墙的事吗？"

"是，"胤禛回答，"孔林的围墙倾塌了一处，这是一定要奏报的。"昨天，他们兄弟去孔林祭拜，发现了一处倾塌。他接着说："还有，孔庙落成，负责祭祀的人员官职过低，这也不能体现尊圣的本意。"

胤祺语带讥讽地说："我们奉命祭孔，不是前来视察官员的，

你这样做是不是越权行事?”

雍正皇帝的行书六言联。

胤禛正色反驳:“我们身为皇子,奉命祭孔,就应该全心全力做事,不能顾忌太多。要是发现了问题也不向皇阿玛奏报,岂不是欺君瞒上!”

这一路上,胤禛和胤禩多次发生争执,对很多问题表现出不同的见解。作为此次祭孔的领头人物——三阿哥胤祉好不烦躁,他低声呵斥道:“你们不要争了,这件事是孔府内部事务,我们最好不要过问。”

胤禛还想争辩,想了想还是忍下了,他坐到桌子前读书写字,消磨心中闷气。不一会儿,随行的几位儒生、官员进来请安,其中好多人没有见识过皇子书法,他们看到胤禛书写的小字行书,运笔流畅娴熟,结构严整,与康熙的书法十分接近,不禁欢欣叹服:“阿哥书法工力,遒美妍妙,真似万岁亲书。”

胤禛谦虚地说:“皇阿玛书法精妙深远,我虽效法多年,仍不能领悟其深意。”

胤禩听了他们的言论,很是不以为然。原来他虽然聪明过人,十分机灵,却不爱书写之法。为此,在无逸斋他常常受到师傅批评。有一次,为了应付康熙检查,他请人代写,恰好这件事让胤禛发现了,胤禛批评他说:“为人做事应该诚实勤恳,你这样欺瞒皇阿玛，不肯用力，到头来还不是害了自己！”胤禩害怕父皇惩罚自己，恳求说：“四哥，你千万不要告诉皇阿玛。”胤禛说：“只要你认真改过，我不告诉皇阿玛。”他果然没有对他人说起此事。不过，胤禩依然不爱写字，所以虽然读书多年，书法仍是兄弟中最差的。现在，他看到众人夸赞胤禛，心里酸酸的，想了想说：“各位大人不知，皇阿玛一直严格要求我们，所以我们兄弟都擅长书法。”

大伙听了，纷纷掉头转向胤禩：“阿哥爷年少有为，不愧人中龙凤啊。”

胤禩笑着说：“这没什么，书法不过是一技之长，如何解读圣贤书，依照圣贤要求为人做事，上敬君，下爱民，才是最根本的。”

大伙无不点头钦叹，认为这几位少年皇子深得先圣教诲，真是国家大幸。大伙正在说话，却见一位下人进来汇报：“诸位阿哥爷，各位大人，衍圣公请大家前方用膳。”他们这才停下议论，互相谦让着转向前面客厅。

用过早饭，胤禛依然不忘豆腐坊失火的事，他听说有人正在调查此事，就乔装一番然后带着一名侍卫悄悄出了孔府，打算一探究竟。说来也巧，他走在路上遇见两个人扭打着要去见官。

胤禛好奇，走过去问：“你们为何争执？”

其中一人个头高大，穿着武生服装，他并不认识胤禛，大大咧咧回答：“小人抓住了火烧豆腐坊的坏人，特来向衍圣公汇报。”

“喔？”胤禛忙问，“有这样的事？有人故意放火烧豆腐坊？”他说着，指指告状者身边的人继续问：“是他吗？”

告状者连连点头：“是，就是他。”

胤禛看看那人，只见他身着粗布衣衫，面色苍白，似乎受到了惊吓，战战兢兢地立在那里，一副不知所措的表情。胤禛问他：“你是做什么的？为何烧了豆腐坊？”

那人不敢回话，嗫嚅半天忽然跪倒在地，连声呼道：“小人冤枉，小人冤枉啊。”他以为胤禛是来调查此事的人。

胤禛吓了一跳，追问：“你有什么冤情？”

那人看到有人关心自己，便冲着告状者叫道：“是他烧了豆腐坊，是他烧了豆腐坊。”

胤禛觉得好奇怪，不知道他俩到底谁说了实话。

还头断案

为了辨明真伪，胤禛仔细追问被告者：“你说，这到底是怎么回事？”

那人指着告状者说：“小人是在豆腐坊做事的，昨天晚上值班，夜里他突然来了，说今日多要几盘豆腐，要我赶紧做出来。我放下手里的其他工作，赶紧地做起来。可是做到半夜，不知为何突然火起。我当时很害怕，就跑出去喊人，他第一个到了。后来，很多人听到呼救声，也都赶来了，才把火扑灭。今日一早，我想回家睡觉，他却突然抓住我说：‘你别走，豆腐坊失火了，皇子阿哥们在这呢，这事要让他们知道了，我们就糟了。所以我们得先讨论好，要是有人问话，好有个说词。’我说：‘这有什么好说的，又不是我放的火！’他不高兴了，说：‘你值班呢，你说不是你放的是谁放的？’我当时又困又累，顶撞道：‘不是我就不是我，我不知道是谁！’没想到他生气了，恶狠狠地说：‘我看这件事你脱不了关系，走，去见官！’就这样，我被他拖到了这里。”

告状者听他这么说，冷笑着说：“你说不是你，谁信啊？我拖你来错了吗？哼，告诉你，我是武生，是有功名的人，你刚刚顶撞我，就该受到惩罚！”

那人也不客气，说：“你不分对错，诬赖好人。昨晚你最先到了豆腐坊，是你放的火！”

告状者生气了，一把抓住那人就要把他拖走。胤禛上前拦住，看着他们说：“我明白了，你们俩互相指责对方，看来都是害怕承担责任，依我看，这件事你们做得都不对。”

告状者放下那人，看着胤禛说：“你是谁？跑到这里乱管闲事！告诉你，皇子阿哥来了，前天祭孔我还见过他呢，你要是敢在此地惹事，小心我连你一块告了。”

胤禛冷冷一笑：“想不到圣人脚下，也有这等狂徒，看来教化四方的任务还是很重要啊！”

告状者还想与他理论，却见对面走来几位孔府执事官员，他们看到胤禛，慌忙施礼问好。这下子，告状者傻眼了，他傻愣愣地站在那里，竟然不知跪拜施礼。一位执事官呵斥他说：“见了阿哥爷不行礼，真是胆大妄为！”他这才扑通跪倒，垂头不敢说话。

胤禛问那几位官员：“你们是不是来调查豆腐坊一事？这两人都是当时的见证者，想必问问他们就清楚了。”

经过一番调查询问，终于查清了豆腐坊失火的原因。原来，这次火灾与两个吵架者并无关系，不过是一场天然火灾。那个告状的武生一心巴结上司，所以急切地捉拿了值班者，当胤禛得知真相时，笑着说：“这件事我倒有个处理意见。”

执事官员忙说：“请阿哥爷裁决。”

胤禛对值班者说："这件事虽然不是你做的。可是你推托责任，也是不应该的。我看你也没有钱赔偿损失，这样吧，值班者你明知对方是武生，在他捉拿你时你不但不听，还强行争辩，我先罚你给武生磕100个头。"

值班者听了，虽然觉得委屈，可想到这是阿哥爷判决的，再说也是他首先替自己说话，要不然，武生勾结执事官员，说不定真的裁定是自己纵火的。那样的话，就不是磕几个头的问题了，于是他跪在武生面前，一个个磕下去。

旁边有人记着磕头的数目，磕到70多个时，胤禛忽然说："慢着，我记起来了，我们大清制度，文生是磕头100，武生只需磕头50，刚刚值班者磕了70多个头，武生还要还回去20多个啊。"

武生一听，着急地说："小人没做错什么，为什么还要受罚？"

胤禛说："你为了个人利益陷害他人，其心恶毒，还说没什么错吗？你依仗功名，欺压百姓，还说没什么错吗？这不是罚你，这是提醒你，以后为人做事要谨记圣人教诲，言行举止要符合礼仪法度。"

武生没办法，只好乖乖地跪在值班者面前磕了20多个头。

执事官员琢磨胤禛的判罚，无不钦佩地说："阿哥爷断案奇妙，奇妙！"

胤禛继续判决说："至于那些被火烧了的豆腐，我想不见得全不能吃了。只要还能食用的，可以继续用来做菜。"孔府厨师得到这个命令，试探着用火熏过的豆腐做菜，竟然做出了口味熏香特异，十分好吃的菜。后来孔府熏豆腐成为曲阜地方特色菜，人们用树枝点火熏烤豆腐，制成表面有些干燥、熏黄的豆腐块，冷拼热炒，无不叫好。

胤禛巧遇“河神”陈天一，发现了河堤上不合格的桩木。为此，他请求康熙严惩治水官员，确保工程合格。这时，江南发生水灾，胤禛推荐陈天一，并跟随前往视察。一路上，他增长了见识，了解到民间疾苦。

为了控制水情，胤禛打破乡绅不当差的旧例，督促他们和老百姓一起劳动。在料场，他目睹了官吏横征暴敛的恶迹，给予严惩不贷的责罚。

水患无情，淹没了一座县城，眼看着几千人性命难保，十几万人吃住无着，胤禛果断地向粮道借用军粮，进而惹下大祸。

第九章

多次巡河工　为民借粮伸大义

第一节 路遇河神

自称河神的疯子

祭孔完毕，皇子们启程北上，为了赶路方便，他们微服行进，倒也别有一番乐趣。一日光景，已经来到泰山脚下，望着巍峨泰山，大家议论纷纷，有的赞叹泰山雄伟，有的讲述历朝历代泰山封禅的故事，唯独胤禛面容郁郁。顾八代问道："四阿哥，你为何心事重重，不妨说出来听听？"

泰山封禅图。

胤禛喟然叹道："路过此地，我想起'苛政猛于虎'一语，所以心情沉重。""苛政猛于虎"这句话出自《礼记·檀弓下》，讲的是有一年孔子路过泰山脚下，看到一位妇人趴在新坟头上，哭得十分伤心。他听了听，觉得妇人一定遇到非常不幸的事了，就过去关切地询问。妇人哽咽着回答："君子有所不知，这座山上有老虎，以前我公公被老虎吃了，后来我丈夫也落入虎口。现在，我的儿子又被老虎吃了，所以，我非常悲痛。"孔子很同情他，就说："既然这里有老虎，你为什么不离开这里啊？"妇人回答："因为这里没有严酷的暴政。"孔子听了这话，大为震惊，仰天长叹，对弟子们说："你们要记住啊，严酷的暴政比老虎还要厉害！"

顾八代看到胤禛与他人不同，心怀天下，心想，四阿哥心性所在有些奇异，这样看来，他定有从政的志向，可惜——想到这里他不敢想下去了，毕竟从当时环境来看，胤禛能成为一代贤王已经不错了。

大伙闹哄哄地赶路，这日来到京城附近，听路人说前面有处庙会，他们好奇，随着路人前去庙会游玩。没多久，他们来到庙会场地，但见一座大庙，内内外外燃着千支火烛，好几座戏台正在唱着大戏，锣鼓点子敲得响亮震耳。戏台前人群涌来推去，好不热闹。还有一队踩高跷的，他们有人扮作梁山好汉，有人扮作八仙，扭来晃去，吸引一大群人跟在身后。此时，就听卖瓜子的、卖小吃的、卖茶水的摊贩，喊叫声此起彼伏，不绝于耳。还有几个测字算命的先生，正在摇头晃脑招徕生意。看到这一切，皇子们算开了眼了，他们东张西望，不知道该做什么好了。

不一会儿，胤禛他们挤到庙前，这才明白这处庙会是为了纪念河神生日才设立的。此地比邻一条河，正是康熙亲自视察治理的永定河。永定河本名无定河，河道迁徙不定。在康熙大力治理下，终于有所稳定，为了表示它永远不再改道，不再泛滥，康熙特地赐名"永定河"。胤禛看到眼前情况，对顾八代说："百姓们生活安宁，看来永定河不再危害当地百姓了。"顾八代没说什么，随着胤禛继续往前走。忽然，就见庙里一阵慌乱，人群只往外挤，顾八代护持着胤禛赶紧后退。只见几个人连推带拉把一个人撵出庙来，怒冲冲说："今天是河神生日，你再来捣乱，小心打断你的腿！"

清代高跷，俗称秧歌。较早组成的内容，是表现《水浒》男女英雄人物，分丑、俊两班。

被撵出庙来的人并不气恼，慢吞吞地拂拭身上尘土，不屑地说："什么河神？我才是河神！"说完，头也不回径直走了。

他的话显然激怒了众人，不少人冲着他的背影吐唾沫，骂道："疯子，敢说自己是河神，真是不想活了。"

胤禛悄悄扯扯顾八代的衣袖说："顾师傅，你看这是个什么人？怎么大言不惭地说自己是河神？"

顾八代微微摇头："看他神情举止，不像是疯子。他敢来闹庙会，其中肯定有隐情。"

胤禛说："我也是这么想的，走，我们跟上去看看。"说着，拉着顾八代就去追赶那个自称河神的人。

庙会上人多，他们挤来挤去，好不容易看到那人的身影了，却见那人一溜烟又不见了。这样追了一路，好不容易走到人少的地方，胤禛快走几步，上去准备擒住那人的胳膊，不料那人也有些功夫，反手一挡，竟把胤禛的双手推开了。胤禛并不退后，而是跟上去又是一抓，那人急忙闪身，又一次躲开了。胤禛心里好奇，还想继续与他周旋，却见他跳出几步，回身盯着胤禛朗声说："这位公子跟随我多时了，不知道有何见教？"

胤禛开门见山地说："我想知道你为什么被人赶出河神庙？还有，你自称河神？这又是什么道理？"

那人一听，哈哈大笑："公子真是好奇心强。你没听人说吗？我是疯子，人称陈疯子。怎么样？知道答案了吧。"

胤禛轻轻一笑："疯子如果都是你这般身手，还有你这样的思辨能力，天下人岂不都是疯子？"

那人不笑了，看了一眼胤禛望着远方说："这天下人原本都是疯子，有人为官疯，有人为名疯，有人为利疯，我呀，为了河水疯。公子你说，我是不是疯子？"

"什么？"胤禛吃惊地说，"为河水疯？不知道这是个什么疯法？"

那人不再回答，转身向着一家小客店走去。胤禛见此，与顾八代一起跟着走了进去。不知道他探知了那人的秘密没有？

不合格的桩木

胤禛进店，要了几个小菜，招呼那位自称河神的人入座。几杯酒下肚，那人的话多起来，胤禛这才清楚他的身世来历。此人姓陈名天一，小时候算命，先生说他命中缺水。为此，家里鼓励他玩水弄潮，没想到他与水结下缘分，多次考察当地河流情况，写成了《水编》一书，大谈治水之法。后来，在人推荐下，他成为当地一名治水官吏。可惜，他为人狂傲，不仅不懂得应承巴结上级官吏，还多次指出他们的缺点、错误，以及贪污受贿的陋行，结果被罢了官。此后，他受到打击，再也没有能力参与治水。可他一心治理河水，不能放弃此事。于是，他游走各地，宣传自己的治水方法。这次来到永定河，他发现当地官吏治水中的缺点，有心指出却无人理他。他还发现当地人愚昧迷信河神，本想前去制止，没想到被赶了出来。

胤禛听罢，看着陈天一说："据你说，永定河的治理存在不足，这不足在什么地方呢？你可有更好的方法？"

陈天一笑笑："公子也关心治水的事？恐怕我说了你也不懂。这样吧，趁着天色还早，我带你去个地方瞧瞧。"

"去哪里？"胤禛问。

"嘿嘿，"陈天一笑道，"一个神秘的地方，去了你就知道了。"

顾八代担心遇到麻烦，轻轻碰碰胤禛的胳膊，不让他去。胤禛没有理会，接着陈天一的话说："好啊，我最喜欢探知秘密，就听先生的安排，去瞧瞧。"

陈天一高兴地说："公子年纪不大，勇气可嘉，我们走。"

说完，他们一起离开客店，大踏步向着远离庙会的河堤走去。顾八代没办法，只好赶紧起身跟在他俩身后。走了大约二里路程，到了永定河岸边，这里是河水南岸，一眼望去，远远近近插满了各样桩木。这些桩木是巩固河堤的重要用具，它们的长短大小事关重要。胤禛看着河岸，并没有发现什么奇异之处，忍不住问陈天一："先生，这就是你说的神秘之处？"

陈天一不答话，只顾朝前赶路。顾八代气喘吁吁跟在后面

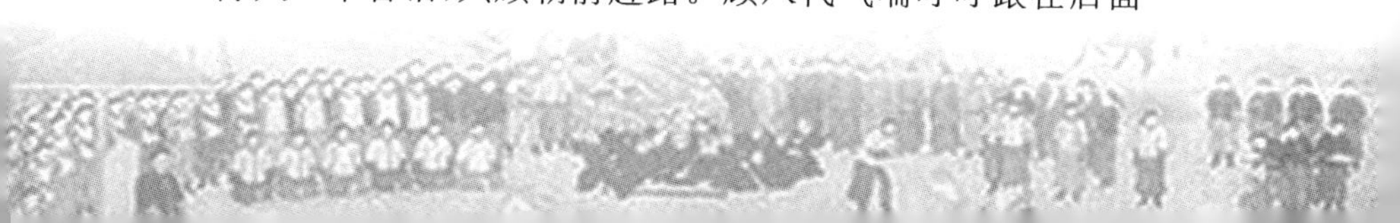

追问："陈先生，这里有什么神秘？会不会有河神现身？"

陈天一依然不回答，径直走到桩木前，指着这些桩木说："你们看见了吧，这就是秘密。"

"秘密？"胤禛和顾八代异口同声，"几根桩木有什么秘密？"

陈天一正色道："几根桩木本是普通的治水用具，可是在这里，它们却具有了不同的意义。"说到这里，他伸手拔出几根桩木，递给胤禛说："你瞧瞧，看见它们有什么秘密之处了吗？"

"这，"胤禛接过桩木左右端详，不解地说，"这不是平常的桩木吗？有什么秘密？"

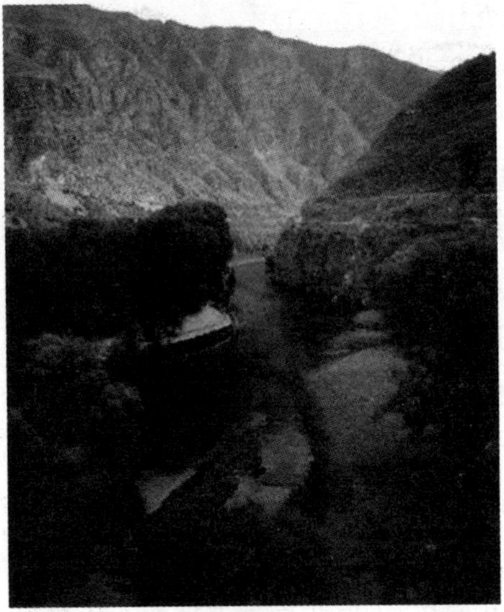

永定河——京师的母亲河。

陈天一冷笑几声，愤愤地说："桩木关系着河岸安危，如果短小不合规格，将会造成极大危害。我早就算过这里的桩木规格，可是现在用的这些桩木又短又细，根本达不到要求。你们想，这样的桩木固定河堤，会产生什么后果？今天我去河神庙本想揭露这事，不想那些人愚昧无知，不但不听，还把我赶了出来。最气的是听说治理河水的官员得到了皇上赏赐，还要推广他的治水经验，这样下去，岂不是误国误民！"说到这里，他气愤地接连拔出好几根桩木，一根根扔在地上，仰天长叹。

胤禛手握不合格桩木，心里非常惊讶，他立刻想到，这一定是治水官员贪污钱财，购置了短小桩木，才造成这种后果。他越想越生气，恨不能立即回京奏报父皇，严厉惩治治水官员。顾八代明白了桩木的事后，清楚胤禛的心思，过去劝说："多年来万岁以河务为最重要的政事之一，这些年治河无数，成效不大，唯独这永定河还算不错的。我听说万岁准备召见治河官员，学习这里的经验。您想，这个节骨眼上，行事可要谨慎。"他提醒胤禛要三思，不能不计后果地捅出桩木的事，免得扫了康熙的兴致。

胤禛望着桩木没有说话。陈天一见此，奇怪地盯着顾八代说："听你口气，倒像是万岁身边的大臣。我问你，你我行事如何，与万岁爷有什么关系？与永定河又有什么关系？我跑到河神庙去说这件事，有人听吗？有人听吗？没有！现在人们都以为永定河已经治理好了，再也不会泛滥了。"

顾八代被他抢白一通，有心训斥他，想到自己和胤禛的身份未明，只好讷讷地说："我就说嘛，这治水大事我们又不懂，参与进来也没什么好处，如今万岁爷圣明，肯定不会就此罢休。"

陈天一又是几声冷笑："这天下大事，为的是什么？为的是谁？为的是名声还是利益？为的是朝廷还是百姓？万岁圣明，可大臣们未必知道廉耻，一个个挖空心思巧取豪夺，想尽办法升官发财，你们说，什么样的天下抵抗得住他们折腾？"

这几句话说得胤禛心头发凉，他猛一愣，拿起几根桩木说："我相信这些桩木会说话，会澄清事情的真相，还老百姓一个公正。"

陈天一拍拍他的肩头，摇摇头说："老百姓相信河神，万岁爷

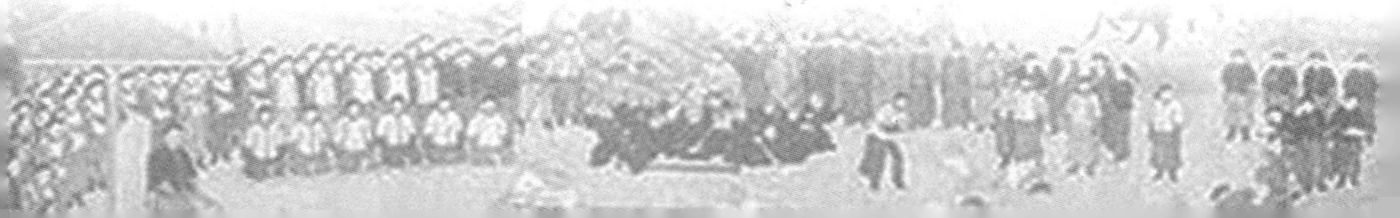

相信官吏,没有人相信你我。"

胤禛轻笑一下:"你太悲观了,放心,我有办法让真相大白于天下。"说完,他夹着几根桩木与陈天一继续探讨治水的事。晚些时候,他们回到庙会,胤禛送给陈天一一把折扇,并在上面题写了一首诗,说道:"日后相见,希望我们都能为治水贡献自己的一份心力。"随后,他找到胤祉等人,带着桩木回京面君。

第二节　两巡永定河

返工的工程

胤禛兄弟回京，康熙十分高兴地接见了儿子们，听取他们奏报祭孔之事。当他看到胤禛手里拿着几根桩木时，奇怪地问："四阿哥，你手里拿的是什么？"胤禛就把路过永定河，发现不合格桩木的事一一告诉康熙，并说："皇阿玛，这些桩木不合要求，对治水不利，请您严格调查此事，惩治治水官员。"

康熙吃惊不小，走过去拿起几根桩木，左右观看一番，而后对胤禛说："这件事皇阿玛知道了，你们先下去吧。"

胤禛说："皇阿玛，您一定要调查这件事啊，不能放过那些治水官吏。"

"好了，"康熙有些心烦地说，"朕知道如何处理此事，你退下吧。"

胤禛还想说几句，看到康熙脸色不对，只好叩头退出。来到外面，胤祉对胤禛说："老四，你把桩木交给皇阿玛也就算了，怎么一而再地要求他惩治治水官吏，这不是明摆着让皇阿玛难堪吗？"

胤祺气呼呼地说："皇阿玛本来兴致极高，还要奖励我们呢。你倒好，这一弄，所有的功劳全都泡汤了。"

胤禛听着他俩唠叨，不耐烦地说："你们就知道邀功请赏，一点也不替国家百姓着想。要我说，这样的功劳不要也罢！"说完，他头也不回地朝无逸斋而去。

几天后，胤禛正在书房读书，李德全前来传旨，要他去乾清宫见皇上。胤禛放下书本，刚要随他前行，却见顾八代走过来悄声说："四阿哥，万岁召见肯定是为了桩木的事，不知道你打算如何应对？"

胤禛略一沉思，义无反顾地说："这件事关系重大，我会再次请求皇阿玛彻查那些贪官污吏，严惩办事不力的官员。"说着，他大踏步出了无逸斋。

乾清宫内，康熙正在批阅奏章，他的身边放着那几根胤禛带回的桩木。这几天，康熙针对桩木的事考虑了很多，听取了好几位重臣的意见。他见胤禛进来，并没有停下手里的工作，低着头说："永定河治理成功，皇阿玛本想庆祝一下，在全国推广他们治水的经验。可是你带回这些桩木，你说，皇阿玛该怎么办？"

胤禛跪倒在地，坚决地回答："皇阿玛，儿臣愚钝，却不敢忘记您的教诲，身为皇子，应该时刻以江山社稷为重，不能只顾个人得失。所以，尽管我带回桩木妨碍了您的计划，惹您生气，可是一想到这些桩木可能危及百姓，带来更可怕的后果，我就不寒而栗。因此，儿臣坚持认为，首先彻查治水官吏，严厉惩治那些办事不力的官员，然后，工程返工，改换合格桩木，做到真正的治水成功。这样一来，虽然颜面上不好看，却是为百姓和江山着想，这才是真正值得庆祝的事。"

康熙不露声色地说："照你说，皇阿玛是个好大喜功的人啦？"

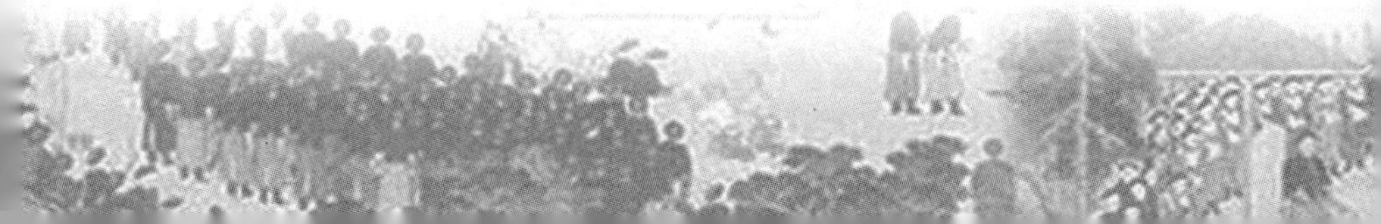

胤禛连忙说："儿臣不敢。皇阿玛为民治水，仁爱天下，老百姓们都称颂您是仁君。这件事情追根问底，在于官吏们贪婪心重，做事不力，是他们危害了治水计划。儿臣觉得，不惩治他们不足以震慑天下官吏，不能保证治水顺利进行。"

"呵呵，"康熙忽然笑起来，放下手里的工作，抬头看着胤禛说，"四阿哥，你说老百姓称颂朕，这恐怕是你自己编撰出来的吧。"

胤禛回答："儿臣奉命祭孔，这一路上所见所闻，无不显示出天下升平的景象，还用儿臣编撰吗？不过，仍有不少官吏心术不正，他们为了名利什么都敢做，这些人是我们大清的蛀虫，不除他们将会祸国殃民。"

其实，康熙对桩木一事早就有了自己的主张，他召唤胤禛不过有心考验他，如今见他坚持返工，态度坚决，遂想到：这个孩子从小脾气倔，做事果断，面对大是大非，能够不畏困难，不怕得罪人，坚持己见，实在难得。想到这里，他高兴地说："这次南下，你立功了。朕已经派人前去永定河调查桩木一事，督促他们返工重修。明年春天，朕要亲自前往，检查他们的工程质量。"

胤禛一听，激动地连连磕头说："皇阿玛圣明，皇阿玛圣明。儿臣愿意跟随您一起去，还要向您推荐一位'河神'。"

康熙问："'河神'？就是带你查看桩木的人吗？朕很想见他，这次去了，一定要会会他，看看他到底有何能耐，敢自称'河神'？"

冬日逝去，春光乍现，永定河返工工程已经结束。4 月，康熙带领胤禛和几位大臣来到永定河，视察工程情况。来到河堤，胤禛第一个拔出桩木，仔细查看了它的长短粗细后，开心地喊

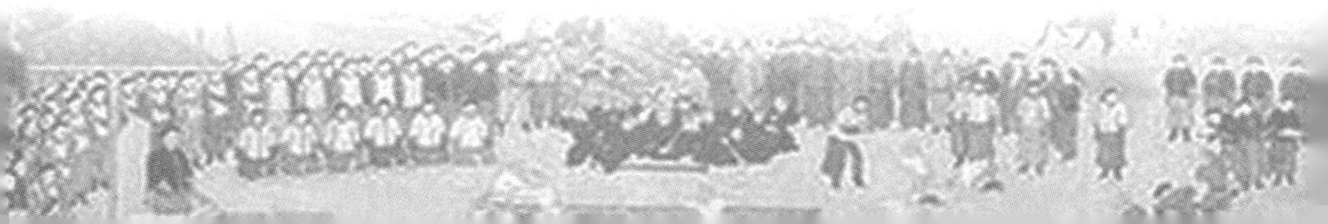

道:“桩木变了,变了。”康熙也弯下腰身,拔出一根桩木,举起来对各位大臣说:“你们看,这些粗大的桩木足可以巩固河堤了。”大臣们齐声说:“万岁治水成功,永定河再也不会泛滥了。”

他们沿着河岸巡视,不时拔出桩木验看。就在这时,胤禛忽然发现前方有一个体形高大的人影,好似去年见过的陈天一,他立即跑到康熙面前说:“皇阿玛,‘河神’来了。”

康熙顺着他的手指望去,看了一会儿什么也没说,不知道他有没有和陈天一结识?

力荐“河神”

胤禛以为陈天一来了,慌忙过去招呼,才发现自己认错了人。这让他好气恼,他问那人:“此地有个叫陈天一的,自称‘河神’,你知道他住在哪里吗?”

那人说:“陈天一不在,说是去黄河、淮河一带去了。你们怎么认识他?他可是个疯子,他临走时说,不久皇上就要召见他让他治水了。你说,这样的话谁会相信?”

胤禛没有接话,悻悻地回到康熙身边,重述了刚才那人的一番话,有些后悔地说:“真是可惜了,不知道怎么找到他?”康熙说:“人才可遇不可求,只要治水不停,这个陈天一就一定会出现。”

这次巡视之后,不久到了夏秋汛期,康熙决定南下巡察黄河、淮河、运河治理情况,了解民情,联络江南士大夫。这次视察,他特意带了太子胤礽、胤禛和八阿哥胤禩。他们出了京城,首先来到了永定河,按照康熙的意思,他要亲眼看一看治水情况。未到河岸,他们看到庄稼欣欣向荣,人们忙碌不停,到处一

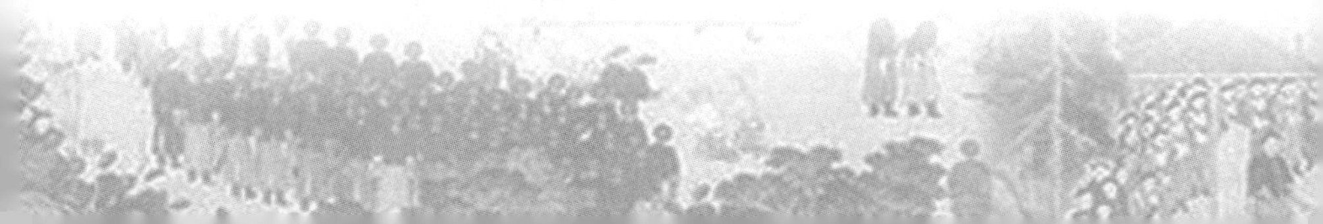

派丰收景象，康熙欣喜地说："只要河水不泛滥，庄稼就确保丰收了。走，看看河堤情况。"

他们来到河边，看到河堤坚固，在汹涌水流的冲击下，依然挺拔不动。胤禛很高兴，赋诗一首说："帝念切生民，銮舆冒暑行。绕堤翻麦浪，隔柳度莺声。万姓资疏浚，群工受准程。圣心期永定，河伯助功成。"随行大臣听了，随声附和："万岁治水成功，造福千秋万代啊。"

他们有说有笑地在河堤巡视，傍晚时分，康熙带着他们到附近客店休息。第二天，胤禛早早起床，一人来到了河堤，他拿出几件科学仪器，蹲下身亲自测量水位，还细心地记录各种数据，不停地计算着。就在他忙着测算时，却听远处传来一声喊问："你在做什么？也想治水吗？"

胤禛听到声音耳熟，抬头远望，不禁高兴地叫道："陈天一，果真是陈天一。"

《雍正祭先农图》。

此时，陈天一正站在远处河堤上，一边将手臂平伸出去，似在测试风力、风向，又似目测对岸的大堤，一边冲着胤禛喊叫。胤禛跑过去说："陈天一，你怎么在这里？你不是去了黄淮一带吗？"

陈天一认出胤禛，也很高兴，对他说：“今年永定河工程返工，我回来看看，永定河是不是彻底治理成功了。哎，你在这里测算什么？也想学习治水？”

胤禛笑了：“是啊，治水关系天下民生，谁不想学习？你看，我带来了先进的仪器，测算起来更准确了。”陈天一笑着说：“又是测又是算，多麻烦。说来说去，这日头风向比什么都准，小兄弟，你要想学习治水的方法，只管跟我学。”

胤禛却另有打算，在他引荐下，陈天一见到了康熙，他这才知道胤禛的真实身分，惊喜地说：“怪不得永定河工程得以返工，原来都是阿哥爷的功劳。”

康熙初识陈天一，对他桀骜不驯的个性并不认同。无奈当今是用人之际，朝廷缺乏治水人才，所以他也就暂时容忍下来，让他跟随自己一同视察黄淮之水。这天，他们来到开封铁牛镇，陈天一跳下马车，径自跑到黄河岸边去了。胤礽不满地说：“这个人太狂傲了，连皇阿玛也不放在眼里。这样的人即便再有才能，也不值得一用。”

胤禛反驳说：“古往今来，有才能的人都有个性，陈天一性情直爽，一心钻研治水之术，用他治水，肯定会取得成功。”

胤礽说：“现在他一个人跑了，谁知道他去做什么？治水是为了稳定天下，要是他心存不正，就是治水成功，又有何用？”

“可是，”胤禛急急地说，“治水不仅是为了朝廷，更是为了天下苍生。我觉得不管他性情如何，只要他能治水，这样的人就值得用。”

胤礽显然有些生气了，语气重重地说：“你懂得什么？陈天一有才能，好啊，你这就下去把他找回来。”

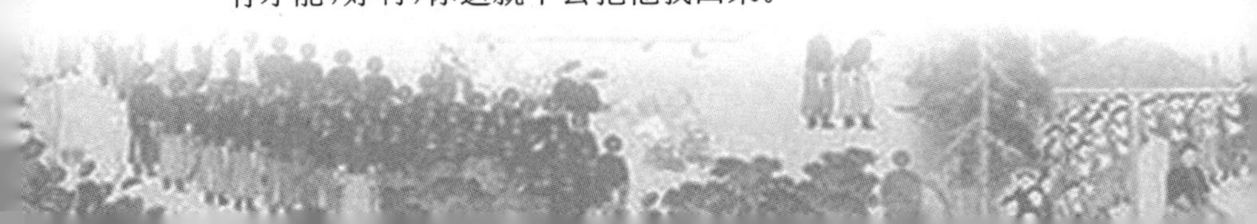

两人的争吵传到康熙耳中，他烦闷地说："不要吵了，先到前面客店休息。"他们一行人来到铁牛镇，找了一处店家住下来。几个侍卫要了几份饭菜，大家刚要开吃，却听到河涛滚动的声音隐隐传来，接着大地也发起抖来，顿时，镇上哗然大乱，人叫狗吠，一群群人蜂拥着朝东奔跑。胤禛拉住一个乡民问道："你们跑什么?"乡民回答："黄河决堤了，快到东面山岗上躲避。"康熙等人大惊，也随着人流东奔。胤禛惊讶之余，停下脚步说："陈天一去了黄河岸边，会不会遇到危险。不行，我要叫他回来。"他刚刚转身，却见陈天一回来了，他大声喊道："不要慌，不要跑。黄河决口不会危及铁牛镇!"

可是，人们逃命要紧，谁会听他的话？唯有胤禛留下来，劝说陈天一："还是走吧，不要待在这里担惊受怕。"

陈天一笑道："阿哥爷过虑了。我从去年冬天就在这里考察水情，了解这里的情况。刚刚我又去岸边查看了一下，发现此时水中有6成泥沙，而铁牛镇一带河宽500丈，平常水深不过7尺，加上洪水，上涨不过两丈。河岸距离铁牛镇1 100丈，你想，这沙滩就是天然屏障啊。一旦水上了沙滩，流速必然减慢，泥沙也就会越积越厚，达到一定程度，说不定会形成一条长堤。果真如此，可以节省下不少治水的银两呢。"

听了他这番细致精确的分析，胤禛心里有了底，他拉着陈天一坐回桌边，两人边吃边聊。果然，洪水没有漫进铁牛镇，而在岸边淤成一道沙堤。康熙听胤禛奏报了陈天一的分析后，这才点着头说："陈天一有些本事，这次四阿哥荐人有功。好啊，朕就任用陈天一来治水。"

第三节 南巡黄淮

亲历治水惩乡绅

胤禛力荐陈天一，得到康熙认可。他非常高兴，日夜与陈天一相伴，向他学习治水的方法，借阅关于治水的书籍。此时，黄河已有多处决口，康熙决定留下来亲自指挥治水。这天，他召开紧急会议，商量治水策略。皇子、官员们汇聚一堂，议论纷纷，各自陈述治水的方法和理由。康熙听了半天，始终眉头紧皱，原来这些策略都是陈旧的方法，并无半点新意。他不禁叹道：“自康熙元年以来，黄河几乎年年决口，历来的方法总是效法大禹治水，结果，河床年年淤沙，越积越多，每年为了清沙排淤，耗费千万人力、百万黄金，然而，效果如何呢？大家都看到了，汛期一到，依然水患无穷。朕以为，治水者心意是好的，却不能洞察黄河水患的病根，这才是问题的关键。”

听了这话，大家不约而同将目光转向陈天一，希望听听这位“河神”的高见。陈天一一直没有发言，他见众人期待的目光，这才开口说：“如果一味开宽河道，黄河的泥沙清了又淤，这样下去，一万年也清不完。依我看，有几个意见，第一，黄河、淮河和运河治理不是单一的，应该综合治理；第二，河督衙门设在济宁，不太合理，应该迁至清江。这样便于黄淮运三河同时治理。”

这番话一出，众人吃了一惊，心想：陈天一够大胆的，不知道他有什么具体的良方？康熙很感兴趣，追问道：“你说说，怎么样清理掉淤沙？”

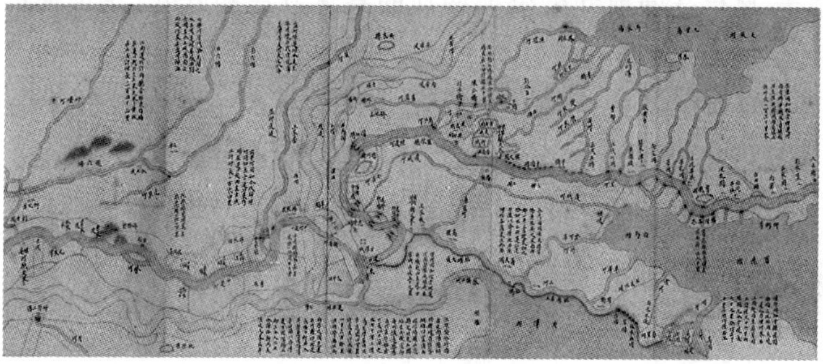

清代《京杭运河全图》，图中所描绘的是淮河、老黄河与洪泽湖交会之处，即今天淮安地区。

陈天一微微一笑，转向胤禛说：“阿哥爷比我高见，他昨晚提出的方法非常可行。”昨天夜里，胤禛拿着几本治水书籍，找到陈天一说：“我从这几本书中发现了一个治水方法，觉得好奇，想向你请教。”

陈天一忙说：“阿哥爷太谦虚了，我能参与治水，这都是你瞧得起我，你有什么问题，只管讲来。”

胤禛说：“这是前明一位治水专家的著作，他提出加固加高河堤，使河道变窄的方法，认为这样水势增强，流速加快，不但新沙不会淤积，还能卷走旧沙。我觉得这个方法适用目前黄河的治理，你看呢？”

陈天一大喜，接过胤禛手里的著作说：“我正有此意。目前黄河河床越来越高，单纯开道清沙已经没有多大作用了。只有束堤冲沙才是最好的办法。”两人又讨论了很久，才各自回屋休息。

今天，陈天一面对诸位催问，说出了胤禛昨夜的发现。康熙好奇地盯着胤禛："怎么？你有治水的方法？"

胤禛冷静地分析束堤冲沙的具体方法和好处，建议采取此法。康熙听了，点头说："这确实是新鲜的方法，不妨一试。"

河督听了，为难地说："万岁，此法固然可行，不过，目前河水已经决口，多处百姓受灾，如何救助百姓才是当务之急。"

胤禛说："你说的没错，束堤冲沙是长久之计。现在来看，应该结合当前情况，先行救助灾民，疏通河道，帮助他们重建家园，恢复生产。"

康熙同意了胤禛的提议，开始大力治理河患工作。这一日，胤禛奉命前往开封秀水镇视察水情，刚刚到了镇上，就听当地官吏上前诉苦："阿哥爷，这里水患特别严重，我们打算征用镇上所有劳力。可是，一些乡绅自恃功名在身，不服从命令，难以调度。"

胤禛想了想说："你去召集所有乡绅，我有办法让他们听从命令。"

官吏得令，赶紧照办。中午时分，当地乡绅大都到齐了。胤禛各个打量他们一番，问道："还有没来的吗？"

官吏回道："镇西的张保官世袭功名，从来不听从官府命令。这次派人去喊他，他说：'我有功名在身，不用纳税当差，不管谁来了，我也不会去。'"

胤禛冷冷笑道："好一个'功名在身'。你去告诉他，这次治水不同以往，凡是消极怠惰者，不仅责罚银两，还要革除功名，永世不得再获录用。"

在场乡绅面面相觑，一个个心里嘀咕着：“这位皇阿哥手段严厉，难道是皇帝的意思？”康熙实行宽仁政策，按照祖宗规定，保护乡绅的法定免役权。因此，当时乡绅不仅不用纳粮缴税，还不用服役。在这种保护下，他们的权欲逐渐膨胀，常常勾结官府，欺压百姓。这些行为在胤禛看来，都是无法容忍的恶行。今天，他看到乡绅们面对天灾，为了个人利益不肯听从调令，真是忍无可忍，遂说出了上面一段话。当然，这并非康熙本意，但是乡绅们听到胤禛这番话，哪还敢抵抗命令，一个个乖乖地加入治理水患的队伍当中。

在胤禛严厉督促下，秀水镇治水工作进展迅速，第一个完成任务。康熙听说后，夸奖胤禛办事得力，准备对他进行嘉奖。这时，有人悄悄递上话来，说胤禛在治水时假传圣旨，威吓乡绅。康熙听了，一时不知该如何处置他了。

料场奇闻

胤禛虽然工作出色，但因强迫乡绅出工，被他人抓到把柄，告到康熙那里。康熙左右思忖，最后召见胤禛问他：“你私自征用乡绅，这可是违反祖制的事，难道你不怕吗？”

胤禛诚恳地回答：“儿臣只想赶紧止住水患，保护一方百姓安宁，没有想那么多。”

康熙轻轻一笑：“朕知道你的性情，做事总是这么急躁。既然你诚心做事，别无他念，这次就放过你。功过相抵，奖励也取消了。”

胤禛说：“儿臣不敢奢望奖赏，只求快速治理水患。”就这样，他继续加入治水工作之中，昼出夜巡，与治水官吏和当地百姓打成一片，勤奋能干，普受赞誉。这天，他和陈天一来到开封府明

德镇督察水情，天色已晚，他们直接到驻地休息。夜里，两人无法入睡，相邀到河岸巡视。不一会儿，他们走出很远，在微弱的月光下，看到前方有几十辆大车，胤禛奇怪地说："当地百姓已经转移了，哪里来的这么多大车？"

陈天一观察一会儿，猜测说："可能是运料的车辆，我们过去看看。"

他们过去细看，不禁大吃一惊。只见车旁满是露宿的百姓，有的车上还有哇哇哭叫的孩子和妇人，拉车的牲畜虚弱地垂着脑袋，满是疲惫不堪的神情。胤禛连忙喊起一位百姓询问："你们在这里做什么？为什么不赶紧转移？"

那位百姓无力地回答："我们不是本地人，离这里有三天路程呢！"

"那你们来这里干什么？你们不知道这里是水患重地吗？"胤禛着急地问。

清贪官头颅被做成人头鼓，上绷人皮以警后人。

那位百姓叹气说："怎么不知道？我们就是奉县官的命令，前来运送秫秸的。你看见了吗？这几十辆大车上装满了秫秸。"

果真是运料的车辆，陈天一松了一口气，过去说："既然是运料的，为什么停在河岸？还不赶紧赶到收料场去。"收料场就在不远处，专门收集各方运送来的物资。

此时，好几位百姓围拢过来，他们打量着胤禛和陈天一的穿着，纷纷说道："两位公子爷，你们不知道啊，我们赶着马车去过收料场，你们猜怎么着，那个当官的说要收费，每车 10 贯钱啊。我们都是穷苦人，哪里有钱缴这个费用。结果，当官的不让我们进去，我们只好待在这里。这一待就是十几天，带的盘缠用完了，打算逃跑，可又走不掉，我们实在没有办法，只好在这里哭泣，祈求老天爷睁眼，帮助我们度过难关。"

胤禛和陈天一听罢事情原委，相视无语，他们不敢相信竟有这样的事情发生。陈天一默默地想，我治水多年，见识过各样贪官污吏，也没有听说过这样的事啊。胤禛看出他半信半疑，灵机一动，对百姓说："几位乡亲，大家不要着急，我们两人也是来送料的，正巧与料场的一位官员相识。这样吧，我们一会儿缴完了料，就替你们进去说说，看看能不能代缴。"

那些百姓听了，欣喜异常，环绕着胤禛连声称谢。胤禛拉着陈天一离开百姓，简单商量一番，然后，他们回来赶着一辆装满秫秸的牛车进了料场。收料场内，负责收料的官吏看到进来两位穿着鲜亮，面色红润的人，高兴了一下，猜想他们肯定是乡间富户，以为可以发财了，于是主动上前询问："哪里来的？知道料场规矩吗？"

胤禛随便说了个地名，然后问道："料场不就是收集物资吗？还有什么规矩？"

官吏皮笑肉不笑地说："一看你就是富家子弟，不知道人间疾苦啊。告诉你，每车交费 50 贯，让值班的兄弟打酒吃，然后就可以缴货回家了。"

"什么？"费用竟然涨了 5 倍，胤禛惊叫，"哪条律法规定运送物资还要缴费？你们借机索取钱财，真是太不像话了。”

“不像话？”官吏狞笑道，“我们在这里收料容易吗？日夜值班，辛苦不必说，哪有什么油水可捞？你听着，在这里我说的话就是律法，不管是谁都要听我的。”

胤禛气愤地指着他说：“你这样做，与抢劫的强盗有什么不同！你这样无法无天，贪赃枉法，难道就不怕吗？”

“哈哈，”官吏大笑，“怕？我怕什么？怕你告状？哼，你去告呀，我等着呢。”

看他有恃无恐的样子，胤禛气得手脚发颤，已是无法与他理论。陈天一上前几步，指责官吏说：“你不要得意，如今皇上亲临治水，对你等贪赃枉法行为非常痛恨，有朝一日你的劣行败露，小心吃不了兜着走。”

没想到官吏听了这话，不但没有收敛，反而露出狰狞面目，招手喊来几个随从，吩咐他们：“打，把这两个不知死活的家伙打出去！”随从立即挥动皮鞭木棒，不分青红皂白一阵乱打。胤禛和陈天一人少力单，与他们周旋一会儿，渐渐支撑不住，只好丢下牛车退出料场。

料场外，百姓们眼巴巴等着交完秫秸回家呢，却看见胤禛和陈天一被打了出来，牛车也丢了，一个个吓得目瞪口呆，不敢言语。胤禛稳定心神，安抚百姓说：“你们不要怕，先回去休息吧。明天我一定为你们索回牛车，还你们一个公道。”

一位百姓呜呜哭泣起来：“他们连公子也敢打，什么人能制服他们啊？我们还能回去吗？”他这一哭，其他人也都抑制不住，顿时，河岸上哭声一片。此情此景，胤禛再也无法忍受，泪水扑簌簌滴落下来。不知道他将如何惩治贪官？

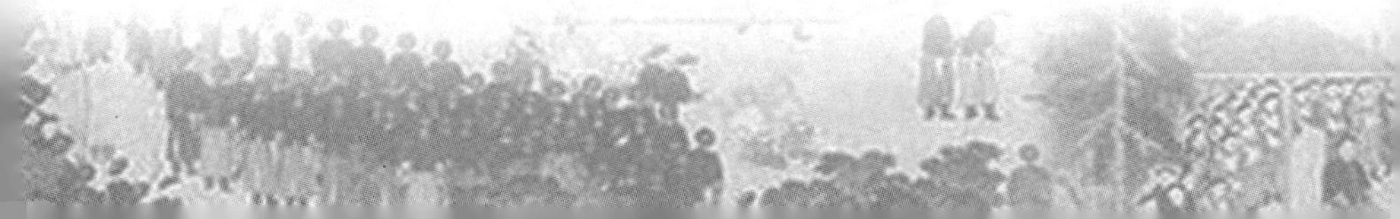

第四节　为民借粮

危情逼近

胤禛在料场遇到前所未闻的官场劣行，对他触动极大。他连夜赶回驻地，一面召集治水官吏开会，一面让当地长官带人前去拿下料场官吏。天未明，料场官吏被押到了驻地，当他看到昨夜前来送料的两人一个是当今皇子，一个是治水总监时，吓得瘫软在地，面无颜色。胤禛怒气未消，喝令左右将其推出斩首。

河督长跪不起，说道："阿哥爷，料场出现此等劣迹，都是在下管理不当，我罪责难逃，请您责罚。可是料场官吏也是朝廷命官，处死他要有皇上批准。在下已是罪责深重的人，别无他求，只求阿哥爷不要受此牵连。"

陈天一笑着说："他倒会求情。阿哥爷，依我看，处死料场官吏倒是便宜了他，不如打他 100 大板，然后给他戴上重刑具，沿河示众，效果可能更好。"

胤禛沉着地说："我自然清楚刑法之事，如何处置他应该交由官府裁决，我只是担心官官相护，对他处罚太轻，所以说出斩首的话来。好了，既然你们明白了他的罪行，就把他带回官府，从速判决。"他涉世不深，却屡屡看到官吏的劣行败绩，因此深为担忧。

在陈天一和当地官吏审判下，料场官吏被判杖责一百，带着刑具沿河示众。附近料场官吏闻讯，无不惊恐万状，从此，各料场在收集物资时，无不随到随收，再也不敢欺负老百姓了。

这件事之后不久，太子胤礽患了重病。康熙眼见治水走上正规，有心陪着太子回京治病，遂安排胤禛留下督察治水情况，带着胤礽、胤禩和部分官员先行回去了。

明代周臣《流民图》局部，此图原共绘流离失所的难民二十四人。这种描绘生活在社会最底层人物的画，在古代是极其罕见的。作者如实描写，不加任何修饰，对笔下人物寄予了深厚的同情。

胤禛第一次奉命单独办差，干劲十足。他在黄河、淮河和运河三处河道上奔忙不停，时而亲临河工现场，时而参与治水会议，时而指挥灾后安置工作，忙得不亦乐乎。这天，他和陈天一前往清江县视察灾情。清江县位于黄淮运三河交界地，地处水陆交通要地，朝廷在这里设了粮道、盐道。来往南北运河的船只，都要在这里打尖停靠。可是，今年汛情一到，黄河、淮河决口，清江县城受到冲击，大水漫漫，围困了小小县城。附近村寨难民纷纷涌进城里，几天之间，不足万人的县城猛增到十几万人。这一来，粮价飞涨，百姓们吃饭成了最大的问题。

胤禛来到清江县城，就见大街小巷、寺庙道观、墙根屋檐下，到处搭起了简易帐篷，随处堆放着湿淋淋的行李，面黄肌瘦的难民可怜巴巴地瞪着一双双泪眼，渴盼着能够吃上一口饭菜。胤禛穿行其间，心如刀绞，他匆匆地奔向官衙，希望早一点见到知县，与他商量对策。

忽然，前面一座庙前围满了人，就听里面有位女孩哀声哭叫："行行好吧，行行好吧，我爹娘饿死了，有哪个好心人肯出钱把他们埋了。"哭声连连，却无一人应声。有几个人看不下去了，劝说她："孩子，别哭了，如今清江县城已经饿死几十人啦。还有十几万人没饭吃呢，谁会为你埋葬父母。"

女孩听了这话，哭得更加凄惨。胤禛看不下去，在身上掏了掏，却发现没有携带银两，只好解下一块玉佩递给女孩说："拿去安葬父母吧。"女孩接过玉佩，叩头不止。胤禛无心受谢，转身就走。不料身后围上来一大群难民，他们有的拉住他的胳膊，有的跪在他的前面，有的干脆抱住他的双腿，无不哭诉哀求："善人，救命啊，善人，给我们点活路钱吧。"

胤禛被围困难民中间不能脱身，情急之下，向他们解释："大家不要急，我正是要找知县为大伙筹划粮食的事。"

"真的吗？"、"我们有救了。"难民们跪倒一大片，齐声高呼，"善人，老天派善人来拯救我们了。"

有位年轻小伙子站在人群外，高声喊道："什么老天爷？清江县有一百万石粮食存在仓库里，只要我们打开库房，就有粮食吃了。"这声呼喊惊醒众人，他们呼啦一下离开胤禛，跑到年轻小伙子周围，七嘴八舌地追问着："粮仓在哪？""哪里有粮食？"最后，一行人在小伙子带领下，浩浩荡荡离去了。有些年老体弱的，眼看着他们走了，趴在地上哀哭不绝。

胤禛没有阻止难民抢劫粮库的计划，他站立当地，许久才迈

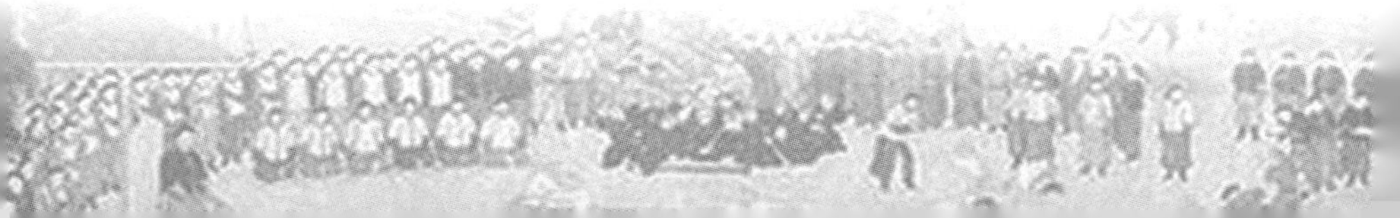

动脚步继续赶路。这时，陈天一从另一条路走来，见到胤禛就说："我有一个老相识，名叫马尔齐哈，是清江县同知，他说当地有不少富户，打算发动他们捐粮救灾。"

"是吗？"胤禛脸上露出一丝笑意，"这倒是个好主意。"他们边说边走进县衙，见到清江县知县后，询问捐粮一事。知县闪烁其词，支吾着说："这些富户都是有些靠山的，我虽已下令召集他们，可是来的人不足十之二三。"

胤禛心里沉沉的，想到这些乡绅富户真会惜财爱命，前番在秀水镇他们不肯服役，现在又不愿意捐粮救灾，真不知道他们为何这般自私。思来想去，胤禛不想再次威逼他们，触怒龙颜，可是怎么样才能让他们主动交出粮食，解救当前灾情呢？

大胆借粮

就在胤禛思索之际，马尔齐哈上前献计："阿哥爷，富户不肯捐粮，其中大有缘故。"

胤禛忙问，"什么原因？"

马尔齐哈小声说："知县是当地人，他家富足一方，是清江最大的富户。可他为人吝啬，不但不带头捐粮，还暗地指示其他富户也不要捐粮。您想，他这么做，还有谁会主动捐粮救灾？"

原来如此，胤禛怒火中烧，恨不能立即将知县缉拿问罪。可是想到救灾事紧，不能意气用事，强行忍住怒火，召来知县问："我在路上听说，有人前去粮库劫粮，不知道事情怎么样啦？"

知县回答："阿哥爷放心，我已通知粮库管事严格看守，那些刁民闹事，已经被打死了3个。"

胤禛一惊，追问道："知县大人，你身为父母官，眼看着百姓饿死，不但不想办法拯救，还滥杀无辜，你说，你这么做问心有愧吗？”

知县一时语塞，满脸通红地低垂下脑袋。胤禛继续说：“听说这3天城里已经饿死70多人，万一激起民变，城内无兵，城外无援，请问谁承担责任，又如何善后？”

知县坐不住了，扑通跪倒在地，央求道：“阿哥爷，在下无能，无力救灾救难，请您处罚。”

胤禛笑了：“知县大人，您无力救灾，我倒有个方法帮你，不知道你肯不肯听我一言？”

知县忙说：“请阿哥爷明示。”

胤禛说：“知县大人，您如今守着个粮仓，却让百姓饿死，这说起来实在不应当。而且，我还听说清江县内富甲一方的乡绅也不少。这两处加起来，我就不信不能解救十几万灾民的危机。”

“这——”知县迟疑不定，“阿哥爷，清江设于粮道，这是天下共知的事情。可这些粮食不归清江县管。就目前这批粮食来说，这是军粮，万岁爷专旨调拨用来西北用兵的。万万动不得，动任何一粒都是掉脑袋的大罪啊。”

胤禛语气一转，不客气地说：“怎么？你也怕死？成千上万的灾民就不怕死？事已至此，救灾才是最要紧的，再拖延下去，恐怕不是几十个人饿死的事了。”

知县为难极了，迟疑着说：“最多十日，朝廷赈灾的粮食就会到了，那时一切危情自然解决。”

“十日？”胤禛气愤地说，“亏你说得出口，十日时间会有千条人命，难道你准备眼睁睁看着这些人饿死？”

知县又一次窘在当场，过了许久，才狠下心说道：“阿哥爷，在下这就召集富户商讨捐粮的事。”他权衡利弊，觉得捐出粮食比丢掉脑袋强多了。

胤禛心里一阵好笑，故意说：“知县大人带头捐粮，这要是传到万岁耳中，肯定会受到嘉奖。”

知县既心疼又喜悦，匆忙地招呼人员组织捐粮一事。县衙里，胤禛却另有打算，他对陈天一说：“富户捐粮，最多不会超过一万石，当前十几万灾民，不过是杯水车薪。我看我们必须另想对策。”

陈天一问：“阿哥爷有什么高见？”

胤禛苦笑一下：“高见谈不上，不过需要胆量而已。”

“此话怎讲？”陈天一不解。

胤禛起身望着窗外，沉吟片刻后坚定地说出“开仓赈灾”四字。

陈天一大吃一惊，结结巴巴地说：“这……这可是掉脑袋的大事，知县不会支持你，你打算怎么办？”

胤禛难得地冷静，他抓起案上一支毛笔，迅速地写了一张借条，大意是向清江粮道借粮一百万斤。写完之后，他拿给陈天一说：“来，你来做个证人。”陈天一何等豪爽的个性，向来不怕事，可今天面对这张借条，他手心出汗，脚底发凉，好半天才在上面签上自己的名字。

下午，胤禛拿着借条找到知县，让他签字。知县见此，叫苦连天，他拒绝签字：“阿哥爷，您要了小人的命，小人也不敢签字啊。”马尔齐哈在旁劝道：“大人，事已至此，你不签也得签啊。你想，阿哥爷借粮，你敢不借吗？话说回来，若因为你不借而饿死千万百姓，万岁追查下来，你还是难逃一劫啊。要我说，与其这样死，不如借粮救百姓而死。总归落个好名声啊。”

清代粮仓。

知县无奈，只好签字，而后他瘫软在地：“完了，完了，粮食没了，命也保不住了。”

胤禛不理他，拿着借条，命令马尔齐哈带着一干衙役到粮库运粮。然后，他命人张贴告示，亲自分发粮食。当天夜里，他忙了一晚没有合眼，将粮食分发灾民，累得腰酸腿疼。灾民有了粮食，齐聚县衙门口，欢呼“万岁”。知县听到这些呼声，仿佛听到了催命的叫喊，吓得卧病在床，不敢出门。

一日光景，一百万斤粮食全部分发到灾民手中。但见清江城内，各处烟火缭绕，人们生火做饭，欢声笑语，看来这场危情能够安全度过了。胤禛环视城内，心情异样，他知道，灾民虽已脱离苦海，可他却必须面对私开粮仓的大罪，真不知道他会受到什么惩治？能否还清一百万斤粮食？

征粮还粮，胤禛受命下江南，路上遇到了机智风趣的李卫。在他帮助下，胤禛彻查了一位嗜赌如命的县令。这位县令被迫诵唱《戒赌歌》，成为一时笑谈。在此影响下，当地赌风渐渐好转，不少人戒掉赌瘾，恢复了正常生活。

禁赌一事传播广远，湖广总督害怕胤禛找自己的麻烦，连夜上门行贿。胤禛严行拒绝，并把他的贿赂拿出来，用于抗旱救灾。

官吏们不肯用心办差，致使旱情得不到缓解。为了惩戒他们，胤禛想出吐饭求雨的计策……

胤禛征粮顺利，回归途中，船只漏水，出现了双鱼救主的奇观。而他看到太子奢靡，贪慕虚名，为了补一件衣服竟然动用两江总督运送布料，花费 300 两银子时，震惊不已。

第十章

皇子下江南　吐饭求雨禁赌风

第一节 江南征粮

兄弟求情

少年胤禛积极治水，不顾个人安危为民借粮，解了清江之急，这一举动很快传遍朝野，康熙深感震惊，他传下圣旨，命儿子火速回京交代此事。胤禛知道这件事情关系重大，不敢怠慢，匆匆踏上回京路程。当他离开清江县城时，人们得知他为了百姓犯下重罪，纷纷走出家门，夹道相送。马尔齐哈更是联络部分百姓，为胤禛写了鸣冤叫屈的万民折子，暗地跟随胤禛回了京城。

朝廷内，关于胤禛借粮一事形成两派意见，一派认为他私开粮库，触犯国法，罪责难逃；一派认为他救民于水火，乃是大义之举，应当受到肯定和表扬。康熙作为一国之君，胤禛的父亲，该如何处理这件事，十分为难。这天，康熙正在乾清宫休息，胤祉忽然带着几位年龄稍幼的皇子阿哥进来，他进门就为胤禛求情："四弟做事认真，心地慈善，他救灾救民，儿臣以为没有做错。"他这一说，9 岁的十三阿哥胤祥接过话去："四哥一向关爱我们，还说我们皇子应该以天下为重，皇阿玛，我觉得四哥做得对。"

听着他们兄弟互相求情关怀，康熙心里一阵热，他起身一一打量几个儿子，发现有胤祉、胤祺、胤祐、胤祺、胤禟、胤祥、胤禵等，其中胤禵最小，排行十四，只有 7 岁，入读无逸斋不足一年。

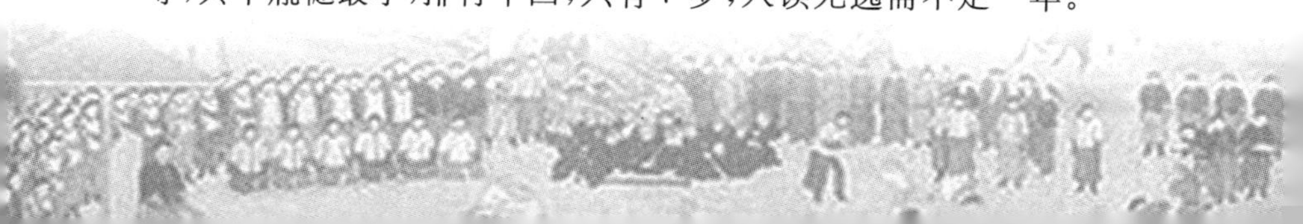

康熙慈爱地说:“你们为四阿哥求情,可见你们心地善良。不过,这是国家大事,你们还是不要参与了。”

爱新觉罗胤祥,因对雍正皇帝的治绩助力甚大,遂得世袭,成为清朝有史以来第九位铁帽子王。死后,谥号为“贤”,雍正帝为了纪念他的功劳,下旨将其名中的“允”字改回“胤”字,成为雍正朝唯一一位最终得以在名字中保留“胤”字的皇帝兄弟。

胤祥一脸稚气地说:“皇阿玛不是教导我们要关心天下吗?怎么又不让我们参与国家大事了?再说,我们为兄弟求情,这是人之常情,并非国家大事。”他机警可爱,能文爱武,深得康熙喜爱。

康熙笑了:“四阿哥人缘不错啊,这么多兄弟为他说话。十三阿哥,皇阿玛知道你们的心意了,你们退下吧。”

胤祥还想说什么,就见大阿哥胤禔和太子胤礽双双入内,他们看到这么多兄弟在场,立即明白发生了什么。胤禔抢先开口:“西北用兵需要大量军饷粮草,老四这么一折腾,耽误多少事!皇阿玛,您可要严厉地处理这件事。”

胤礽本来也想请康熙严惩胤禛,听到胤禔这么说,改口说:“老四也是为了百姓,他这是情急之下的无奈之举。依我看,应该从轻处罚。”他和胤禔的矛盾很深,几乎到了水火不容的程度。

康熙清楚儿子们的心事，他郁郁地说："你们不要为这事操心了，都下去吧。"

再说胤禛，自从回京后一直被看押在畅春园读书，失去了部分行动自由。但他心里想念父母师傅，想念兄弟姐妹，为了排解心中郁闷，他作诗抒情。这天早上，他刚刚吟诵完"讽咏芸编兴不穷"一语，就听外面有人低声喊道："四哥，四哥，你在吗？"

胤禛伸着脑袋望向窗外，看到胤祥站在那里，高兴地说："老十三，你怎么来啦？"

胤祥捧着几个荔枝，递过去说："我怕你受苦，特地来看望你。给你，这是刚刚从南方运来的，可好吃啦。"

胤禛扑哧乐了："瞧你，像个小偷似的。我们生在皇宫，锦衣玉食，什么没有吃过。可是你没去乡间走走，老百姓的生活还很困难啊。"说到这里，他的语气变得忧虑起来，"贪官污吏横行，欺压百姓的事情屡见不鲜，你我生活宫中，真是无法想象。"说着，他对胤祥讲起这次南巡黄河治水的各种见闻。

胤祥认真地听着，不时对贪官污吏的恶行表示愤慨。两人谈论多时，胤祥才恋恋不舍离去。不想这件事让康熙知道了，他责问胤祥："你为什么私自去见四阿哥？不知道这是触犯律法的事吗？"

胤祥回答："四阿哥为人正直，诚实守信。去年，他为了教我学习算术，连着多日不曾休息。有一次，大哥让四哥陪他去南苑打猎，可四哥推辞说：'我答应了教老十三学习算术，怎么能言而无信？'当时大哥说他迂腐固执，我听见了，还为他打抱不平呢。皇阿玛，四哥这么关爱我，现在他落难了，我不能见死不救。"

康熙说："你倒是侠义心肠，也罢，看在你这份情谊上，就饶了你。以后可要记住，做事多考虑，不能意气用事。”

就在朝臣和皇子为胤禛借粮一事各持己见，互不相让的时候，一位关键人物出场了，他就是马尔齐哈。马尔齐哈官职微末，进京后找不到人为他呈递万民折子。为此，他只好多方打听，到处求人，最后见到了隆科多。隆科多见到万民折子，欣喜不已，当即表示想办法呈递万岁。不久，折子到了康熙手中，他看了折子，亲自召见马尔齐哈，向他打听胤禛借粮的前后经过，并将折子交给众臣观看议论。最终，他做出一个令所有人都感到奇特的决定，这个决定对胤禛来说，是福是祸呢？

征粮还粮

康熙决定：“俗话说‘有借有还’。四阿哥借粮一事虽然事出有因，但是既然借了，就要想办法还上。朕认为，只要他能够还了清江粮道的粮食，这件事就既往不咎。”得知这个判决，胤禛哭笑不得，他想，足足一百万斤粮食，我哪有能力还？这时，顾八代为他献计：“所谓取之于民用之于民，借粮还粮都是为了百姓，为了国家。我想，老百姓们知道你遇到难题，肯定会积极捐粮相助，你不妨请旨下江南征粮。这样一来，既能还上粮道的粮食，还能巡察江南民情。”

胤禛觉得有理，果真请旨下江南。康熙深谋远虑，早就料到他会这么做，有意锻炼儿子做事的能力，欣然应允。就这样，来年胤禛开始了自己的江南之旅。这一去，发生了许多有意义的故事。

胤禛经淮安、扬州，渡长江，很快到达镇江，前往金山江天寺进拜，并作诗一首：“暮宿金山寺，今方识化城。雨昏春嶂合，石激晚渐鸣。不辨江天色，惟闻钟磬声。因知羁旅境，触境易生情。”随行的小钟用听了，高兴地说：“阿哥爷，您的佛性越来越深了，奴才还俗的日子快到了吧？”胤禛笑笑，没有回答。

这天，他们乘船赶往苏州，一路上，胤禛凭栏眺望，但见山清水秀，景色明媚，好一派江南水乡美景。他自幼生长北国，从没有见过这等景致，因此兴致勃勃地观赏着，还不时唤来小钟用问这问那。小钟用是江南人，回到故地，格外激动，他兴奋地为胤禛讲解当地的风土人情，两人都很开心。不巧的是，船只到达苏州时，天上飘起丝丝细雨。小钟用为胤禛撑着雨伞，失望地说：“可惜了，无法到虎丘一游。”胤禛遥望虎丘，平静地说：“茫茫吴越事，都付与东流。胜地美景，有时候是存在人的心里，而不是看在眼里。”

小钟用似懂非懂，引领着胤禛到附近客店住宿。就在客店门口，他们看到一群人围在那里，小钟用好奇地过去观望，看见一个十几岁的少年跪在地上哭，他的身边有一张破席子。看了一会儿，他明白了，这个孩子的兄弟死了，无法安葬，所以他跪求路人施舍。小钟用可怜他，正要取出银两资助他，却见店内走出一人，趁人不备，悄悄走到破席子前，也不知用了什么法术，就听破席子里一声惨叫，一个十几岁的少年突然蹿出来，抱着脚跟大叫：“疼死我了，疼死我了。”

周围人大惊，以为死人诈尸，纷纷后退。店人招呼一声：“大家别怕，这两个痞子天天在这里装死诈骗，我刚才用钉子扎了他的脚，怎么样，装不下去了吧？哼，赶快滚蛋，不要妨碍我做生意！”

那两个少年见事情败露，只好收拾破席子离去。周围人见

李卫(1666～1738),安徽桐城人,雍正朝署刑部尚书,授直隶总督,同鄂尔泰、田文镜均系雍正帝心腹。

此,无不唾弃谩骂。胤禛心里却是一动,他想,这两个少年行为举止,纵然不对,可是他们能够想出这种计策,实属罕见。我倒要会会他们,看他们有何说词。想到这里,他吩咐小钟用悄悄将两个少年带回来。经过一番交流,他得知两个少年是兄弟俩,一个叫李保,一个叫李卫,桐城人,家境本来不错,由于父亲嗜赌,结果败落了。为了生计,他们只好行此下策谋生。胤禛听了,惊讶地说:"朝廷屡屡禁赌,怎么还会有人嗜赌败家呢?"

李卫是个机灵鬼,他瞅着胤禛说:"看公子模样,定是达官贵人家的子弟,从小只知读书习字,不知道世间龌龊。您看看这天下人众,有了几个闲钱,做了几天小官,哪个不是又赌又嫖的?皇上远在京城,怎么禁得住这些事情?"

小钟用制止他说:"你小小年纪,知道什么世间道理?还敢污蔑朝廷和命官,真是不知好歹!"

李卫不服地说:"我说的都是真的,不信你四处走走瞧瞧,在这江南之地,有几个当官的不赌?"

小钟用说:"你再乱说,小心官府拿你。"

"拿我?"李卫自嘲,"拿我做什么?陪他们赌钱?告诉你,我从小跟着父亲学会了赌钱，手段高明，真赌起来，没几个人是我的对手。”

听着他们争吵，胤禛心里越来越沉重，他知道，从明朝末期盛行一种叫“马吊”的游戏（即今天的麻将），人称“亡国之戏”。顺治入京后，鉴于明朝灭亡的教训，在诸多方面整纲肃纪，同时也严禁赌博，到了康熙即位，更是把赌博作为大禁。有一段时间，查禁特别严厉，那些整天沉迷赌博的赌徒们躲在家里不敢出屋，为此，京城内大街小巷之中的盗贼也日渐稀少了。各地来往京城的客商看到这种情况，非常满意，他们经营越来越放心，再也不怕遇到偷盗抢劫之类的事情发生。此事深得人心，一度传为佳话。当时胤禛年幼，不过也深为父皇的决策高兴，可是如今来到江南，竟然看到赌风盛行，灾祸蔓延，令他非常心寒。他思来想去，决定留下李卫，陪同他一路查禁赌博之风，肃清官场恶习。

第二节　禁　赌

赢了小鬼

胤禛留下李卫兄弟，打算趁机查禁赌风。在李卫帮助下，他们很快了解到海宁县令王显是个赌徒，嗜赌成性。有一次，王显病重，可他依然用手臂敲打床沿，不停地发出赌博时的呼喊声。家人劝他：“你都病成这样子了，怎么还不忘赌呢？”王显说：“我的几个赌友站在床前，他们邀请我赌，我怎么能拒绝呢？”他说完这几句话，一口气没上来，昏迷过去。家人以为他死了，围着哭喊。不一会儿，王显又苏醒了，伸着手喊：“还我赌债！还我赌债！”家人忙问怎么回事。王显回答：“刚才我到了鬼门关，几个小鬼拦住我赌钱。结果我赢了，可小鬼赖账，不给我钱，还把我打出来了。”家人听此，又气又无奈。后来王显病好了，他以为自己好赌才大难不死，因此常常得意地在人前吹嘘：“我赢了小鬼，他们不敢索拿我去地府了。”

可想而知，在这位王县令治理下，海宁县城会是什么风气。赌徒遍地，以赌为生者大有人在，严重危害了当地人的生产生活。听说这种情况后，胤禛气愤难当，他决定亲自惩治这位赌官。为了行事方便，他们化妆成普通商旅，来到官府求见县令。县衙前，一位农民正坐在地上哭泣，胤禛上前问：“你有什么冤屈？为何在这里哭泣？”

农人哽咽着说：“我是附近乡里的人，前些年外出生意，赚了些钱。可是我那不孝的儿子不争气，迷上了赌博，很快就把家业输光了。我看他无心悔过，就和他分家另过。没想到，这个不孝子竟然把我的房子输给了人家。我现在无家可归，来到衙门告状，却被官差打出来了。县老爷说：‘赌博有什么不好？我就爱赌，还赢了小鬼呢。要不是我会赌，恐怕早就死了。你们这些无知之徒，也该学学赌博，不要整日无事生非。’您说说，这还有天理人道吗？这还让人活吗？”说着，他放声大哭。

胤禛大怒，一边拉起农人一边说：“你不要伤心，这等无法无天的官吏早晚会被绳之以法。”然后，他和小钟用、李卫径直闯入县衙。县衙内，几位衙役正在埋头赌博，猛地看到进来几个少年，呵斥道：“干什么的？干什么的？出去，出去。”小钟用上前喝问：“青天白日，你们身为官差竟敢聚赌官衙，不怕被抓吗？”

“哈哈，”衙役哄堂大笑，“我们就是抓人的，谁敢抓我们？看你们年纪轻轻，是不是也想学学啊？这个容易，只要磕头拜师，我们不收学费。”

胤禛强忍怒火说：“去把你们大人喊来，我有事见他。”

一位衙役想都没想就回答道：“老爷正在后堂赌钱，看见了吗？刚才那位来告状的老汉的儿子也在里面呢。他家的房子被老爷赢来了，你说，老爷能还回去吗？”另一位衙役有些警觉，起身打量胤禛等人一眼，问道：“你们是干什么的？找老爷有什么事？”

李卫上前一步，嬉笑着说：“几位大人，我们是路过的客商，在下久慕老爷大名，听说他连小鬼都赢了，因此特来拜见，想与他一赌高低。”

雍正皇帝《行书七言绝句扇面》，纸本，台北故宫博物院藏。

那位衙役眼神一亮：“这么说，你也是爱赌的。这就好办了，你们不知道，我家老爷最喜欢与生意人赌钱，他说了，生意人有钱，赌起来过瘾。你等着，我这就去为你通报。”

不一会儿，衙役出来传话，让胤禛等人后天前来一赌。李卫问：“为什么要等到后天？”衙役不耐烦地说：“老爷的赌期已经排到后天了，你们就等着吧。”

胤禛心生一计：“既然如此，后天我派人来接大人到清风轩。”

清风轩是海宁县最大的茶楼，临河面水，景致不错。衙役听了，连忙点着头说：“好主意，好主意，不愧是大商人，赌博都要有个好去处。”

后天一早，胤禛安排完毕，派李卫带人去接王显。王显不知是计，以为果真来了送财的大商户，高高兴兴地上轿前往。清风轩内，几人见过后，王显看到他们不过是几个少年，心想，区区几个毛孩子，涉世不深，还想与我赌，真是拿着鸡蛋砸石头——有来无回。好，我就让你们见识见识我的厉害，叫你们血本无归。想到这里，他厚颜无耻地问："几位带来了什么赌资？"

胤禛来到窗前，指着楼下河边一艘大船说："瞧见了吗？这是家父让我运送到海关的一船宝物，我准备用它们做赌资。"

"宝物？"王显满脸贪婪神色，恨不能立即让船只归为已有。他让手下人下去查验，果然看见里面堆放着名贵绸缎、瓷器还有茶叶等，心花怒放，立即命人铺开赌桌准备一赌。

胤禛一把拦住他，面带寒气地说："大人别慌，刚才你验看了我的赌资，我还没有看到你的赌资呢？你说，你用什么和我们赌？"

"这个……"王显一贯欺压百姓，与人赌博从来不带赌资，赢了索要对方钱财，输了赖账不给，哪里准备什么赌资了。

看他支吾，胤禛冷笑一声说："大人不必害怕，我不会为难你。我爱好文墨，昨夜一时性起，写了两首诗词，这样吧，我们初次相识，开盘三局就以这两首诗做赌，谁输了，谁就在清风轩高声唱诵50遍，然后正式开赌，大人就以此做赌资，你看如何？"

王显大喜，忙不迭地说："唱诵诗词？好啊，有雅兴。我赌了这么多年，还没遇到你这样高雅的赌徒呢。想当年我十年寒窗苦读，读尽天下书，诗词文章，样样在行，这才进京赶考取得功名。哎，不说了，不说了，反正读诗诵词都是我拿手的。"

胤禛不理睬他，朝着李卫使个眼色，一场别开生面的赌博拉开了帷幕。

智惩赌徒县令

李卫和王显左右相对，你来我往，开始赌博之戏。这个王显赌习奇怪，他一般不会赢取前三局，他有他的道理，他认为“大赢不赢前三局”，前三局如果轻易取胜，接下来会容易输。今天胤禛给出前三局的条件极其优惠，他想，反正前三局输了也是唱诵诗词，我让给他又何妨？只要能赢得那一船宝物就够了。在这种心理驱使下，他胡乱打了几圈，轻易认输了。胤禛和李卫暗暗高兴，紧接着又来了两局。结果，王显接连输了三局，不过，他依然满面春风，主动地说：“后生可畏，我输了，输了。”

李卫嘿嘿笑道：“大人主动认输，真是好涵养，请您唱诵诗词吧。”

王显接过诗词，略一打量，未及开口，已是大惊失色。原来，这两首诗一首叫《劝赌歌》，一首叫《十二月》，都是流传当地的民谣。《劝赌歌》词曰：“正月雪花纷纷扬，流浪汉子进赌场，赌起钱来全不顾，输掉天地怨爹娘；二月杏花开满墙，老婆劝赌情谊长，劝我相公莫再赌，做个安分守田郎；三月桃花正清明，姐妹劝赌泪淋淋，劝我哥哥莫要赌，勿负姐妹一片情……”这是一首劝人戒赌的歌谣。《十二月》则深刻地描绘了赌徒的嘴脸，其中唱道：“正月初来是新年，赌博野仔惹人嫌，误却青春和年少，一年挨过又一年。二月里来是仲春，赌博野仔忧忡忡，衣裳夹袄都押当，米缸嘴向西北风……八月十五是中秋，赌博野仔大出丑，当面讨债扒衣裤，当街挨骂不知羞……”两首歌谣无不苦口婆心劝解那些执迷不悟的赌徒改邪归正，真是引人深省。王显拿着两首民谣，哆嗦着双手说：“你们……你们开什么玩笑？本大人怎么能诵唱这样的歌谣？”

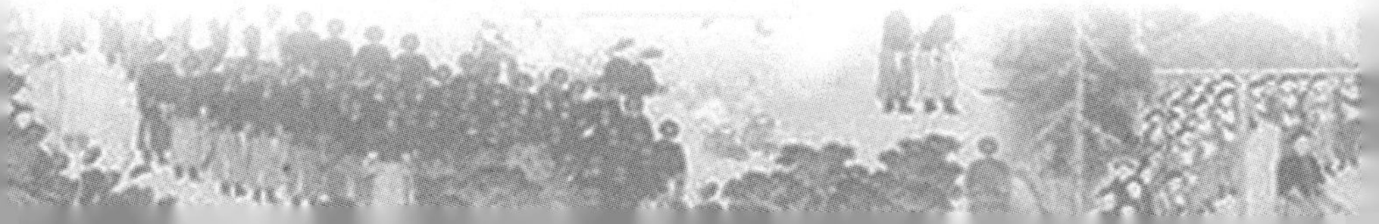

“哎，”李卫说，“我们不是说好了吗？谁输了谁诵读。大人，你可不能反悔。要是你不唱，岂不是毁了你半世赌名？”

王显气得满脸通红，指着李卫说：“你胆子太大了，敢拿我开玩笑！哼，我这就叫衙役把你们绑了。”

李卫毫无惧色：“大人，这里可是赌场，讲究公平竞争，你要是动了衙役捕快，那你还算是名赌吗？再说了，不就是两首歌谣吗？唱了又怎样？你不唱也罢，我们就此别过，就算从没有见过面，不过，那一船宝物你可不要想了。”说着，他当真吩咐几个伙计下去开船，准备离去。

王显心想，他们这一走，自己空担个赖账的恶名，还没有捞到丁点好处，这哪是我王显的赌徒本色。不行，我要留下他们继续赌。哼，瞧你赌技平平，刚刚我不过有意相让，等我读完民谣，赢了你的一船宝物，就有你好瞧的了。想到这里，他面露奸笑，拦住李卫恶狠狠地说：“小兄弟，不要着急，我唱，我唱。唱完了我们好赌那一船宝物。”

李卫哈哈一笑：“好，大人请吧。”

王显气急败坏地站到窗边，极不情愿地诵唱起民谣来。说来也怪，清风轩本来客人不多，可王显这一诵唱《劝赌歌》和《十二月》，立刻聚拢来很多人。赶路的、做生意的、伙计、挑夫，还有赶集的妇人孩子，好奇地围上来，不解地互相询问：“老爷唱什么呢？”“好像是戒赌歌。”“他不赌了，不怕叫小鬼抓去？”“哎，不对了，老爷怎么唱起来没完了？”“是啊，他都唱了好几遍了。”“哪里？他已经唱了十几遍了。”

看到围拢的人越来越多，听着他们各种冷嘲热讽的说辞，王显又羞又气，恨不能有个地洞钻进去。这时，前几天告状的那位

老汉匆匆赶来了，挤进人群冲着王显喊道："老爷，您不赌了？您不赌了就还给我房子吧。"

王显恼羞成怒，真想喊人将老汉轰走。可看看身后的胤禛和李卫，他们坦然自若，正高兴地与人们打招呼说笑呢。王显心一横，哼，不要高兴得太早了，等一会儿让你们欲哭无泪！

约莫一个时辰，王显终于唱完了50遍《劝赌歌》和《十二月》，他一屁股坐在椅子上，端起水杯一饮而尽，怒冲冲地喊道："来，接着赌。"

胤禛冷冷地看着他问："大人唱了50遍戒赌歌，难道赌瘾一点没有减弱吗？"

王显一副狰狞面孔，瞅着胤禛和李卫说："好小子，你们想蒙骗本大人，告诉你，你现在必须赌！"

胤禛哼了一声，示意李卫和他继续赌。这一局，李卫很快输了。王显狂笑着带人冲下清风轩，直扑河边船只。他头一个跳上船，摩挲着双手吩咐："快，快将宝物运走。"话音刚落，却见船里突然涌出十几个官兵，他们身穿盔甲，手握钢刀，在小钟用带领下一字排开，一个个怒目圆睁，瞪视王显。王显吓坏了，不知所措地呆立当场，吃吃地问："你们……你们要干什么？"

"干什么？"胤禛紧随其后登上船只，朗朗说道，"王显，你聚赌成性，危害一方，霸占民宅，不知廉耻，像你这样丧心病狂的赌官留之何用？"说完，他吩咐小钟用将他拿下关押。至此，王显和海宁县所有衙役才知道，胤禛是奉命南下的皇子。

老百姓风闻胤禛拿了王显，无不击掌欢庆，他们涌上街头，争相目睹皇子风采。人群中，那位告状的老汉握住胤禛的手说："多谢阿哥爷啊，阿哥爷真是青天大老爷。"

胤禛说："我有一首诗送给你，你回去后念给你儿子听。我想，他听了这首诗，也许有所醒悟。"

老汉激动地连连点头。胤禛高声念道："贝者是人不是人，只因今贝起祸根。有朝一日分贝了，到头成为贝戎人。"他的声音响亮，不仅老汉听到了，很多围观者也记住了，他们仔细思量着，却猜不透其中深意。胤禛没有说破谜底，微笑着登上船只，带着小钟用、李卫等人走了。

第三节　吐饭求雨

退赌银

胤禛惩治赌官王显，打击赌风恶习，成为大快人心的新闻事件。在海宁县及附近，那些平日里以赌为荣的赌徒收敛了许多，不少人开始醒悟，逐渐摆脱了赌习。那位告状老汉回乡后，联系本族成员，在村口竖立一块“永禁赌博”的石碑，告诫人们不要沾染赌博恶习。后来，他找到儿子，告诉他皇子留诗相劝的事。儿子听了，仔细琢磨，终于明白了其中深意，跪在地上痛哭流涕地说：“‘贝’‘者’是赌字，‘今’‘贝’是贪字，‘分’‘贝’是贫字，‘贝’‘戎’是贼字。皇子告诫我，不要贪婪嗜赌，否则将成为贼啊。”从此，他戒掉赌习，并大力传唱《劝赌歌》和《十二月》，规劝那些嗜赌成性的赌徒。

这次禁赌事件，让胤禛看到了官场赌博的陋习，以及赌博带给人们的危害和禁赌的难度。多年后，他做了皇帝，更是严加纠禁赌风。他增加律条，规定官吏赌博不仅要革职，还不准花钱赎罪，永世不得再行录用。在他大力查禁之下，当时从事赌博业和赌具制造业的人们都改行做别的生意了。

再说现在，胤禛在海宁禁赌之后，继续南下湖广一带。这一天，他到达了湖广督抚衙门。这位督抚以军功受封，是个武官，可他偏偏喜欢卖弄自己的文采，经常在人前人后炫耀自己的书法。地方官员不敢得罪他，都奉承说："督抚大人书法独步海内，既有名家大师的传统又有独到的创新，真是不可多见啊。"督抚听了，洋洋自得。胤禛到来后，督抚觉得他身分贵重，有意请他点评，这天邀请了不少名流来到府衙，品茶论书，倒也颇有情趣。不一会儿，督抚命人拿出自己最为得意的书法作品，请胤禛点评。胤禛早就听说过这位督抚的事情，于是煞有介事地看着他的作品，对在座各位说道："督抚大人的书法果真奇特，你们看，这一笔取自颜体，很有风范；这一笔取自柳体，很有神髓；而这一笔取自欧体……"督抚听着，一开始以为胤禛夸奖自己，高兴得眉飞色舞。可是看到周围人无不窃窃嬉笑，他这才回过味来，胤禛这是在骂自己的字是四不像啊！

这件事让督抚丢了颜面，可他又不敢得罪胤禛，非常生气。他的一位门人向他献计说："听说皇子这次南巡，是奉密旨行事，一路上他查了不少官吏。大人听说过海宁县令的事吗？当众唱《劝赌歌》啊，多么丢人现眼！所以以小人之见，大人应该好好招待这位皇子，不要惹出事端。"

督抚久历官场，自然明白"好好招待"的含义，很快准备了丰厚的钱财，和一些名贵物品，夜里亲自来拜见胤禛。胤禛正在屋内读书，听说督抚求见，知道其中必有缘故，他在小钟用耳边叮咛几句，小钟用立即来到前门，大声问："督抚大人，你深夜叩门求见，有什么要紧事吗？"

督抚忙回道："在下给阿哥爷送来些零用物品，请笑纳。"

"是这事呀，"小钟用说，"督抚大人费心了。阿哥爷说了，这里的用品一应俱全，他不需要其他东西了，你带回去吧。"

督抚忙说："东西都准备好了，带回去岂不浪费了？还请阿哥爷留下。"

英姿勃发，富有雄才的皇子胤禛。

小钟用说："那就留下吧。"说完转身就走。督抚忙喊住他说："在下还有其他事情与阿哥爷商量，请你通报一声。"

小钟用笑着说："阿哥爷说了，如果督抚大人为公事而来，那么可以白天在公堂上说，不必夜里鬼鬼祟祟的，倒像是有什么见不得人的事。如果大人为私事而来，对不起，阿哥爷奉命办差，不能与地方官员私下交往。"

督抚没想到胤禛做事如此决绝，一肚子火，悻悻回到府邸。那位献计的门人还等着他的好消息呢，刚要上前询问，就被督抚掴了一个耳光，骂道："都是你出的馊主意，害得我丢尽颜面！"

门人捂着腮帮子，委屈地说："大人不必气恼。您想，既然他收下了东西，说明他已经为大人收买了。他不肯见大人，不过遮人耳目罢了。"

督抚想想，觉得有道理，思忖着说："这么说，这位皇子心计了得，竟然懂得瞒天过海之术？"

一夜无话。第二天，督抚召集属下官员集会府衙，商量抗旱之事。最近一段日子，此地干旱无雨，庄稼受到严重影响，旱情再不缓解，丰收将要无望。官员们刚刚聚齐，胤禛走来了，他的身后两个人抬着一个大箱子。督抚见了，好奇地问："阿哥爷，您这是……"

胤禛说："大人，昨夜承蒙关照，送去了这么多物品。可是我区区一人，哪里用得了这么多东西，所以，我让人给你送回来了。我们明人不做暗事，为了以防万一，请你打开箱子验看验看，有没有缺少什么？"说着，他命人当众打开木箱。

督抚吓坏了，有心阻拦，可哪里拦得住。木箱一打开，就见珠宝玉器，翡翠绸缎，应有尽有，目不暇接。在场人众看了，无不瞠目结舌。胤禛故意大惊："哎呀，督抚大人，这就是你的日常用品吗？我从小生活宫中，也没有见过这么奢侈的生活品呀，湖广一带的生活水平竟然如此之高，真是想不到啊。我想我回去奏报万岁，他一定为你们高兴。"

督抚难堪至极，脸色一会儿紫一会儿青，一句话也说不上来。

吐饭求雨

胤禛当众退还督抚行贿的财物，给在场官吏一个下马威。他们一个个擦拭着额头汗珠，心里七上八下，不知道这位少年皇子还会做出什么事来。胤禛却有自己的想法，自从他来到湖广，发现旱情严重，为此，他参与了好几次抗旱会议。让他大失所望的是，每次开会，这些官吏只说一些无关痛痒的话，根本不想办法解决问题。他很焦急，有心督促督抚积极抗旱，又没有良策，昨夜他上门行贿，恰恰给了胤禛机会。胤禛指着一箱子宝物说："我看旱情严重，督抚大人既然不用这些东西了，就变卖钱财，用来抗旱救灾吧。”

督抚心疼得直打哆嗦，却不敢说半个不字，只好含糊答应。胤禛趁机催促在场其他官吏，提议他们也捐钱救灾。可是，官吏们贪污惯了，根本不把老百姓放在心上，面对胤禛的提议，一个个表面上答应了，等到回到各自衙门，根本不去兑现。

胤禛满心以为自己惩治督抚，威吓了诸官吏，没想到他们无耻至此。这天，他带着小钟用和李卫到田间地头明察暗访，看到一片片庄稼枯萎倒地，老百姓有的拖儿带女离家讨饭，有的艰难地肩挑手提着水抢救庄稼，十分可怜。他心里难过，拉住一个农人问道：“官府不是拨下钱粮救灾了吗？”

农人有气无力地回答：“哪有什么钱粮？拨下的钱粮还不够当官的贪污呢！哪有我们老百姓的份？”

胤禛明白了，官吏们不但没有拿出钱财抗旱，反而贪污了朝廷拨下的救灾物资。他义愤填膺：“这帮贪官污吏，我不信制服不了你们。”说着，带着小钟用和李卫回到住处，他们又想到了一个好办法。

下午，恰逢府衙又一次召开抗旱会议。会上，胤禛平静地说：“历来抗旱都是农业最头疼的事，俗话说，‘人斗不过天’，所以每到干旱季节，人们都会施法求雨，我看，我们也祈求老天爷帮忙吧。”

督抚满脸堆笑：“阿哥爷说得有道理，有道理。以往我经常带领属下求雨，这次阿哥爷来了，请您多多指教。”

胤禛说：“指教谈不上，不过我倒有个想法。干旱危害严重，老百姓们非常渴望官府能为他们出点力，这次求雨，我们就大张旗鼓地进行。贴出告示，规定日期地点，晓谕百姓，为了感动上苍，以示虔诚，全城百姓、官员一律先斋戒7天。”

“好主意，好主意！”胤禛话音未落，所有官员异口同声附和。

胤禛笑着说：“诸位大人以民为重，甘愿斋戒7天，我相信上天有知，肯定不会辜负你们一片爱民之心。”

事情就这样说妥了，7天后，求雨的日子来到了。这天下午，督抚大人带着诸位下属浩浩荡荡奔赴郊外祭坛，举行隆重的求雨仪式。城内外老百姓听说官府为了求雨，官员们整整斋戒7天，都觉得是个新奇事，因此很多人不顾炎热，纷纷围拢来观看这场声势浩大的求雨活动。

胤禛和小钟用、李卫早已来到现场。小钟用在胤禛推荐下负责这次求雨活动的主持工作，他看见众官员到了，安排他们坐于坛前，说道：“诸位大人，心诚则灵，为了感动上苍，救助我方百姓，我宣布，大家必须坐在烈日下，不能撑伞遮凉。”诸官员养尊处优惯了，听了这话不免有些皱眉，可是看到皇子带头坐在烈日下，一个个不敢言语，默默坐下不语。

烈日炎炎，坐在祭坛前，好比上了蒸笼一般，不一会儿，每个人的脸上都流下汗水。胤禛小时候中过暑，特别怕热，可他坚持坐着，一动不动。小钟用清楚胤禛的情况，着急地来回踱步，有心上前为他遮挡骄阳，想到计划未果，还是忍下了。

很快，有些官员坚持不住了，他们左顾右盼，渴望有人送上茶水解渴。小钟用好像明白他们的心思，吩咐几个跟班的抬来一口大茶缸，喊道：“诸位大人辛苦了，请喝茶解暑。”

官员们已经晒得口干舌燥，恨不能跳进凉水里泡一泡，看到送上茶水，哪里还顾忌其他，像恶狼看见了羊群一样，扑过去一顿狂饮。饮茶完毕，他们长长地喘口气，磨蹭着不肯坐回祭坛。

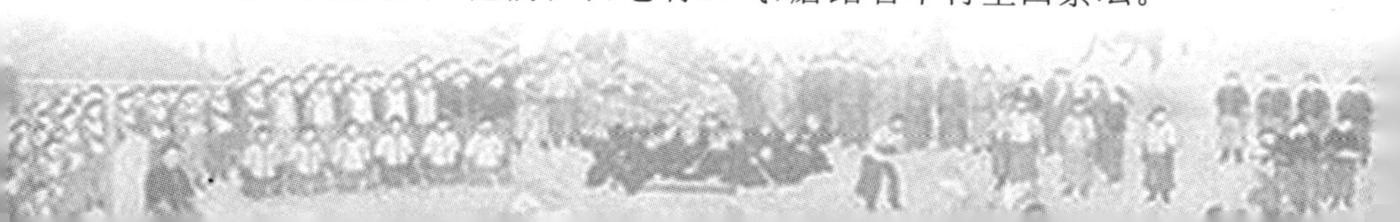

这时，胤禛慢慢起身来到茶缸前，也倒了一杯喝下去。小钟用看着他喝茶，似乎有些不情愿，又是摇头又是摆手，可是胤禛并不理他。

督抚见小钟用举止怪异，刚想上前询问怎么回事，却忽然觉得胃里一阵翻腾，他无法忍受，赶紧跑到一棵树下大吐不止。就在他翻江倒海般呕吐的时候，其他官员也像着了魔法一样，一个个狂吐起来。顿时，求雨场地变成了呕吐之所，周围众人见此，无不掩鼻躲避。督抚见此，一边呕吐一边吩咐下人赶紧掩埋。胤禛却摆摆手制止他，并说："我们向老天求雨，就让老天看一看诸位的诚心。"原来，他早就料到诸官员不会谨遵斋戒之命，有意派小钟用在茶水中加入了催吐药物，目的就是借此机会惩治他们。

待到众人呕吐完毕，胤禛与他们一一验看所吐之物。结果除了他吐出的是糙米饭和青菜外，其他官员吐出的都是鸡鸭鱼肉等荤腥之物。看罢，胤禛勃然大怒，声色俱厉地说："求雨是为民请命，想不到你们视同儿戏，不肯遵守斋戒之约，胆敢侮慢上天，怪不得老天不肯下雨。你们触怒上天，荼毒百姓，这样的大罪不治，天理难容！"

此时，前来观看求雨的百姓听说官员们没有认真斋戒，吐出的全是鸡鸭鱼肉等荤腥，顿时一片哗然，他们叫嚷着："贪官不除，老天不容！"要求胤禛惩治他们。

督抚等官员这才明白，胤禛"求雨"别有用心，他们赶紧地磕头认错，表示愿意全力抗旱救灾，捐出个人钱财，将功补过。至此，胤禛终于惩治了这帮贪官，有效地督促了这次抗旱工作。

第四节 双鱼救主

双鱼相救

转眼间，秋收时节来临了，胤禛下江南已有两个多月，这日，他们正在前往两江的路上，河南总督忽然派人前来送信，请他回开封征粮。原来，经过去年全面治水，今年汛期来临时，当地没有造成损失，庄稼大获丰收。百姓们感激朝廷治水有功，听说皇子带罪征粮，主动要求捐献军粮，以解皇子之难。

胤禛听了，十分感动地说：“只要诚心为老百姓做事，老百姓就会拥护你，这个道理一点也不假啊。”

李卫笑嘻嘻地说：“您爱民如子，一心为了百姓做事，天底下当官的要都像您，那就好了。”

小钟用一副不以为然的神情：“阿哥爷是主子，将来要治理国家，那些当官的怎么能与他相比？你呀，一看就没多大出息。”

李卫急了：“我没出息？将来我做了官，一定像阿哥爷一样，专门为老百姓做事，做个大清官。哼，我可不像你，整天在宫里才没出息。”

“你……”小钟用听到他揭自己的短，气不打一处来，追着就要打他。李卫眼疾手快，闪身躲开，朝着他做鬼脸。

胤禛一面看着他俩嬉闹，一面皱着眉头想事情，一时间没有

想好要不要回开封。第二天，小钟用和李卫催问何日启程去开封，胤禛却说："开封历年遭受水灾，今年好不容易丰收了，老百姓刚刚要过几天好日子，我们又去征粮，这样不妥。"

小钟用说："他们主动交粮，有什么不妥的？要是不去开封，我们到哪里征粮？"

胤禛说："临行前万岁有旨意，今年应该到两江征粮。我们一路行来，两江地区风调雨顺，百姓殷实，征集军粮应该不成问题。"

李卫撇撇嘴："哎，放着嘴边的肥肉不吃，偏要去啃硬骨头。"

小钟用也抱怨道："要是在两江能够征粮，我们还跑到湖广干什么？留在海宁不就成了？"

胤禛看看他们两人，没说什么，带领他们继续赶往两江。小钟用和李卫有所不知，胤禛之所以赶往湖广，一是为了体察民情，一是为了交付太子的一船宝物。当日在海宁，他与王显赌斗的宝物是太子胤礽让他运往广东商行的。当时，西洋和南洋前来中国贸易的船只商人很多，他们通过各种渠道结识显贵。胤礽不知怎么与他们相识，认为与外商贸易是敛财的好手段，因此颇为热衷。

他们水陆并进，很快来到两江总督衙门。督抚盛情招待他们，听说了征粮一事后，满口应承着说："朝廷指派，我一定全力完成。"

胤禛依然有些不放心地问："有什么困难吗？"

督抚说："阿哥爷，您上次经过此地，查禁赌风，老百姓非常拥护。他们听说你来征粮，无不踊跃捐粮啊。您说，老百姓的工作您都做通了，还有什么困难？"

一百万斤粮食很快征齐，交由胤禛亲自押往清江粮道。临行前，两江总督交给胤禛几箱子货物，对他说："这是太子爷命奴才采办的，他派人送信，烦您捎回京去。"

胤禛知道胤礽常常向下属官员索取财物，如今竟然明目张胆地让自己捎运物资，心里很反感，拒绝说："我奉命征粮运粮，责任重大，不敢耽误太子大事，还是您派人押送吧。"说完，他押送军粮启程了。

一行人通过水运运送粮食，这天夜里来到采石矶附近。随行官员向胤禛汇报说："这里四处险滩，常常发生事故。"

话刚说完，另一位官员慌张跑来："不好了，不好了，最前面的船只漏水了。"

胤禛大惊，随着他们来到漏水船只查看，果见底舱不断涌上水来，船只正在慢慢下沉。在场人慌乱一团，有的说赶紧下水堵住漏洞，有的说赶紧运走船上的粮食，还有的搓着双手一一否定他们的提议："天黑水深，怎么堵住漏洞？再说了，船上装着十万斤粮食呢，多长时间才能运完？"危急时刻，胤禛反而相当镇静，他步出船舱，来到甲板上，望着皎洁夜空忽然跪倒在地，祷告说："老天在上，我胤禛奉命征粮运粮，如果船中有一粒粮食是非法而来，我情愿葬身鱼腹，换取船只安全。"

说也奇怪，他刚刚祷告完毕，船舱就不漏了。小钟用和李卫惊喜地喊道："船不漏了，不漏了。"其他人见此，都觉得很神奇，纷纷跪倒在胤禛身边，共同祈求上苍护佑。

第二天，船只到了码头，胤禛吩咐小钟用说："昨夜上天护佑我们，躲过一劫，为了行船安全，你带人去检查检查那只船。"

小钟用带着人检查昨夜漏水船只，发现船底在礁石上撞出一个洞。幸运的是，有两条大鱼被水草缠住，它们裹在一起，恰好堵住了漏洞。胤禛闻听，慨叹不已，他命人取出两条大鱼，好好安葬。此后，这个地方就叫双鱼滩。

补衣服风波

过了双鱼滩，胤禛几经努力，终于来到清江交还了一百万斤军粮。完成重任，他立刻回京复命。康熙听说他一路所为，很高兴地夸奖他："遇事果断，办事能干。"太子胤礽听说他回来了，也忙不迭地见他，询问交代他办理的事情。

胤禛一一做了回答，开诚布公地对胤礽说："两江总督弄了好几箱子东西送你，我觉得这件事太张扬了，传出去不好，所以没有给你捎回来。"

胤礽有些生气："这有什么不好？你不当家不知柴米贵，我堂堂一个太子，需要打理的事情太多了。就凭固定的收入，根本入不敷出，你知道吗？我辛辛苦苦弄钱为了什么？就是为了维持我太子的形象！"

胤禛不解地说："您本来就是太子，还需要什么维持？依我看，您这样做反而有害于您太子的形象。"

胤礽焦急地吼着："你懂什么！我做了20年太子，难道还不知道如何保持自己良好的形象吗？我身边有很多人，他们为我出力做事，我得想办法养着他们啊。"说到这里，他突然意识到自己说的太多了，慌忙停住话头，没好气地离去了。

胤禛望着胤礽离去的身影，心里沉沉的，他觉得太子心事重重，却一点心思都不放在国家大事上，他似乎忽然明白了太子焦虑的原因，这就是他特别担心自己的地位受到冲击。这一想法让他心惊胆战，在他过去18年的岁月里，他一直敬重太子，视他为未来君主的法定接班人，从没想到会产生这样不忠的想法。既然想到了，他决定好好跟太子谈谈，帮他消除心中顾虑。

这天黄昏，胤禛悄悄来到东宫，打算与胤礽细谈。刚走到宫门外，就听太子胤礽在里面大吵大闹，好像发生了什么大事。他站在门外，踌躇着不知是进是退，猛然听到一声脆响，紧接着胤礽冲出宫门，手里还拿着一件衣服。胤禛连忙上前施礼问安。胤礽看到他，哼了一声问道：“干吗呢？鬼鬼祟祟的。”

胤禛回答：“臣弟不敢，臣弟只是想来看望太子，别无他事。”

胤礽怒火未消：“你还好意思来看我，瞧瞧，这都是你干的好事，说好了让你从两江捎回那些东西，你偏偏自作主张。你看见了，我这件湖绉布料的衣服破了一个洞，就等着用那些东西补呢。你说你，你不运回来我拿什么补？”

胤禛盯着胤礽手里的衣服，惊奇地问道：“臣弟愚钝，不知道太子如此节俭，衣服破了还要补。”在他心目中，胤礽崇尚奢华，讲究吃穿，怎么会突然想起补衣服呢？

胤礽摆摆手：“不要说好听的了。最近皇阿玛特别提倡节俭，前几天礼部尚书穿了件旧朝服，皇阿玛竟然夸了他好几次。我这件衣服是皇阿玛赏赐的，我刚穿了两次就划破了，我要是不穿了，皇阿玛肯定怪我浪费奢侈。”

原来如此，胤禛安慰胤礽：“内务府什么布料没有，您何苦要等两江运来的？”

胤礽说：“刚才我就是为这事训斥他们呢。他们找遍内务府，竟然找不到适合这件衣服的布料。为我裁剪服装的宫人说了，我这件衣服是用有花的湖绉布料做的，要找到花头正好合适的一块布料才能补好。”

胤禛明白太子发怒的原因了，想到自己前来的目的，试探着说：“臣弟以为，缝补衣服是为了节俭，现在您这件衣服破了，兴师动众从江南运送布料，这样做不但达不到节俭的目的，恐怕还会造成很大的浪费。”

胤礽没好气地说：“怎么，你想教训我？告诉你，我的目的是让皇阿玛和天下人知道我勤俭，而不是节约钱财！”

胤禛忍不住顶撞道：“您为了个人名声，劳民伤财，这样做实在不妥！再说了，皇阿玛英明圣断，要是知道您做了这样的事，不只是怪罪你，恐怕还要训斥你。”联想太子所为，他内心忧忧，真想与他深入地交流一番。

胤礽哪里听得进去他的劝告，高喊低叫地训斥他一通，兀自回宫去了。望着太子的背影，胤禛心里忽然涌动着难过的情绪，不知道究竟为了什么。

过了些日子，胤禛见到太子。太子胤礽对他夸耀道：“老四，那批布料运到了，正巧里面有我用的布料，你瞧，我的衣服缝补好了。”

胤禛看着太子补过的华衣，禁不住问：“太子，补这件衣服用了多少银子？”

“不少，”胤礽回答，“听说用了三百两银子。我觉得奇怪，做一件新衣服还用不了几十两银子，怎么补个洞反而这么贵？我担心奴才们贪污钱财，紧接着追问，才知道他们为了找到花头正合适的一块布料，竟然剪了上百匹布。”

“啊，”胤禛吃惊地叫道，“上百匹布？不知道能做多少件新衣服呢！”

“嘿嘿，”胤礽神秘地一笑，“这个就不用管了。”

胤禛不再说什么，内心里怅然。然而，没容他过分顾虑此事，更大的事情又在等着他了。

胤禛参与征讨噶尔丹之战，掌管正红旗大营。他办事认真，提前深入军营了解情况，做好了充分准备。在议论是否进攻噶尔丹时，他得到师傅顾八代提醒，献出虚张声势之计，吓退了噶尔丹。

昭莫多大捷后，胤禛奉命犒劳三军，他不顾私情，严厉处罚犯错的将士，引起他们不满，也导致自己封爵受碍。

受封贝勒，胤禛搬出皇宫，另立府邸，依然勤奋读书，崇尚节俭，被兄弟戏称“守财阿哥”。他不为所动，依然故我，结交了不少志同道合的朋友，同时，在跟随父亲北祭南巡过程中，进一步磨砺自我，渴求进步。

第十一章

出征噶尔丹　四贝勒办差议事

第一节　带兵出征

正红旗大营

1695年，康熙三十四年五月，在乌兰布通一战中败退的噶尔丹，经过5年修整，东山再起，起兵两万进至巴彦乌兰，再次虎视大清天下。噶尔丹本是准噶尔汗国的王子，他的父亲于1640年创建准噶尔国，传位长子僧格。僧格去世后，汗位应该由嫡系长子即策旺阿拉布坦即位。可是策旺阿拉布坦兄弟年幼，无法统辖国家，不少野心家趁机作乱，瓜分准噶尔国。噶尔丹闻听消息返回国内，经过多次征战，终于平息内乱，统一了国家，并于1679年自称博硕克图汗。然而，这时的策旺阿拉布坦已经长大成人，英武决断，按照传统，他应该继承汗位。所以，为了稳固地位，噶尔丹称汗之初就准备杀死他，策旺阿拉布坦听说后逃走。噶尔丹亲帅二千名精兵追赶，双方在乌兰乌苏（今新疆沙湾县东）交战，没想到噶尔丹惨败。从此，策旺阿拉布坦招降纳叛，积聚实力，开始了取代噶尔丹的行动计划。1688年，噶尔丹出兵喀尔喀时，策旺阿拉布坦趁机反攻伊犁，扩大地盘，站稳了脚跟。1690年，噶尔丹在乌兰布通战败时，已经无法返回伊犁，进退失据，只好留在科布多地区。如今，他归路已断，只有东进才能壮大自己的势力，也才有可能重振昔日雄风。因此，他明知失去了整个准噶尔国的支持和战略的纵深，还是硬着头皮向大清开战。

再说清廷上下，闻听噶尔丹又来了，人人愤慨，个个争先，积极支持讨伐噶尔丹。鉴于前次征讨噶尔丹，福全和胤禔主副将军不和造成重大失误，以致康熙亲征途中得病，不得不匆匆班师回朝的教训，这一次，康熙传旨御驾亲征。几年来，胤禛习文不忘修武，骑射之术大有长进，还跟随伯父福全学习火器，多次随父检阅京营驻军，对军事并不陌生。他听说康熙亲征噶尔丹，第一个踊跃报名，要求随父亲征。康熙看着儿子们一天天长大成人，心里的忧虑加重，特别是看到胤禔和胤礽矛盾深重，他常常感到不安，同时，胤礽的表现也让他越来越不放心。这些事情就像一块石头，沉甸甸地压在他的心头。然而，作为一代英主明君，他丝毫没有泄露自己的真实想法，而是努力栽培太子，希望他按照自己的要求成长、继位。如今，他看到胤禛报名参战，欣喜地说："朕早就有这个想法了。你们兄弟都长大了，该为皇阿玛分忧解愁，为国家朝廷效力了。"其实，他早就根据形势做好了打算，这就是安排皇子们随军参战，一来考察锻炼他们的军事能力，二来提高他们的地位和影响力，牵制太子和大阿哥的势力。

经过朝臣商议，康熙最终决定由胤禛掌管正红旗大营，胤祺、胤祐、胤禩分别掌管镶黄旗、正黄旗和镶红旗大营。胤禩不足 16 岁就掌管一旗兵马，可见康熙对他非常看重。清军以八旗为主，形成八旗制度。这一制度由努尔哈赤在女真人牛录制基础上建立而成，是清代兵民合一的社会组织制度。最初只有四旗，分别是正黄旗、正蓝旗、正白旗和正红旗。后来又增设四旗，分别为镶黄旗、镶蓝旗、镶红旗和镶白旗。共有八旗。八旗制规定，三百人为一牛录，五牛录为一甲喇，五甲喇为一固山（固山即

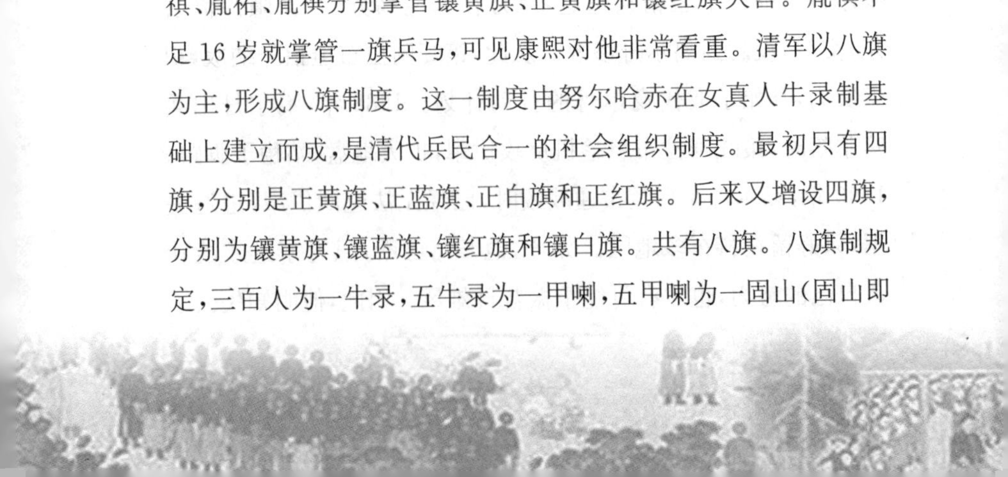

旗）。满族人按八旗制分隶各旗，平时生产，战时从征。清朝统一，太宗皇太极为加强对旗人的束缚，增强了八旗制的军事职能，并为扩大军事实力和笼络人心，又建立了汉军八旗和蒙古八旗。八旗设有军营、前锋营、骁骑营、健锐营和步军营等常规营伍，还有相礼营、虎枪营、火器营和神机营等特殊营伍，演习摔角、射箭、刺虎和操练检枪等。其中火器营设立于康熙三十一年，乌兰布通之战后，由于火器在战争中的地位越来越凸显。八旗兵分为京营和驻防两类。京营是守卫京师的八旗军的总称，由朗卫和兵卫组成。侍卫皇室的人，称朗卫，且必须是出身镶黄、正黄和正白上三旗的旗人，如紫禁城内午门、东西华门、神武门等由上三旗守卫。驻防是指驻防全国各要地的八旗兵马。

以十三副铠甲起兵的清太祖努尔哈赤。

胤禛受命后，立即前往正红旗营中视察。他在顾八代陪同下来到营地前，不想被阻门外，守门的士卒拦住他索要通行证件。顾八代解释说：“这是四阿哥爷，他奉命掌管正红旗，特来视察。”士卒很固执，坚持说：“都统有命，任何人没有证件不能入内。”都统即旗主，当时正红旗都统名叫齐世。顾八代与齐世相识，他说：“你去通报一声，让齐世前来迎接阿哥爷。”守门士卒回绝道：“我奉命守门，不负责通报消息。”

顾八代一向脾气和蔼，这下子有些火了，指着士卒说："你不认识我，还不认识阿哥爷这身装束吗？我看你懒得皮疼，真是欠打。"

胤禛却笑了，制止顾八代说："顾师傅，你怎么也急了？你我前来视察，本就有些唐突，守门士卒不让进去，也是遵守军纪，何必与他计较？"

说话间，早有好事者跑进去报告了齐世。齐世没想到胤禛这么快来到大营，慌忙走出观看，果然是皇子亲临，连忙紧走几步施礼相迎，并训斥守门士卒不懂规矩。胤禛故意说："都统大人，这我就不明白了，守门的军士哪里不懂规矩了？难道他随便放人进出营地就是懂规矩？"一句话把齐世说得脸红了，他不好意思地说："我担心四爷受了委屈。"

胤禛说："我来到这里是为了带兵参战，不是为了享受，所以我看到你管理的军队军纪严明，士气高昂，就很高兴了，哪里谈得到委屈二字？"

齐世忙不迭地点头答应，心里想，人人都说四阿哥做事认真，性情刚直，看来果不其然。他一边琢磨着，一边带领胤禛到各营中查看情况。每到一处，胤禛都仔细地询问军士们操练情况，并亲自验看他们的武器，还不忘鼓舞军心斗志。他特别关注火器营，在那里一待就是一天，又是查看火器，又是指导军士们打枪用炮。不仅如此，他知道顾八代久历战场，富有作战经验，还安排他留驻营中，多方参谋、策划，为出征做准备工作。

油衣备战

2 月，春节刚过，康熙传旨军队出发。康熙戎装佩刀，威风八面，带领皇子走出宫门。玉带桥上，鸣角吹号，在雄壮的军号声中，礼部官员恭导康熙来到拜天圆殿，诸王大臣、侍卫等依次序立，君臣先后行三跪九叩祭天大礼。然后，礼部官员再恭导康熙拜旗纛之神，君臣仍行三跪九叩大礼。在叩拜的人群中，胤禛身着铠甲，腰挂佩刀，毕恭毕敬地跟随父皇参与祭天祭旗礼仪。

礼仪完毕，太子胤礽跪而奉酒，预祝大军凯旋。康熙接过酒杯的刹那，眼前浮现 6 年前自己在征途病重，急召太子相见，太子毫无忧戚之色的情景，他略一迟疑，将杯中酒一饮而尽，而后把监国印信授予太子。随后，康熙率军出德胜门，踏上亲征之途。随征官兵俯伏在马背上，等到圣驾一过，他们各整队伍，相随进发而去。

这次出征，兵分三路，中路由康熙亲帅，东路由萨布素率领，西路由名将费扬古率领。康熙不仅御驾亲征，还在兵力上做了很大调整，他调用了西北绿旗兵和藤牌兵参战，充实了战斗力不强的满蒙骑兵，给整个队伍带来了生机。另外，他启用了一代名将费扬古，解除了福全和胤禔的军权。费扬古是顺治宠妃董鄂氏的弟弟，有人将其比做汉朝卫夫人之弟卫青，可见他的军事才能之卓越。东路主帅萨布素是黑龙江将军，他集合东北士兵组成东路军。这样，清军从宁夏、归化城(今呼和浩特)、额尔古纳河三个方向保卫喀尔喀蒙古，威胁噶尔丹。

康熙率领中路军出归化城，直向巴彦乌兰挺进。这一天，军队正在茫茫荒漠与戈壁交错的地带逶迤前行，天色忽然暗下来，康熙骑在马上，抬头仰望天空，不解地自语：“刚刚进入春天，正是干旱少雨的季节，怎么会阴天？”随行的大学士尹泰听了，也皱着眉头说：“是啊，西北多荒漠，一年到头很少下雨，这天怎么反

雍正皇帝戎装像。

常地如此阴暗？”这时，李德全从行李中找出一件油衣，跑到康熙身边小心地说：“万岁爷，这天像要下雨，奴才给您准备了油衣。”油衣相当于今天的雨衣，防雨工具之一。

康熙看着李德全手里的油衣，心里一紧。乌兰布通战役之后，清军总结经验，制造了便于远途奔袭的子母炮，并通过朝鲜向洋商订购了大批火枪，这些枪炮是这次出征的重要武器。受当时技术所限，制造的枪炮特别怕水，遇到下雨天气防潮就是一件大事。也许出征前过于自信，康熙竟然没有想到下雨一事，眼看着天气有变，着实吃了一惊。就在这时，雨点噼里啪啦落了下来，李德全慌忙将油衣披到康熙身上，还招呼他人说：“快，准备帐篷，让万岁爷避雨。”

康熙一把扯下身上的油衣，着急地说：“不要管我，快去看看火器。”

尹泰等人听到这话，东奔西跑地慌乱一团。雨下得越来越大，不少生于此地的官兵惊讶地说：“多年不下这么大的雨了，真是奇怪啊。”

康熙有些失望，心想，老天阻我前行，难道不让我剿灭噶尔丹？他焦虑地策马奔向火器营，却见胤禛策马奔来，随手披到康熙身上一件油衣，大声说："皇阿玛，我已经命军士搭了帐篷，您快去避雨，不要淋坏了身子。"

康熙忙问："火器怎么样了？"

"放心吧，"胤禛回答，"我已经命令军士们保护好了。"

康熙追问："用什么保护的？"

胤禛回答："油布。前几天我去营中巡察，特别在火器营观察了几天。听顾八代说起以前平三藩时，多遇到阴雨天气，就让军士们准备了防雨用具。"

康熙长长地松了口气，笑着说："亏你细心。"说着，跟随胤禛前去他的营地休息。在这里，他看到军士们每四五个人顶着一块油布，正轻松自如地说笑着，队伍整齐，丝毫不乱，像是经过操练一般，不由高兴地说："四阿哥虑事还真周到，你怎么想到会遇到阴雨天？"

胤禛说："儿臣蒙皇阿玛教诲，接触西学，没事时常与三哥研究天气变化，发现全国各地的天气变化都是相互关联的。比方说，北方气候与江南甚至朝鲜、琉球一带有关，春夏时节，江南多雨，那么北方雨量也不小；江南少雨，北方就会干旱。虽然刚入春，然而江南多雨，儿臣想，北方雨水也不会小，漠北一带说不定也要降雨，所以临行前从兵部调集了油衣油布备用。"

康熙满意地点点头，夸赞说："有备无患，才能处乱不惊，这是行军作战必须考虑到的问题。呵呵，没想到你年纪轻轻，就有此深谋远虑，真是难得。"

胤禛谦谨地说："儿臣谨遵皇阿玛圣训，时刻要求自己认真办事，不敢贪功图赏。”

康熙欣慰地说：“这就好。身为臣子，认真办差，努力做事，比什么都强。”说完，他吩咐队伍暂停修整，并招呼着胤禛进帐篷，和诸将军商量下一步行军方案。

第二节 昭莫多大捷

参议军事

清军经过一个多月征程，4 月中路军已经来到噶尔丹侵占地区边缘地带。他们一路进军，这天，康熙下令召开会议，讨论对噶尔丹作战的具体计划和方针。参加这次会议的将领很多，胤禛四兄弟也列席会议。会上，不少将领说：“噶尔丹主力就在前面不远的巴彦乌兰，东西两路军还没有赶来，如果我们孤军与噶尔丹交战，恐怕力量不济。”

胤禩虽然年少，但他聪明多智，善于揣摩人心，深懂康熙心思，他知道父皇亲征，目的就是与噶尔丹一较高下，所以不以为然地说：“我中路军兵强马壮，人多将广，力量远远超出噶尔丹，与他交战，肯定可以取胜。”

康熙很高兴，鼓励他说：“说说看，我方在哪些地方比噶尔丹强大？”

胤禩早就想好了如何应对，从装备到军心一一摆出清军必胜的各种条件，最后坚定地说：“皇阿玛，儿臣不才，愿意率兵做前锋攻打噶尔丹。”皇子出征，如果立下战功将会大大提高个人的地位，对日后封爵晋升极有帮助。

康熙看着诸人，微笑着说：“八阿哥年纪最小，胆气却最壮。

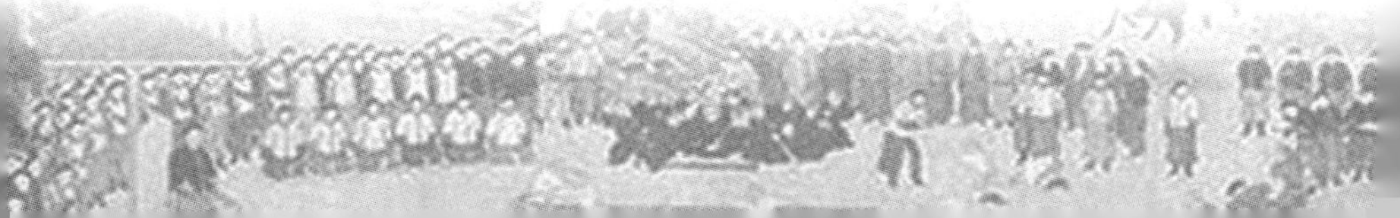

怎么，你们同不同意他的主张？”

胤祺和胤祐忙回答：“八弟说得有道理，皇阿玛亲征，一定可以击溃噶尔丹。”这句话无关痛痒，康熙当然不满意，他将目光转向了胤禛。胤禛一直紧皱眉头，似乎很忧虑，看到父皇询问的目光，这才开口说：“噶尔丹前有重兵，后无退路，我看他就像强弩之末，荒漠上的一棵枯草，早晚会被我军消灭。可是，我军三路征讨，如果我中路军孤军深入，势必犯了兵家大忌。我觉得不如等到东西两路军到了后，我们从三方包抄，定可以驱逐噶尔丹，不战而胜。”他这番见解虽说不上奇妙，也有些道理，还博得了不少将领赞同。康熙一心想亲自剿灭噶尔丹，威震漠北高原，他满心以为以胤禛急躁刚烈的性子，肯定支持进攻噶尔丹，说不定还要请命出战。没想到他说出这番话，自然很不认同，沉着脸说：“朕亲征噶尔丹，到了地方反而举棋不定，岂不让世人耻笑？”

胤禛不假思索地说：“等到三路兵马会齐，剿灭噶尔丹会更有把握。”话一出口，他立刻后悔了，不自觉地垂下头去。

会议一直进行到深夜，由于意见不一，只好待到明天再议。胤禛回到营帐，顾八代匆忙赶来说：“万岁亲征，想的就是亲自剿灭噶尔丹，你为什么说出那番话？难道不知道万岁的心意？”

胤禛说：“我想的是如何以最少损失取得最大胜利，并没有想到其他。唉，行军作战不就是以取胜为目的吗？怎么还这么麻烦？”

顾八代语重心长地说：“这不是麻烦，这是必须明白的道理。战争是政治的一部分，是君主体现个人威望最直接、最有效的手段，你想，万岁爷不辞辛苦，千里迢迢来到这里，还命你们皇子掌管了四旗兵马，他的意图是什么，就是要显示皇家威严。”

胤禛沉思多时才说:“你说的道理我也想过,可是我中路军一军挺进,万一真的遇到危险,皇阿玛怎么办?我为他的安危深深忧虑。”

顾八代说:“我知道你的忧虑,为万岁爷想好了一条计策,不知道你想不想听?”

胤禛喜出望外:“顾师傅快讲。”

顾八代俯在他的耳边,低声细语说出自己的计划。胤禛听罢,仔细分析,详细揣摩,认为确实可行,遂不等天明,兴冲冲赶往康熙营帐。

康熙听说胤禛求见,心想,这个孩子一惊一乍,这会儿又来做什么?难道还要劝我不要攻打噶尔丹?想到这里,他摆手示意李德全,不要胤禛进来。随后,他又睡了半个时辰,才翻身起床,信步到帐外散步。没想到他一出帐门,却看见胤禛依然站在那里。看见康熙出帐,胤禛上前施礼问安,急急地说:“皇阿玛,儿臣想了一夜,想好了攻打噶尔丹的计划。”

“什么?”康熙不信地望着胤禛,“你想好了攻打噶尔丹的计划?说说看。”

胤禛也不隐瞒,就把昨夜和顾八代的谈话汇报给康熙。康熙听了,也觉得有道理,对胤禛说:“皇阿玛知道你办事认真,是个诚孝的儿子。以后要记住,遇事不要骄躁,要多思多忍,从长计议。”

胤禛一一答应,并谨记在心。多年来,他屡屡受到父皇教导,差不多总是这方面的问题。每次,他都努力克制自己,可每次遇到事情,天性又让他有所发作。这么看来,一个人要想改变自己的个性是何等不易。然而,胤禛就在这条自我改变的道路上艰难磨砺着、成长着，终有一日，康熙对他的评价会发生改变，这一改变就是他通向成功的有力保障。

在胤禛建议下，康熙决定继续前进，进逼巴彦乌兰。5 月，康熙率领的中路军来到克鲁伦河边，与噶尔丹的阵营隔河相望。驻扎后，康熙命人扎起黄帐，树立龙旗，但见幔帐如城，座座相连，一眼望去，无边无际；将士似山，不怒自威，一个个士气高昂。再看康熙，他身着明黄纹龙甲，上面有正龙、升龙、行龙 16 条；头戴皮胎髹黑漆盔，镶有鎏金东珠装饰，周围雕饰龙纹图案，其间还以梵文、璎珞相称；胄顶更是以金累丝为座，豪气万丈，不可一世。他天天带领着身穿银盔亮甲的皇子们骑着骏马，挂着宝刀，来回巡视阵营，所到处，只听将士们山呼海啸，号鼓连声，声音震耳欲聋。

噶尔丹听说康熙亲征，已经排兵布阵只等与自己决战了，心里恍惚，他不相信地带着军士来到克鲁伦河，登北孟纳兰山眺望，观察清军阵势。一望之下，他大惊失色，但见清军黄帐龙旗，果真天子亲征，再细细观看，清军阵营“环以幔城，又外为网城，军容山立”，浩气荡天，令人胆战。噶尔丹部将士看到这种情况，无不大惊，他们纷纷向噶尔丹提议：“康熙亲征，来势汹汹，势头正足，我们不如暂避锋芒，待其消耗了军需物资，士气低沉时再与之较量。”

噶尔丹富有军事经验，他知道清军有备而来，声势浩大，双方势力悬殊较大。如果勉强交战，必定败多胜少，权衡利弊，他决定不战而退，利用己方熟悉当地地理环境的优势与清兵对抗。于是，他连夜下令拔营弃寨，往和林方向而去。

第二天，清兵听说噶尔丹跑了，无不击掌欢庆，他们激动地

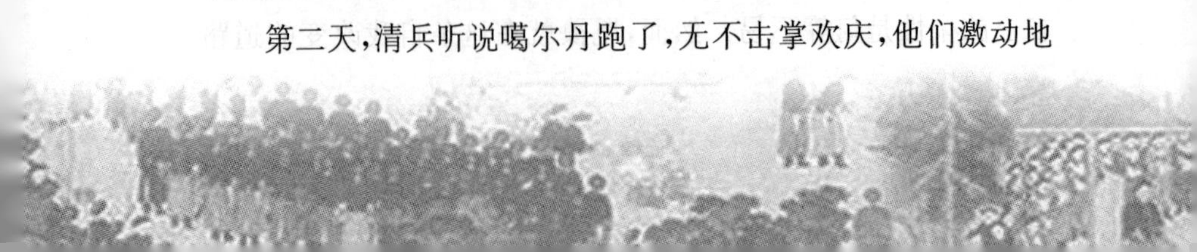

说："天子亲征，吓得噶尔丹不战而败。"康熙大喜，召集将士们相聚庆贺，席间，他满面笑容地说："这一招虚张声势果真威力无比。"原来，那天夜里顾八代向胤禛献的计，正是建议康熙采取强势姿态，威吓噶尔丹，以致其不敢出战。没想到，这些年噶尔丹流亡在外，深知积聚力量之难，已如惊弓之鸟，看到强大的清兵队伍，竟然弃营逃遁。不知道他逃往何方？接下来清兵会采取哪些措施与之交战？

一身戎装的康熙大帝。

昭莫多之战

噶尔丹不战而走，带着人马辎重赶往和林。正当中路军商讨要不要追剿噶尔丹部时，康熙得到军报，费扬古率领的西路军已经到达昭莫多。昭莫多，今蒙古乌拉巴托东南，蒙古语的意思是大森林。这里是明永乐帝大败鞑靼阿鲁台的古战场，东有肯特山、土拉河静静从南边流过，山北坡峭壁险峻，南坡较为舒缓，山上布满红色的岩石，因此蒙古人称为红鼻子(蒙古语忽兰忽失温)。此地是哈喇和林通往克鲁伦河的必经之路，自古为漠北兵家必争之地。康熙清楚昭莫多的军事地位，猜测噶尔丹会路过那里，因此传令费扬古驻守昭莫多，阻截噶尔丹逃窜。

再说西路军，在费扬古带领下刚刚来到昭莫多，还没有安营扎寨，派出的哨骑就回来报告，说噶尔丹的大部队在昭莫多北30余里的特勒尔济山口。费扬古得知这一消息，立即召开会议，他提出我军长途跋涉，人饥马疲，“难弛击。非反客为主、以逸待劳不可”的战略主张，得到大多数将领赞同。于是，他们巧妙地制订了以逸待劳、诱敌深入的策略。

5月13日，费扬古派出先锋都统硕岱、副都统阿南达，带领400名满洲骑兵，到特勒尔济挑战。费扬古交代他们只许败不许胜，节节抵抗，且战且退，诱使噶尔丹进入已经做好准备的昭莫多战场。他们依计行事，噶尔丹认为清兵主力在克鲁伦河，果然中计，带着一万骑兵追赶清兵，很快进入了埋伏圈内。费扬古兵分三路，东面是满洲骑兵、汉军、察哈尔军依山而阵，西面是右卫将军直隶军、大同驻屯军、喀尔喀骑兵沿(土拉)河而阵，孙思克率绿旗兵居中。绿旗兵是西路军主力，他们配备精良，《清史稿》中记载：“每兵两人从仆一人、马五匹。四兵和为一伍。”这是一支精锐部队，占据着有利地形，当噶尔丹部与之相遇时，双方展开了一场血腥大战。噶尔丹十分勇猛，他的妻子阿奴英勇善战，他们调教的队伍更是一支不怕死的英武之师。所以，尽管清兵利用有利的地形、火器、藤牌与敌人周旋，可是战争从早到晚，却没有决出胜负。

战事进入胶着状态时，宁夏总兵殷化行有了一个重大发现，他看到，噶尔丹阵地的后方有噶尔丹大批的家属、辎重。于是他提议让埋伏在左右的伏兵出击，从后面进攻噶尔丹。费扬古采取了他的建议，命已经埋伏了一天的左右两路军夹击噶尔丹部。结果，噶尔丹部在重重围困下，战死 2 000 多人，大势已去，噶尔丹带领数骑逃走。

昭莫多大捷，消息很快传遍北征军中，中路军一片欢腾，胤禛请命率领正红旗将士前去接应西路军，一并清理战场。康熙同意了他的请求，并让胤禩带领镶红旗将士与他同往。他们很快来到昭莫多，看到断刀残剑满地、血迹模糊不堪的战场，想象着刀枪剑戟、你死我活的战斗场景，感触很深。

费扬古听说皇子亲临，早就前来迎接，在胤禛和胤禩请求下，他带着他们参观战场，向他们讲述作战前后的各种事情。胤禛一路走来，不停地问这问那，他们来到肯特山北麓，忽然看到横七竖八躺着十几具尸体。胤禛惊问："将军，你不是下令掩埋死亡将士的尸体吗？这是怎么回事？"

费扬古也很惊讶，喊过身边士卒："去，喊来将军朋春，我要亲自问问他，这是怎么回事？"

朋春是一位参加过对沙俄战争的将军，作战勇敢，这次战役前，他埋伏在肯特山北麓，多次打退噶尔丹部的进攻，斩获颇丰。朋春听说费扬古召唤自己，还以为自己杀敌多，作战猛，要领受奖赏呢，急忙赶了过来。

费扬古见到朋春，怒冲冲责问他："我早就传令，让你们掩埋死亡将士的尸首，你胆敢违抗军令，置他们的尸首不顾，这样无情无义，我要处罚你。"

朋春吓得跳下马鞍，躬身求饶："大将军息怒，末将一时疏忽，这就派人掩埋。"

费扬古刚要放他走，却听胤禛说："大将军，所谓军令如山，

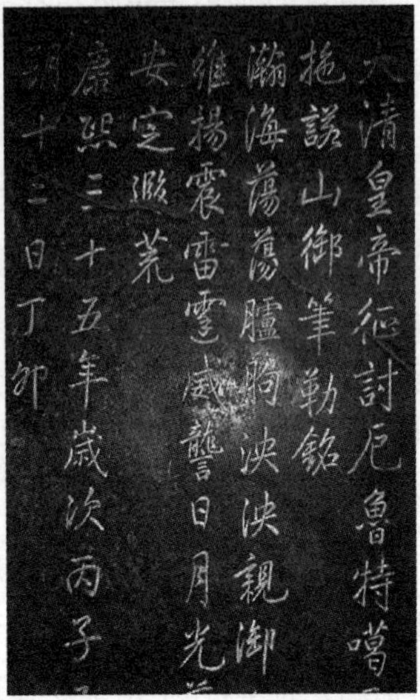

大败噶尔丹后清军刻石勒功。

朋春违抗军令，应该受到应得的惩罚。不然，出尔反尔，无视军令，怎么号令三军?”

费扬古是资格极深的老将，屡屡作战，战功赫赫，就连康熙也敬他三分，不料胤禛竟然说出这等责难之语，顿时又羞又愤，涨红着脸不知说什么才好。胤禩机灵，善于察言观色，马上说:“四哥，朋春已经知错，而且主动改正错误，依我看，这也不是大事，将士们作战辛苦，犯不着为此惩罚他们。”

胤禛瞪他一眼，坚持说:“军令无大小，只要违令不遵就要受到应得的处罚，这才能体现军令的作用。那些战死沙场的将士得不到掩埋，必定无法安宁，这是对死者不公，也是对生者不敬。”

费扬古略闻胤禛性情特色，知道他是个刚毅的皇子，有些人甚至说他为人苛责。今天这件事让他领略到了一二，他担心事情多有变故，忙说:“四爷教训的是，我一定按照军令行事，严厉惩治朋春。”说完，他让随行的主簿核对军令，记录朋春的过错，一并交由兵部处置。

这件事经过核议，最终裁定朋春尽管在昭莫多一战中立下大功，但他因为没有埋葬 18 位部下的尸首而功罪相抵。事情传到康熙耳中，他没做任何评论。

6月，康熙率领中路军返回北京。这一次统兵，胤禛和兄弟们虽然没有真正指挥打仗，但他们行军议事，得到了非常宝贵的军事训练。第二年，康熙再次亲征，在狼居胥山（今肯特山）彻底击败了噶尔丹势力。这次出征胤禛没有随行，不过他十分关心战争情况，身居无逸斋却作诗数首，关注边疆战事，其中一首写道：

指顾靖边烽，怀生尽服从。
遐荒归禹甸，大漠纪尧封。
庙算无遗策，神功迈昔踪。
凯旋旌耀日，光景霁天容。

此诗赞扬了康熙用兵功业，体现出胤禛对父皇的深深敬佩之意，也表达了他渴望边境安宁，天下太平的心意。

第三节　四贝勒建府雍和宫

屈居贝勒

1696年12月,康熙亲征回归半年后,孝庄太后忌辰到了,他特意命胤禛前去暂安奉殿行礼。其他皇子得知这个消息,无不表示钦羡,胤祉说:“老四,皇阿玛让你一个人去行礼,很看重你啊。”胤禩有些妒忌,酸溜溜地说:“去暂安奉殿行礼是例行公事,谁去了都一样。”太子胤礽心感不满,悄悄质问胤禛:“皇阿玛怎么让你一人去行礼?”这几年,胤禛觉察出他们兄弟之间有了很多不可告人的秘密,一股明争暗斗的势力将他们左右着,常常令人感到不安。面对他们的质询,他冷静地说:“祭祖和兵戎是国家大事,每每祭祖,皇阿玛都会让我们兄弟轮流参加。也许今年我随军出征了,所以皇阿玛派我去行礼,向老佛爷在天之灵奏报战事情况吧。”随后,他带领人员出京前往遵化。

这是胤禛第三次前往遵化。孝庄太后一周年忌辰时,他随康熙首次前去暂安奉殿,第二年,他又在太子胤礽带领下和胤祉一同前往。回想起来,前两次去遵化时,胤禛不过是十一二岁的孩子,如今,他虚龄19岁,经过十几年苦读,已是具有一定才学和修养的年轻皇子。而且在跟随父皇和独自办差过程中,实践能力得到提高，所以这次前往行礼对他来说，应该非常轻松。一路上，他们疾走快行，很快来到了遵化。胤禛按照规矩进殿行礼叩拜，祭奠孝庄太后在天之灵，并祭文述说征战噶尔丹一事。

行礼完毕，胤禛来到暂安奉殿外面巡察，发现一处墙角坏了，他立即责问守卫陵殿的官员："为什么如此懈怠，没立即奏报修缮？"

那位官员喝醉了酒，仗着酒劲大大咧咧地说："我向大爷汇报过，他说这没什么，不用管它。"大爷就是大阿哥胤禔，这位官员是他的手下人推荐来的。

胤禛见他一身酒气，办差马虎，生气地说："你身为暂安奉殿主事官员，怎么不向主管的礼部汇报，偏要告知大爷？大爷事务繁多，哪有时间管这里的事？我看你一定是不用心办差，出了问题反而赖到大爷头上。好啊，我今天就替大爷管教管教你！"他当即命人杖责守陵官 20 板子。

守陵官吃了亏，躺在床上好几天才能下床，他心里委屈，跑到胤禔那里告状："四爷脾气大得很，听说您不让修缮墙角，不容分说就把奴才打了。奴才挨打不算什么，可他不顾大爷情面，在老佛爷陵寝地打人，这要是惊动了老佛爷在天之灵，奴才怎么担当得起。"

听他添油加醋一通诉说，胤禔怒火中烧，他拍着桌子吼道："这个老四，做事向来不讲情面，现在连我的人也敢打，真是太不像话了！"他准备前去责问胤禛，却被胤禩拦住了。胤禩的母亲良妃出身贱籍，地位低下，所以，他从小由胤禔的母亲惠妃抚养。由于这种关系，他们两人关系密切，超出与其他兄弟的感情。胤禩说："大哥，你去责问四哥，不是明摆着自找难堪吗？这件事我

爱新觉罗·胤禔(1672～1734年)，在成年皇子中他的年龄最大，所以被列为皇长子。但是，他的生母惠妃那拉氏只是一位庶妃，远不及皇二子胤礽的生母皇后的身份高贵，胤礽因是嫡出而被立为皇太子。胤禔表面上遵从父命，内心对太子的地位十分觊觎。

们错在先，他错在后，依我看，要想变被动为主动，就要想办法。”

“什么办法?”胤禔追问。

胤禩轻轻笑道：“你让守陵的官员赶紧修缮墙角，同时，让他们向礼部告状，就说四哥在暂安奉殿打人，惊动了老佛爷在天之灵，给他按一个不孝的罪名，还怕皇阿玛不惩治他?”

胤禔大喜，依计行事。果然，康熙听说胤禛在暂安奉殿打人，非常生气，他责备胤禛：“行事轻率”。不仅如此，这件事还影响到了胤禛的授爵之路。

转过年来的 3 月，康熙授诸子世爵，胤禔、胤祉为郡王，胤禛、胤祺、胤祐、胤禩为贝勒。胤禛仅比胤祉小 1 岁，却比他低一个等级，而胤禩比他小 3 岁，已经和他并驾齐驱，这么看来，他在众兄弟中实在不算突出。本来，胤禛一向诚孝，做事认真刻苦，这些都是康熙所欣赏的。按照他的年龄和才能，完全可以授予郡王爵位。然而，暂安奉殿打人一事影响很大，加上康熙十分清楚儿子们的心性特点，认为他性情不稳，过于躁烈，因此经过深思熟虑，特意将本属两可之间的四阿哥，放入后一年龄段的皇子中，这样看来，康熙对儿子们的要求和希冀都很高。

再说这次封爵在朝中很有影响，不少朝臣提出了异议。这件事记录在《起居注》中，经过如下：三月初三，康熙御门听政时，大学士伊桑阿等奏称："昨日奉旨，皇长子、皇三子封为郡王，皇四子、皇五子、皇七子、皇八子封为贝勒，伏祈皇上将皇子照例尽皆封王。"康熙回答："太祖、太宗之时，封子并非一例概封，视其贤者封之，时惟多隆峨王、额尔克王、墨尔根王等封王，其余俱封为贝勒、贝子、公，或有不封者，今朕亦视其贤否加封耳，岂以己子有私乎？且如恭王为朕弟故封王，然其人岂称所封乎？"他认为授爵应该根据个人的功劳和才能，不能只看他们的皇子身份。伊桑阿等奏曰："前创业之初，正振作有为之时，是以如此封爵。今诸皇子夙奉皇上圣训，俱各贤明，伏祈皇上再次加封。"他们指出皇子们各有所长，才能突出。这时康熙帝明确指出："朕于阿哥等留心视之已久，四阿哥为人轻率，七阿哥赋性鲁钝，朕意已决，尔等勿得再请，异日视伊等奋勉再为加封，未始不可。"

事后，有人私下对胤禛说："四爷本可以授予王位，现在屈居贝勒，实在不甘。"

胤禛很不认同这种看法，他反驳说："皇阿玛英明睿断，根据我兄弟的心性、才能授予爵位，这是对我们最大的信任和封赏。我授爵贝勒，已是极大的荣誉，怎么可能心存不甘？如今，皇阿玛指出我的缺点，希望我继续努力进步，我想，这样对我的人生和成长更为有利。"在这件事上，他表现出对父皇的诚信，以及个性的逐渐成熟。实际上，这次封爵对他的影响还是很大的，让他更加清晰地认识到自己的不足，明白了克己用忍的重要性。从此以后，他更加严格要求自己，努力遵循父皇的劝诫，磨砺自我，10年后，他成为康熙第一批授爵亲王的皇子，为日后争储打下了基础。从另一方面来说，如果没有这次屈居人下的经历，恐怕也难有日后的成功。所以，人生路上，挫折或者不顺并不可怕，只要从中汲取教训，总结经验，努力进取，往往可以反败为胜。

守财的贝勒爷

康熙为诸皇子授爵后，又为他们建府邸，命他们搬出皇宫居住。此前，诸位年长皇子虽已结婚，但依然住在宫内，诸多不便，现在各自有了府邸，当然不能待在宫中不走。胤禛的府邸就是日后闻名于世的雍和宫。这里曾是明朝时期太监们居住过的官房，大清入关后将这里划归内务府使用。胤禛刚刚搬进来时，这里称作贝勒府，随着他升为亲王，又改成雍亲王府，到他问鼎天下，做了皇帝，就把这里改为雍和宫了。

搬进府邸后，胤禛开始了一段全新的生活。他发现宅院东侧的一个跨院建有亭、台、廊、室，栽种着各种树木花草，古朴典雅，清幽明净，非常适合读书阅典。他很高兴，命人收拾出来，作为自己的书院，称作东书院。自从搬进来后，他大部分时间在东书院度过。有一天，几位阿哥来访，看见他一丝不苟地端坐读书，上去打趣：“这里又不是无逸斋，你怎么还这么认真？”

胤禛回答：“皇阿玛教导我们读书修身养性，我一刻也不敢忘记啊。”

八阿哥胤禩的府邸与他相邻，笑着对其他兄弟说：“四哥自从进了贝勒府，就变成书呆子了。我天天找他下棋，他都不理我。”

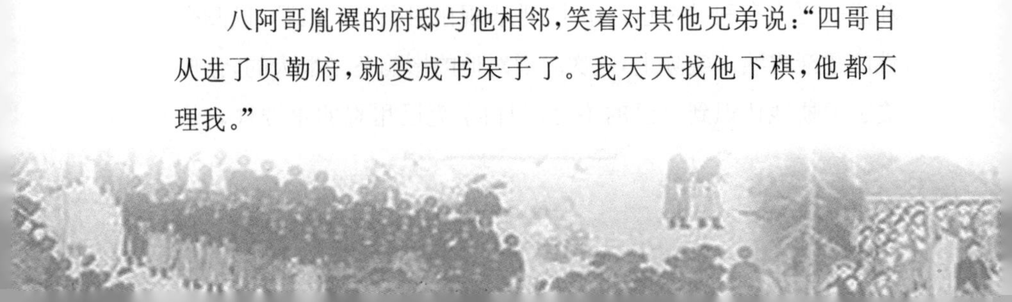

五阿哥胤祺乐了，指着胤禩说："搬出来你自由了，可以放心大胆地找人替你完成课业啦。"

胤禛认真地说："老八，其实我很不赞成你找人应付皇阿玛，你这样做，只会害了自己，让皇阿玛生气。"

雍正皇帝读书图。

胤禩一脸笑意，不以为意地说："写字作文，都是文人的事。我们是皇子贝勒，需要学会的是如何治理国家天下，你们说对不对？"

"对！"九阿哥胤禟应声附和，"八哥这么聪明，不用学习那些酸腐文章，照样比别人强。"他与胤禩关系最好，对他的话言听计从。

几人说了会儿话，摆出棋子开始对弈。时值夏日，酷暑难挨，不一会儿，皇子们热得受不了了，有人开始脱掉长衫大褂，只留下短褂小衣。胤禟干脆脱光了膀子，还嚷嚷着："四哥，你怎么这么小气，还不叫人上冰镇酸梅汤？"

胤禛一直端坐，只是手上多了一块汗巾，时不时拭去颈上的微汗，他听到胤禟叫嚷，笑着说："我自小中过暑，最怕热，没想到你们还不如我耐暑。”说着，他吩咐下人准备冰镇酸梅汤给阿哥们解暑。

冰镇酸梅汤端上来后，很快就被皇子们喝完了。胤禟又嚷道：“四哥，你真是吝啬，端上来这么一点汤，够谁喝？怪不得大家都叫你守财阿哥。”原来，胤禛反对奢华，崇尚节俭，在他个人日常生活中，很少有奢靡之物，除了内务府织造处每年循例拨给的，就是康熙的御赐品件。对这些用品，大多数阿哥并不怎么放在心上，胤禛却很爱惜，穿的旧了破了，都会命人仔细处理，或者细心浆洗，或者密密织补。其他兄弟见他总是这么节俭，随笑称他为“守财阿哥”。如今，面对胤禟的叫嚷，胤禛坦然说：“节俭总比浪费强。你要是想喝，我再命人准备，可是剩下就不好了，我们不能白白糟蹋东西。”

从这件事中，我们看到了一位恪遵礼仪、节俭用功的皇子形象。确实，胤禛的节俭非常有名，他后来做了天子，依然以节俭要求自己，还提倡臣属们生活节俭，进而扭转了康熙末年官场上追求奢靡的风气。

建府立邸后的胤禛并非只知道读书，不闻世事，相反，多次出宫办差的经历让他十分挂念天下苍生。这一天天降大雨，他起床后推开窗子凝视天际间，不禁诗兴大发，作诗一首：

密雨如膏洒碧丝，稻花漠漠绕长陂。
虚斋睡起推窗看，私喜甘霖正及时。

从诗中可以看到他对农事的关怀，对风调雨顺、农业丰收的渴望。作为一位养尊处优、锦衣玉食的贝勒爷，能够处荣华而知忧患，不忘百姓疾苦，确实难得。他不仅关怀农事，有一段时间还亲自参与耕种，为此有人为他作画留念。有一年，夏至到了，胤禛听府上人说今年小麦丰收，他忽然有了主意，对他们说："新麦下来了，你们想办法给我弄些来尝尝。"

下人们不解，他们想："贝勒爷什么没吃过，为什么偏偏要尝新麦？"他们不敢询问，只好为他准备。很快，他们端上来一碗用新面粉做的麻酱面。胤禛闻着清新的汤面，高兴地一口气吃完，笑着说："好，新面下来了，老百姓又不用担心挨饿了。"他心里存着百姓，为他们的温饱担忧。

《雍正皇帝耕种图》，体现了一代君王忧国忧民的情怀。

此后，胤禛年年夏至品尝新面，这成了一个习俗。从乾隆以后，各位皇帝在每年的夏至节，到地坛祭拜后，必须"原班原仪"先到雍和宫拈香拜佛，然后至东书院尝新麦——吃新麦面粉做的麻酱面，史书上记载此事，"芳泽事毕，临此园少歇、进膳"。另外，由于胤禛笃信佛法，深深影响了他的儿子乾隆，所以乾隆继位后，对雍和宫进行了修缮，并于乾隆九年(1744 年)，将雍和宫正式改为藏传佛教寺庙。从此，雍和宫成为皇家第一寺庙，同时也是清朝中央政府连接西藏等地区的桥梁和纽带。今天，雍和宫屹立北京东城区，已经成为一处著名的旅游胜地。

第四节　龙潜的日子

北祭南巡

在皇子们另立府邸的同年，康熙亲往盛京拜谒祖陵，他带领部分皇子7月出发，出古北口，穿越蒙古诸部落，到松花江及吉林乌拉（今吉林市北），南下至兴京祭永陵，到盛京祭福、昭二陵。说起这三座陵寝，有必要了解一下它们的历史。

永陵始建于公元1598年，原名“兴京陵”，座落于辽宁新宾满族自治县城西21公里处的永陵镇。清顺治十六年，即公元1659年改称为“永陵”，满语称之为“恩德和莫蒙安”。陵内葬着努尔哈赤的六世祖猛哥帖木儿、曾祖福满、祖父觉昌安、父亲塔克世及伯父礼敦、叔父塔察篇古以及他们的福晋。所以，永陵可称得上是清代皇家的祖坟。陵宫建筑雄伟，由下马碑、前宫院、方城、宝城、省牲所、冰窖、果楼等部分组成。陵寝背山面水，前有苏子河如玉带飘过，后有启运山如屏风矗立。在苏子河对岸，烟囱山与启运山遥相呼应，使得处在山水之间的永陵显得格外壮阔。清皇室把永陵视为“兆基帝业钦龙兴”之地，所以终年香火不断。

福陵是清太祖努尔哈赤与皇后叶赫那拉氏的陵墓，面临浑河，背依天柱山，这里水绕山环，林木茂密，十分清幽。建筑随坡

而建，起伏错落，更显高大雄伟。

昭陵。

昭陵是清太宗皇太极及其皇后的陵墓，因坐落在沈阳市北端，故又称北陵。昭陵与永、福二陵不同，它建在平地上，四周建有围墙，很像一座小城。主体建筑由南至北依次为神桥、牌楼、正红门、碑亭、隆恩门、隆恩殿、明楼、宝顶。这些建筑物画栋雕梁，黄顶红墙，显得异常雄壮。昭陵是上述三陵中规模最大、结构最完整的，与永、福二陵合称盛京三陵。

在中国古代社会中，祖陵的地位是至高无上的，而皇家祖陵更具有不同一般的地位。每当国家有重大事情，或用兵胜利，都要告祭祖陵。康熙这次率子祭祖，就是因为彻底消灭了噶尔丹的势力，保证了北方边疆安宁。在这次祭祖中，胤禛随从侍驾，感触颇多，作《侍从兴京谒陵二首》记录这件事，其中一首写道：

龙兴基景命，王气结瑶岑。
不睹艰难迹，安知启佑心。

山河陵寝壮，弓箭岁时深。

盛典叨陪从，威仪百尔钦。

从诗中可以看出，在祭祖过程中他从清朝发祥之地，深深体会到祖宗创业的艰辛，心中非常感慨。再看看当前父皇经过多年努力，使天下太平，国富民安，以盛典隆仪祭祀祖先，又是一番激情难抑。

北巡之后，康熙又多次带领皇子们南巡视察。其中康熙四十一年南巡时，25 岁的胤禛侍从出行。这次出巡的还有太子胤礽、十三阿哥胤祥。胤祥 17 岁了，3 年前他的母亲病逝，康熙命胤禛的母亲德妃抚育他。本来，胤祥与胤禛关系密切，加上这层关系，他们两人成为最要好的兄弟。而此时的胤礽，已经渐渐失欢于父皇，为了限制他的势力发展，1 年前，康熙命索额图退休。以胤礽为首的太子党集团中，索额图是核心人物，命他退休无疑是康熙对太子的警告。

一路南下，来到德州时，不巧胤礽生病，就住了下来。胤禛和胤祥按照宫中尚书房规矩，照常读书习字。这一天，康熙召见翰林院侍读学士陈元龙等谈论书法，兴致所至，他带领诸臣到皇子读书处，胤禛和胤祥正在书写对联，大臣们“环立谛视，无不欢悦钦服”。他们对于胤禛的书法特感好奇，因为乍看之下，与康熙的书法一般无二。康熙微笑着解释：“四阿哥临帖很多，善于模仿，学习朕的字体颇为相像。”他非常欣赏胤禛的书法，曾多次夸奖他。说完，他命令胤禛题写扇面，赠送在场大臣。诸位大臣深感荣幸，十分仔细地收藏起来。后来，康熙每年都让胤禛题写一百多幅扇面，作为赠送之礼品。

这件事传到病中的胤礽耳中，他郁闷地想，我病得厉害，皇阿玛不管不问，还让他俩在人前出风头！他心存不满，与康熙之间的罅隙日深。就在这时，胤禛和胤祥前来探望他，胤礽没好气地说："你们还记得我？"

胤禛和胤祥赶紧施礼："这是哪里话？太子生病，我们时刻挂念，不敢有丝毫怠慢之心。要是我俩哪里做错了，您随打随骂，可千万不要动怒伤了身子。"

胤礽心里清楚，胤禛和胤祥向来尊敬自己，从不违礼逾矩，特别是胤祥，年少侠义，文武双全，深受父皇喜爱。基于此，胤礽很看重他，将他视为心腹。看到他们毕恭毕敬的样子，他似乎得到了满足，叹息着说："我病了，你们不来陪伴我，心里烦躁。"

胤禛说："您不要着急，我派人打听了，当地有位名医，医术高明，我正想向您奏报一下，要不要请他为您看病？"

胤礽忙说："真的？赶紧把他找来。"

胤祥说："这事还没有奏报皇阿玛，不知道他会不会同意。"

胤礽哼了一声，低声嘟囔一句："皇阿玛巴不得我生病呢，还会同意找人为我看病！"尽管他的声音很低，胤禛和胤祥还是听到了，他俩对视一眼，垂着脑袋不敢接话。

第二天，胤禛和胤祥向康熙奏报为胤礽求医一事，康熙沉默片刻，缓缓说道："朕已经派了好几个太医为太子看病，效果都不算好。依朕看来，乡村野医哪里有太医医术高明，他们往往徒具虚名而已。太子自幼生活宫中，更不能用乡野之术疗治，想来还是先回宫中为太子治病，南巡的事以后再说。"就这样，这次南巡半途而归。

第二年正月，康熙带领原班人马启程南行，途经济南，参观珍珠泉、趵突泉，过泰安，登泰山，还绕道沂蒙，并在宿迁视阅黄河。过了黄河后，他们取道瓜洲渡长江，南下苏州、嘉兴，到达杭州，在演武厅射箭习武。在随驾出京途中，胤禛作《早起寄都中诸弟》诗：

一雁孤鸣惊旅梦，千峰攒立动诗思。

凤城诸弟应相忆，好对黄花泛酒卮。

诗作表明他思念兄弟，不愿孤独远行，希望和兄弟们欢聚相处的心意。从这一点看来，他十分注重兄弟之间的情谊。当康熙看到他这首诗时，想起他为胤礽奏请医病的事，夸赞他："四阿哥不但诚孝父母长辈，还友爱兄弟，情深义重，品行极佳。"

北祭南巡，使胤禛的足迹踏遍半个中国，在巡游中，他了解各地地理状况，民风习俗，经济特产，以及宗教历史；他还亲历父皇处理政事、考察地方官吏的活动，学习了很多从政知识。这些经历，对他日后参与皇位争夺以及治理天下，都有极为重要的意义。

结士纳才

授爵贝勒以后，胤禛除了继续苦读，参与各种祭祀、了解民情外，还有机会团结了一批有用的人才。这些人中既有法海、李卫、邬先生、傅鼐等他早已相识的人，也有后来结识的。其中最重要的一个当属年羹尧。年羹尧字亮工，号双峰，汉军镶黄旗人，他的父亲年遐龄自笔帖式授兵部主事，再迁刑部郎中。后官至工部侍郎、湖北巡抚，是清廷高官。

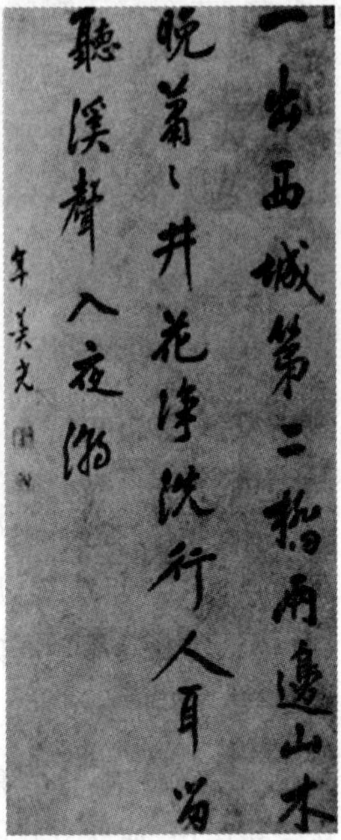

年羹尧手迹。

1700年，二十来岁的年羹尧高中进士，为其显贵的门第再添辉煌。在京期间，他和所有高官子弟一样，一面参与考试一面忙着结交权贵名士。这天，他和朋友到胤禛府邸拜访，没想到，他和胤禛一见如故，谈得十分投机。胤禛十分欣赏年羹尧的文才武略，对他说："大多数学子考生只知道读书作诗，难得你熟读兵书，兼备文武。"

年羹尧恭敬地说："贝勒爷有所不知，我自幼喜欢耍刀弄枪，不爱读书写字。可是我父亲说，现在天下太平，没有战事了，你舞弄枪棒有什么用？还是好好读书，将来参加科考，也好获得功名，有所出息。可我不喜欢读书，先后赶走了十几个先生，吓得没人再敢教我。后来不知怎么回事，有位老先生主动教我读书，在他严格管教下我才有了今天的学问。"

"呵呵，"胤禛笑道，"真没想到，你还有这番经历。话说回来，我觉得你父亲说的也不全对，天下太平并不一定没有战事，要不然还设着兵部干吗？"

年羹尧笑了："贝勒爷说得有道理，在下一心想着建功沙场，保卫边疆，做个顶天立地的大将军。"

胤禛说："你有这番雄心壮志，将来定会建功立业。对了，我不明白那位老先生究竟用了什么法术，让你这等人物甘心苦读诗书?”

年羹尧刚要回答,却见外面进来一位下人,慌张地说:“贝勒爷,顾师傅病了,他家里来人说请您去瞧瞧。”

顾师傅即顾八代,两年前他退休回家,胤禛经常去探望他。顾八代一生廉洁奉公,两袖清风,退休后依然过着清贫的生活,家里很穷,胤禛每次去,都会对他有所接济。长此以往,顾家人把胤禛当作救星,每每遇到难题都会前来求助。胤禛敬重顾八代,认为他“品行端方,学术醇正”,对他家人的求助总是有求必应。他听说顾八代病了,立刻想到他家人无钱为他求医问药,急忙起身亲自赶往顾家。年羹尧看着胤禛如此重视一位退休在家的老师,心想,人人都说四贝勒性子刚烈,很难接触,我看他倒是有情有义,很值得交往。他边想边回归住处。

再说胤禛,到了顾家后立即为他请来医生看病,并亲自验看药方。他喜读医书,具有一定的医学水平。顾八代醒来后看到胤禛在场,推辞说:“贝勒爷,您现在身份贵重,怎么能屈尊看望一个退休的师傅呢?以后不要来了。”说完,他还训斥家人:“贝勒爷事务繁多,你们以后再也不许去麻烦他了!”

胤禛安慰顾八代:“顾师傅不要多虑,民间有‘一日为师,终身为父’的说法,你教导我十几年,让我学会很多知识,明白了很多道理,对我恩重如山,不管什么时候,我都会敬重你,你千万不要再说‘屈尊’之类的话了。”

顾八代感动得热泪盈眶,十几年来,师徒两人共同经历的风风雨雨浮现眼前,让他哽咽着说不出话来。

后来,顾八代病逝,胤禛亲自为他料理丧事,出资安葬他。这件事情在京城内一时传为佳话,人人都被胤禛尊师仁孝的行

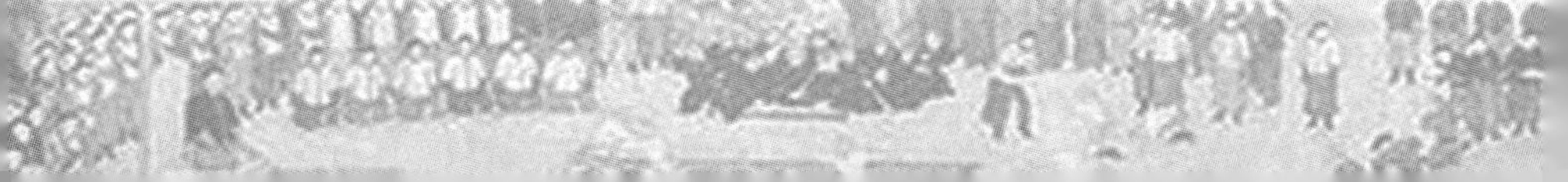

为感动，夸赞他是个仁义的君子。受此影响，不少贤才良士闻风而动，投靠到胤禛府下。其中一位叫戴铎的与他关系日益密切起来，这位戴铎在胤禛推荐下，曾经到福建做官，他初到任时，生活不习惯，受不了苦，想告病回家。胤禛收到他的信后，去信说："为何说这告病没志气的话，将来位至督抚，方可扬眉吐气，若在人宇下，岂能如意乎?"一方面鼓励戴铎积极向上，一方面也体现出他个人不肯久居人下，梦想一展抱负的雄心。

在他教导下，戴铎放弃了告病的打算，积极为官，后来官至四川布政使。他深感胤禛之恩，成为他的重要谋士，并献出著名的争储之计，决定了胤禛的最终胜出。

从戴铎的故事中，我们看到胤禛不但善于识人，还勇于推荐人才，与他交好的年羹尧就是在他推荐下步步高升的。康熙四十八年(1709 年)，年羹尧迁内阁学士，不久升任四川巡抚，成为封疆大吏。这时的年羹尧还不到 30 岁，康熙对他的格外赏识和破格提拔，与胤禛的大力推荐有关。胤禛多次在父皇面前提到年羹尧文武兼备，是个不可多得的人才，时值准噶尔部首领策旺阿拉布坦入侵西藏，清军出兵讨伐准部。四川作为支持清军供给的主要来源，军事地位尤显突出。所以，担任四川巡抚的大员必须具备较强的军事才能。这时，康熙想到了胤禛提到的年羹尧，委以重任。年羹尧不负所望，十分圆满地完成了任务，进而得到康熙大力夸奖。

年羹尧立功，胤禛因荐人有功也得到奖赏，这次的双赢进一步让双方的关系更密切了。

胤禛识人荐人的同时，还严格要求这些人。年羹尧出任巡抚时，胤禛亲自送他出京，告诫他一定要为官清廉，不要徇情枉法。年羹尧一一答应，到任后积极做事，提出了很多兴利除弊的措施，他还带头拒收节礼，“甘心淡泊，以绝徇庇”。康熙知情后很赞赏他的作为，对他提出“始终固守，做一好官”的厚望。可惜，年羹尧没有做到始终如一，胤禛做了皇帝后，他自恃功高，做出了很多不合法度的事，被人弹劾，触犯死律多条。尽管胤禛于公于私都对他怀有极深的感情和倚重，可是年羹尧罪孽深重，最终难逃法律制裁。

就在胤禛忙着结交人才的时候，清廷发生了一件震惊人心的大事，这件事情将暗流涌动的皇子之争推向了前台，拉开了他们争夺储君一位的序幕。本书主人公胤禛由此走向了宫廷政治斗争的前端，他能否脱颖而出，又会如何夺取天下？期间充满了重重困难，上演了一幕幕惊心动魄的故事。

太子两废两立，引发储位之争，面对父子反目，兄弟成仇，胤禛一度十分失望，沉迷佛事，不问政治。后来，他的门人戴铎为他献计，鼓励他积极争储。戴铎所献的是什么计策？胤禛有没有采用？这中间出现了许多精彩故事。

让我们拭目以待，看看这位历史上颇具争议的天子究竟如何夺取帝位，又是怎样治理天下的。

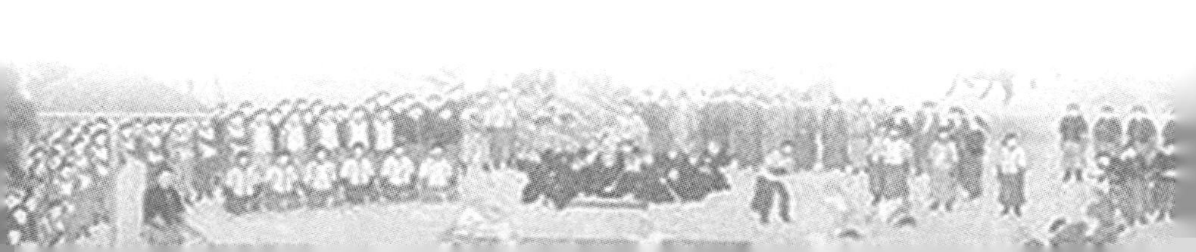

第十二章

用忍苦克己　韬光养晦定天下

第一节　祸起萧墙

一废太子

康熙四十七年夏天，康熙出巡塞外，命胤礽、胤禔、胤祥等皇子从行。从前离京，康熙往往留下太子监国，这次却把他带在身边，颇具深意。自从康熙二十七年打击明珠一党以来，康熙就非常注意皇子们结党营私之事，多次严厉要求他们，诚心为人，龙潜的日子，不能私结团伙。可是，太子胤礽从 2 岁就做了太子，30 多年的储君地位使他权欲恶性发展，形成了太子党派，他们急于接受政权，固定皇位。这样一来，太子与康熙之间的摩擦不可避免地逐日递增，产生了尖锐的矛盾。太子胤礽曾经说过一句非常有名的话："古今天下，岂有四十年太子乎？"企图早日登基之心溢于言表。不仅如此，胤礽与康熙的感情也趋向淡漠，甚至恶化。早在康熙二十九年，康熙第一次亲征噶尔丹时生病，特命胤礽来见，这中间就引发了康熙对他的很大不满。此后，胤礽也很少对父皇表现诚孝，与胤禛等皇子的表现相距甚远。

同时，胤礽十分骄奢，贪得无厌。从少年时代起就凌虐宗亲贵胄和朝中大臣，有一次竟然鞭挞平郡王纳尔苏、贝勒海善。这些做法让他失去了宗亲支持，加上他与兄弟多有不睦，使得自己在宗族中非常孤立。康熙注重人伦常理，对太子所为极为不满。

更令人难以想象的是，胤礽贵为太子，却贪财好利，跟随康熙巡幸时，也敢向地方官勒索。康熙四十六年，胤礽到了江宁（今南京），知府陈鹏年反对加派，招待比较简单，胤礽勃然大怒，竟要处死他。在张英、曹寅援救下才保住陈鹏年性命。康熙一贯实行宽大政策，而太子如此暴戾不仁，他实在难以接受。当时朝鲜使者来清，在了解了太子的所作所为后，说他必亡清国。

在这种情况下，康熙于四十二年关押了退休的索额图，责备他“议论国事，结党妄行”，命宗人府拘禁他。很快，索额图病死，他的同党也大多遭到锁禁的命运。这次打击索额图，明显是对太子的一次严重警告。

就在胤礽与康熙关系日趋紧张的时候，其他皇子们的势力迅速强大起来。这些人中既有大阿哥胤禔，也有后起的八阿哥胤禩。其中多年来一直与他较量的胤禔对他影响很大。胤禔比太子大两岁，身为皇长子，从小得到父皇宠爱，多次被派以重任。他 19 岁出任副将军征讨噶尔丹，领命祭华山，还督理永定河工程。年仅 26 就被封为直郡王，在众兄弟中，除了太子，他的爵位最高。由于康熙与太子不和，为了牵制太子势力，常常命他护佑自己，这些经历和封赏成为他与太子抗衡的一大法宝，他企图取代胤礽的野心日渐彰显。

从以上情况来看，胤礽深陷重重矛盾之中，太子的地位岌岌可危。可是，他没有看清自己的处境，更没有采取有力的措施，反而在康熙四十七年出巡塞外时，犯下了致命的错误，致使第一次被废事件发生。

康熙与太子同行，两人的冲突升级。每到夜晚胤礽就围着康熙的行帐转，从缝隙窥视父皇动静。康熙对他早就有戒心，所以才命胤禔和胤祥随行保护自己。胤禔一直想取代胤礽，发现这种情况自然不会放过他，急忙向康熙奏报。康熙心寒："朕未卜今日被鸩，明日遇害，昼夜戒慎不宁。"

为了先发制人，在归京途中，康熙突然召集诸王及副都统以上大臣，宣布太子罪状，将其废黜，加以监禁，并严厉打击太子党人士。

太子被废，胤禔喜出望外，他以为康熙重用自己护驾，有意让自己做太子。没想到，康熙对他了解很深，认为他"秉性躁急愚顽"，所以在废黜太子当日，明确指出："并无欲立胤禔为皇太子之意。"胤禔失望之余，做出了一个令康熙震惊的举动，他讨令杀害胤礽。他振振有词地说："皇阿玛仁慈，诛杀胤礽会背上弑子骂名，可是太子党势力强大，为了不再让他们危害朝政，儿臣愿意替父下手。"

康熙大怒，指着胤禔说："你不谙君臣大义，不念父子至情，说出这种话来，真是乱臣贼子，天理国法，皆所不容者。"对他非常失望乃至寒心。这件事也让康熙看到了儿子们之间争权夺位的残酷性，他拘禁胤礽的同时，一并下令拘禁了三阿哥胤祉、四阿哥胤禛以及各年长皇子，防止出现乱子。

这次秋猎，胤禛没有随行，而是与胤禩留京办理事务。当他听说太子被废时，十分意外，在被拘禁的几日内，他时时思索着："废立太子，关系国本，真不知道日后会出现什么情况？"从这份担忧来看，他除了关心自己的命运前途外，更多考虑朝政问题，这一点与他人什么都不顾地谋求储位有着很大区别。

12天后，康熙回到京城，根据情况对儿子们做出了新的处理，有的释放，有的继续拘禁。命胤禛、胤禔等人监视废太子胤礽。在宣布废黜胤礽的告天文书之前，康熙让胤禔拿文书给胤礽观看。此时胤礽被拘禁在上驷院旁，心情极度糟糕，看也不看说道："我的皇太子是皇阿玛给的，他要废就废，何必告天?"表示他对自己的被废强烈不满。

胤禔很高兴地把这句话转奏康熙，康熙生气地说："天子乃受天之命，这样的大事怎么能不告天？胤礽如此胡说，以后他的话不必上奏了。"

胤禔得意地传达谕旨，胤礽却又说："皇阿玛指责我种种不是，唯有一事，我不能承认，这就是弑逆的事。我虽犯下多种错误，但弑逆之心从不曾有，你们必须代我奏明。"

胤禔严词厉色地回绝："我等奉旨行事，你的话不能代奏。"

胤禛站出来说："这件事非同一般，我们应该代奏。即便因此违抗了旨意，也该替他奏明。"

可是胤禔拒不同意。看到这种情况，胤禛坚决地说："你不奏，我就奏。"胤禔无法，只好代奏。康熙听了，略感宽慰，不但说他们奏得对，还命人拿去了胤礽项上的锁链。在诸皇子为了夺位尔虞我诈，互相落井下石的时刻，胤禛勇于伸张大义，维护胤礽的正当要求，表现出大智大勇的一面。

废黜太子，震惊朝野，在这一刻，清廷内部人心不稳，议论纷纷，为了各自的前途顾虑重重。已无夺嫡希望的胤禔依然不死心，知道自己无望争储，又向康熙推荐胤禩。在他的一番说辞中，引出了八爷相面的一段故事，不知道这个故事会不会打动康熙？

八爷相面

有一个相士名叫张明德，他曾经给多位王公大臣看过相，在京城很有名声。有一次，顺承郡王布穆巴请他看相，他竟然对布穆巴说："公爵普奇请我看相，他对我说皇太子为人太恶，他们准备刺杀他，希望邀请布穆巴入伙。"布穆巴很惊讶，赶紧把这件事告诉了胤禔。

爱新觉罗·胤禟（1683～1726 年），清康熙帝的第九子，为皇五子胤祺同母弟。26 岁时被封为贝子，与八阿哥胤禩结为党援，纵属下肆行无忌。

胤禔心下惊奇，警告布穆巴不要揭发此事，还让他将张明德送到自己府中看相。事后，胤禔又把张明德推荐给胤禩。张明德为胤禩看相后，连声说他："丰神清逸，仁谊敦厚，福寿绵长，诚贵相也。"在他这番舆论影响下，胤禩在王公贵胄中的影响越来越明显。他从小追随父皇宽仁的为人作风，注重笼络人才，很会收买人心，与胤礽大不相同。有一年，他跟随康熙南巡，招徕有名士人何焯侍读府中，对其敬重有加。后来，何焯丁忧回苏州长洲县，胤禩多次亲自给他写信，叮嘱他节哀保重，还委托他的弟弟在江南采购图书。这件事自然引发士人好评，一时间不少“文士都说胤禩极是好学，极是好王子”。胤禩不但笼络文士博取好名，还十分注意在宗亲面前的形象，获取他们的支持。裕亲王福全曾在康熙面前称赞他“有才有德”，希望他能继承储位。

如今，张明德又以相术之说为胤禩大造声势，极大地提高了他的影响力，很快形成了以胤禩为首的八爷党。八爷党觊觎储位，发展到了计划刺杀胤礽的严重程度。其中张明德就明目张胆地说：“皇太子暴戾，若遇我，当刺杀之。”胤禩很高兴，与他密谋刺杀计划。张明德大言不惭地说：“我有十六个好友，个个都是武艺高强的好汉，招来一两个就能刺死太子。”胤禩当真与支持自己的胤禟、胤禵等人商量这件事。

就在他们紧锣密鼓算计太子，谋取储位时，胤礽被废。消息传来，他们惊喜不已，开始更为露骨地谋求储位。这时，与胤禩早有勾结，已无夺嫡希望的胤禔首先出面向康熙推荐胤禩：“京城中有个有名的相士叫张明德，他为八弟相面时说他日后大贵。”希望以此打动康熙。

其实，康熙废太子之前一直颇为欣赏胤禩，在废除太子胤礽的第四天，就命他署理内务府总管事。内务府是管理清皇室内部事务的机构，每当发生重大事务时，皇帝常派儿子或者兄弟管理内务府事务。现在出现废太子大事，康熙任用胤禩，可见对他的重视和信任，也希望他能够把握机会，在政治上有所表现。然而，胤禩做事不实，只图虚名，为此他犯下了一次致命的错误。

内务府前任总管是胤礽乳母的丈夫，名叫凌普，他仗着太子的势力，贪婪无度，做了很多违法犯禁的事。胤禩掌管内务府

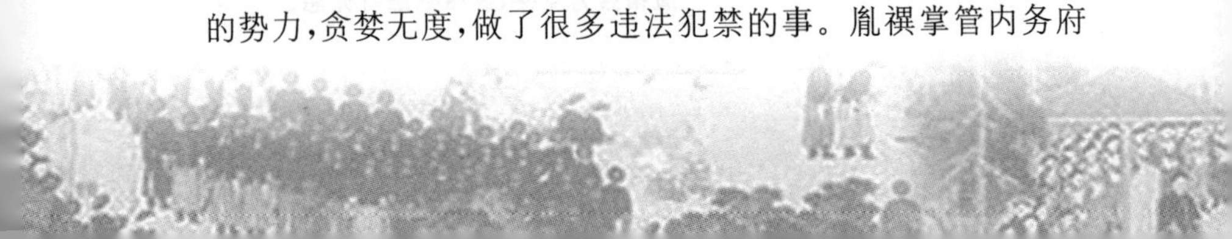

后，首先需要处置凌普。本来，他与胤礽势不两立，完全可以借机严惩凌普。可他心思极为乖巧，认为这是收买人心的机会，所以反其道而行之，竟然包庇凌普，准备了草结案。不想康熙慧眼明目，一下子看透了胤禩的心思，责备他："八阿哥到处妄博虚名，凡朕所宽宥及所施恩泽处，俱归功于己，人皆称之。"他很担心，胤禩与胤礽一样与自己争人心，夺权力，对他进行了口头警告。

恰在这时，胤禔又提出张明德相面一事，康熙十分震怒，果断地处死了张明德，指责胤禩阴谋夺嫡，将其索拿审理。胤禩夺位受到了第一次打击。

与此同时，康熙严厉警告儿子们安分守已，不要借机邀结人心，树党相倾。废太子一个月后，他劝谕儿子们："众阿哥当思朕为君父，朕如何降旨，尔等即如何遵行，始是为臣子之正理。"他感到事态严重，还近乎哀求地说，他们争竞不息，自己死后，"必至将朕躬置乾清宫内，尔等束甲相争耳！"他担心儿子们为了争夺权位，会出现五公子停尸争位的可怕情景。这个典故说的是春秋时期，齐桓公去世后，他的五个儿子为了争夺王位，在他的灵位前互相倾杀，致使齐桓公尸首停放了 60 多天，无人为他出殡下葬。

面对康熙的劝谕和哀求，儿子们似乎无动于衷。几天后，胤祉揭发了胤禔厌胜的阴谋。原来，胤禔迷信巫术，在太子被废前，他听说胤祉的下人蒙古喇嘛巴汉格隆会此法术，就把他请来掩埋了十几处物件，打算咒死胤礽，自己继承储位。康熙听说这件事，极为震动，下令圈禁胤禔，并着令朝臣商量重立太子一事。

一开始，大臣们不敢妄议储君废立，可是在康熙坚持下，一些活跃分子沉不住气了，领侍卫内大臣、理藩院尚书、户部尚书等人暗中联结，早朝时，他们在手掌心写上“八”字，给众臣观看。朝臣见此局面，相继推荐胤禩。

在这种风起云涌的关键时刻，胤禛的表现与众不同。他没有像胤禔、胤禩那样急切地渴求储位，反而比较冷静。康熙由于废太子和诸子之争心神疲惫，生了重病，大臣们虚应了事，忙于拥立新太子，对他的健康不加过问。而皇子们，大多数想着争储之事，对父皇的病也是视而不见。康熙伤心至极，不肯看病。胤禛十分着急，劝请父皇就医：“皇阿玛圣容清减，不令医人诊视，进用药饵，徒自勉强耽延，万国何所依赖。”他略懂药性，因此又说：“臣等虽不知医理，愿冒死择医，令其日加调治。”康熙在刀光剑影的政治斗争中体会到了一丝亲情，甚感欣慰，接受了他的请求，命他和胤祉等人检视药方和用药，经过一段时间疗治，终于恢复了健康。

胤禛在大风大浪面前的表现，为他赢得了父皇赞赏。接下来在废立太子问题上，他独特的表现更是令人称奇。

再废太子

废黜太子，引发诸子争储，朝政混乱，康熙不得已再立太子。这时，许多人保荐了八阿哥胤禩。而胤禛却不然，他多次在康熙面前为胤礽陈奏，特别是康熙下旨让王公大臣保荐太子时，他作为贝勒，也有权投票，他竟然保荐了废太子胤礽。康熙非常意外，询问其中缘由，胤禛不做回答，只是俯首哭泣。想必他一向尊奉胤礽，眼看着太子被废以后，父子反目，家国不宁，心中焦虑，才做出这样的选择。不管他因何复荐太子，第二年 2 月康熙果然复立了胤礽。从这一点来看，胤禛心思细密，具有良好的政治敏锐性，在讳莫如深的政治斗争中能够保持冷静的头脑，善于掌握时机，做出准确的判断。

《雍正皇帝行乐图》局部。

太子复立，哄闹一时的太子之争暂时安静下来。为了改善太子和诸兄弟的关系，也为了牵制太子势力，康熙在复立太子的同时，授爵胤祉、胤禛、胤祺为亲王，并一并晋封了其他皇子或者郡王或者贝子。当胤禛听说从胤禟以下的几位兄弟授爵贝子时，恳求父皇："都是一样的兄弟，他们爵位低，儿臣愿意降低自己的世爵，提高他们的爵位，好使我们兄弟相当。"

康熙说："授爵是根据个人的功劳而定，怎么可能兄弟相当呢？"话虽这么说，他心里对胤禛还是非常满意，想到这些天来诸子你死我活地竞争，唯有他肯担当，多次为胤礽陈奏，因此传谕旨表彰他："前拘禁胤礽时，并无一人为之陈奏，唯四阿哥性量过人，深知大义，屡在朕前为之保奏，似此居心行事，洵是伟人。"

胤禛听了这话，诚惶诚恐地说："儿臣唯愿天下太平，不敢有丝毫私心。皇阿玛褒嘉之旨,不敢仰承。”他对太子复立一事不敢确定,担心日后受到牵连,也害怕引起兄弟嫉恨。这么看来,他对这次政治斗争把握得十分恰当,显示出灵活的政治才能。

10 月,康熙赐胤禛雍亲王封号。胤禛接受封号时,提出了一个请求,他说:“儿臣已经 30 岁了,请皇阿玛将谕旨内‘喜怒不定’四字,恩免记载。”多年来,他严格要求自己,手书“戒急用忍”四字挂在居所,日夜观瞻自警,苦磨心性,个性变化很大。康熙听了,仔细琢磨,说道:“四阿哥朕亲抚育,幼年时微觉喜怒不定,至其能体朕意,爱朕之心殷勤恳切,可谓诚孝。十余年来,实未见四阿哥有‘喜怒不定’之处。”因此,特传谕旨:“此语不必记载!”经过十几年磨砺,胤禛终于换来今日的改变,得到父皇认可。

再说胤礽,复立太子后,并没有接受上次被废的教训,反而变本加厉地集结党羽,作威作福,与康熙的关系更加紧张。这样持续了 3 年后,康熙忍无可忍,再次废黜胤礽,进而又一次引发了储位的争夺。

这次争夺,不管朝臣还是皇子都更加成熟。八爷党不肯再失良机,加紧谋位活动,而太子党不肯就此退出,也是想尽办法争取复立。时值准噶尔部骚扰哈密事件发生,遭到圈禁的胤礽获知消息后,希望利用这一机会建立功业,争取复位。他在太医为自己的福晋看病时,亲自用矾水写了一封信,让太医带出去交给自己的党人,让他们保举自己为征讨大将军。

矾水写信,目的就是为了瞒人眼目。可是这件事还是被八爷党人察觉,他们毫不犹豫地揭发了此事。这就是有名的“矾书案”。康熙命人彻查，粉碎了胤礽复位的阴谋。其后，虽有多位臣子恳请胤礽复位，皆被康熙严厉回绝。最终，胤礽丧失了复位的可能，导致康熙末年储位长久虚空，而皇子之间为了夺位，展开了一次次亲情相残的斗争。

在这些斗争中，八爷党的表现最为突出。太子复立之后，胤禩没有听从父皇劝诫，放弃夺位，而是继续网罗人才，制造舆论，扩大影响。湖广总督满丕是胤禟的属人，他送给胤禟两万两银子，用它为十四阿哥胤禵建造花园，密切与胤禵的关系。胤禟富有，出手阔绰，收买宫内太监，伺察康熙动静。他还结交西洋大臣，有位叫穆景远的被他收买后，竟向时任四川巡抚的年羹尧送礼，对他说：“九爷相貌大有福气，将来必定要做皇太子，皇上十分看重他。”年羹尧是胤禛的门下，是胤禛推荐的人才，现在八爷党挖墙脚挖到他门下，可见活动范围之广。

对于八爷党的一切活动，康熙了然于心，深恶痛绝。有一次，胤禩生母二周年忌辰时，他出京祭祀，住在京北的汤泉。恰好康熙住在京北的遥亭，可胤禩没有去请安，只派人送去了一只将要死的鹰。康熙大怒，气得心脏病发作，指责他：“不孝不义。”后来，胤禩得了伤寒病，十分严重，住在畅春园附近的园子里。这时胤禛正随从康熙从热河回京，途中要经过胤禩的园子。他听说了这个情况，有意探望胤禩，康熙对他说：“你们回去商量一下，把八阿哥移回他的府中。”

胤禛奉旨后，与兄弟们商议，胤禟愤怒地说：“八哥病得厉害，要是搬回家中，万一不测，谁能承当？”他担心胤禩死在路上。

康熙闻知后，竟说胤禩不省人事，如果你们把他移回家中，千万不要说是我的旨意。皇子们这才明白，康熙转移胤禩，是为

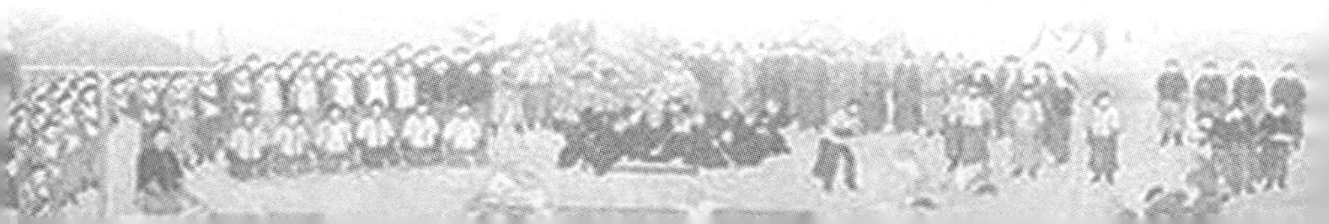

了路过他的园子时，不会碰到不吉祥的事。从这件事中可以看到，他们父子之间情断义绝，已无愈合可能。这也决定了八爷党争储的失利。

那么，在他们费尽心思争储之时，本书主人公胤禛都在做些什么？他究竟又是如何获取康熙信任而最终胜出的呢？

第二节 雍亲王在争储路上

雍亲王“过三关”

胤礽第二次被废，牵动着所有皇子的神经，几乎每个人都为未来重新做了打算。这一点胤禛也不例外。在激烈的党争中，他的门人戴铎、邬先生等多次为他献计，希望他能够有所作为。眼看着父子反目，兄弟相残，胤禛一度心绪烦乱，无所适从，多年与佛结缘的他将心思寄托到了佛事上，自称为“天下第一闲人”，以求心灵慰藉。这段时间内，他不仅辑录完成了《悦心集》，其中收录了大量宣传恬淡和出世思想的文章，还写了不少表达个人心境的诗词，有一首这样写道：

懒问浮沉事，问娱花柳朝。吴儿调凤曲，越女按鸾箫。道许山僧访，基将野叟招。漆园非所慕，适志即逍遥。

山居且喜远纷华，俯仰乾坤野兴赊。千载勋名身外影，百岁荣辱镜中花。金罇潦倒春将暮，蕙径葳蕤日又斜。闻道五湖烟景好，何缘蓑笠钓汀沙。

这首诗让我们看到，在纷乱的兄弟相争面前，胤禛不问功名

荣辱，唯愿与山僧野老为伍，过清心寡欲的生活。他把自己定位为富贵闲人，做出了许多出人意料的事情。

当时，胤禛多次去柏林寺拜佛，与僧侣接触。在诸位僧人引导下，他产生了随僧众坐禅的想法。康熙五十一年正月二十，在名望很高的迦陵性音禅师主持下，他和数十名僧人一起打七，用了两支香的工夫。第二天傍晚，他又来到柏林寺坐禅。迦陵性音禅师欣喜地恭贺胤禛："王爷已彻元微。"胤禛与他交谈很久，却总觉得有什么不对，因此心怀失望。

《雍正皇帝行乐图》局部。

一向做事认真的胤禛不肯就此罢休，又去叩问章嘉大师。章嘉大师回答："若王所见，如针破纸窗，从隙窥天，虽云见天，然天体广大，针隙中之见，可谓偏见乎？佛法无边，当勉进步。""针隙窥天"是一个抽象的说法，指出胤禛初步参禅，不过刚刚登上了解脱之门，还没有悟透佛法精妙，没有达到无有实我的境界。

胤禛听了这番高论，非常高兴。二月十一日，他在雍亲王府集云堂组织众人一起坐禅。三天后，他正坐禅，忽然出了一身透汗，感觉异样，似乎自己和佛祖众生同一鼻孔出气。他急忙将自己的感觉告诉章嘉大师，询问自己到了何种境界。章嘉大师回答："王今见处，虽进一步，譬犹出庭院中观天矣。然天体无尽，究未悉见，法体无量，当更加勇猛精进。”“庭院观天”比起“针隙窥天”又进了一步，说明胤禛已经涉过重关。重关是佛家用语，又称前后际断，是指参禅者悟得山河大地，十方虚空，无非空华幻影。

胤禛十分相信章嘉大师的垂示，为了更深入一步，他在第二年正月二十一日，再次在堂中坐禅。这一次，他竟然踏入最后一关，达到了“达三身四智合一之理，物我一如本空之道”的境界。当他将自己的体会告知章嘉大师时，大师对他说：“王得大自在矣。”“大自在”意指境智融通，色空无碍。胤禛欢喜有加。在《历代禅师后集后序》中，他追述了自己的参究因缘，对已故世的章嘉大师深怀感念：“章嘉呼图克图国师喇嘛，实为朕证明恩师也。”

参佛坐禅，与众僧讲论问难，大大提高了胤禛的佛学理论，有一次，他与京中高僧千佛音禅师讲论。千佛音辩不过他，最后说：“王爷解路过于大慧果，贫衲实无计奈何矣。”胤禛还出资修建寺院，他在西山重修大觉寺，派迦陵性音禅师做主持。后来，这个寺成为西山名刹之一。

胤禛一心向佛，种种做法引起很多人注意，也让他的门人不满。他们担心胤禛真的忘却世俗，不参与竞争，成为一名佛门弟子。为此，戴铎和邬先生时时劝他，可他似乎听不进去，依然故我。实际上，在当时环境下，胤禛的做法是非常成功的。一来可以避免父皇的猜忌，因为康熙多次下令严禁皇子结党营私；二来可以消除兄弟们疑心，使自己免受攻击。所以，参佛坐禅，成为胤禛保存实力，获取父皇信任的重要手段。从这件事看来，胤禛在政治上具有敏锐的应变能力，这是他能脱颖而出的基本保障。

北京西山大觉寺。

那么，在争储路上，胤禛是不是一直一味自保，不求进取呢？他又会在什么人影响下做出积极作为，确保自己能够最终胜出呢？

戴铎献计，四阿哥继承大统

面对着异常惨烈的储位之争，要想保存自己的实力已经很难，如何胜出更是难上加难。为此，胤禛的门人戴铎、邬先生等人多次秘密为其谋划。他们眼看着胤禛深陷佛事，不求进取，十分着急，特别是胤禛几次坐禅，使他们心中焦虑。这时，戴铎终于忍不住了，提出了颇具纲领性的计划，这就是有名的戴铎献计。

康熙五十二年，戴铎奉差前往湖广，临行前给胤禛留下书信一封，为他提出了明确的夺嫡计划。他写道："处英明之父子也，不露其长，恐其见弃；过露其长，恐其见疑，此其所以为难。处众多之手足也，此有好竽，彼有好瑟，此有所争，彼有所胜，此其所以为难。……其诸王阿哥之中，俱当以大度包容，使有才者不为忌，无才者以为靠。”这段话的大意是父亲英明，做儿子的就很为难。不露才华，英明的父亲瞧不上；过露所长，同样会引起父亲疑忌。所以，对父皇诚孝，适当展露才华才是最好的策略。而兄弟众多，各有所长，相处起来也不容易，最好的办法就是与兄弟友爱，大度包容，和睦相待。如果能够对事对人都平和忍让，能和则和，能结则结，能忍则忍，能容则容。使有才能的人不忌恨你，没有才能的人把你当作依靠，这样就会避开风险，树立个人的威望和地位。

分析完父皇兄弟的情况后，戴铎进一步写道：“至于左右近御之人，俱求主子破格优礼也。一言之誉，未必得福之速，一言之谗，即可伏祸之根。主子敬老尊贤，声名实所久着，更求刻意留心，……贤声日久日盛，日盛日彰，臣民之公论谁得而逾之。”这段话提醒胤禛注意与康熙身边的近臣搞好关系，博取他们的赞誉，彰显个人声名。

随后，戴铎针对用人、团结人才提出了主张，认为胤禛应当多多豢养门客，栽培党羽，扩展自己的势力。

最后他说：“我主子宿根深重，学问渊宏，何事不知，何事不彻……当此紧要之时，诚不容一刻放松也！”劝说胤禛赶紧行动，不能再迟疑不决了。

胤禛听说戴铎留下书信，就命人取来观看。他看罢，凝视书信良久不语，心里想了很多。最终，他在这份有名的书信中写了一段批语：“语言虽则金石，与我分中无用。我若有此心，断不如此行履也。况亦大苦之事，避之不能，尚有希图之举乎？……汝但为我放心，凡此等居心语言，切不可动，慎之，慎之。”他承认了戴铎的建议是“金石之言”，但是他深知争储的艰难，也清楚目前局势的危险，因此叮嘱他不要妄议此事，并一再声明自己没有夺嫡之心。

尽管胤禛一再表明自己无望大位之心，但是他还是听从了戴铎的建议，开始了有计划有步骤的争储之路。对他来说，诚孝父皇，友爱兄弟都很容易，多年来，他一直尊奉这条为人处事原则，早就得到康熙多次夸奖。至于联络百官、培植人才，他也有一定基础，不过他接受了胤禩的教训，从不显山露水，而是默默地结交有用人才。所以，他的身边人才虽不多，居于要职的也有限，却各具特色，像年羹尧是川陕总督、隆科多是步军统领等。这两个握有实权的人物至关重要，是日后胤禛顺利登基的保障。

在胤禛结交人才的过程中，有个人的故事非常特别。此人名叫鄂尔泰，镶蓝旗人，西林觉罗氏，字毅庵。康熙三十八年进士，官运不畅，初为侍卫，康熙五十五年，才做了内务府员外郎。为此他常常郁闷，曾经作诗自叹：“揽镜人未老，开门草未生。”抒发自己不得志的心怀。

胤禛听说鄂尔泰很有才能，有心与他交往。有一次，胤禛到内务府办事，恰好鄂尔泰当差，胤禛要他为自己办事。可是鄂尔泰却不领情，拒绝道：“王爷宜毓德春华，不可交结外臣。”戴铎听说这件事后，觉得鄂尔泰不识抬举，建议胤禛寻找机会报复他。胤禛却说：“他不过区区郎官，勇于拒绝皇子，守法甚坚，可见是忠诚之人。”他不但没有报复鄂尔泰，在登基后即刻召见他，委派任江苏布政使。鄂尔泰在办差过程中显示出过人的才干，得到一步步提拔，先后出任云贵、陕甘总督，经略军务，推行改土归流政策，成为胤禛的左膀右臂，十年内召为保和殿大学士、军机大

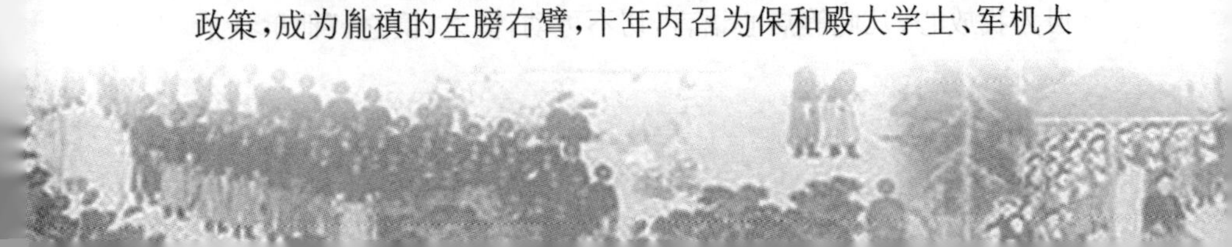

臣，授一等伯，是雍正朝最重要的大臣之一。

胤禛外弛内张，表面上参佛修道，诚孝父皇，友爱兄弟，内地里结交人才，暗蓄势力，很快形成了以他为核心的一个小集团。在这个过程中，康熙对他委派的任务逐渐增多，显示出对他的信任和重用。

康熙五十四年，西北军事发生，康熙召见胤禛、胤祉，征求他们的意见。这次战事是准噶尔部策旺阿拉布坦挑起的。自从噶尔丹被剿灭后，他成为准噶尔部汗王，开始扩展领土，不断骚扰与大清搭界的地区。这年，他率众占领哈密，并打算南下西藏，虎视拉萨。胤禛闻听这个消息，当即表示："儿臣以为，当初剿灭噶尔丹时就该一并扫除策旺阿拉布坦势力。现在他胆敢骚扰边疆，自然应该用兵，以彰天讨。"

当时，各皇子竞争激烈，都把参与用兵当作提升地位的手段。前面说过的矾水案，就是此时发生的。康熙征询胤禛的意见，显示出对他的看重。同时，胤禛积极主张用兵，也表明他对这件事的态度。

康熙五十六年，明陵发生盗窃案，康熙命胤祉、胤禛前去查处，并让他们到各陵寝祭奠。同年，皇太后去世，又是胤祉和胤禛承奉康熙旨意，转达有关衙门和官员执行。第二年，皇太后梓宫安放地宫，康熙生病，特命胤禛去陵前读文告祭。到了康熙六十年，康熙登极大庆，典礼中最为重要的是往盛京三陵大祭，此时康熙年迈，不能亲往，于是派胤禛带领十二阿哥胤祹、世子弘晟前往致祭。到了这年三月十八日万寿节，胤禛受命祭祀太庙后殿。冬至节，胤禛遵命在圜丘祭天。我们在前面说过，祭祀和兵戎是国家大事，胤禛参与军事讨论，多次祭祀，甚至代替父皇

准噶尔部落图。

祭祀，体现出他在兄弟们之中独特的地位。

不但如此，胤禛还处理了许多具体事务。康熙六十年，发生了会试中由于主考不公，造成士子们汇聚副主考门前哄闹的事。康熙命令胤禛和胤祉会同大学士王琐龄、户部尚书王鸿绪复查试卷，调查此事。到了第二年，通州粮仓、北京粮仓发放中出现很多弊病，康熙又命胤禛带领官员查勘。胤禛十分严肃地处理了这件事，不但盘查了粮存出纳情况，查处了部分贪污官员，还严格了出纳制度，增建仓廪，厉行官员奖惩制度。为此，他作诗纪念，诗中说道："仓储关国计，欣验岁时丰。"表明他对社稷苍生的殷殷关注之情。

在这个过程中，胤禛不忘孝敬父皇，父子之间的感情始终不错。他眼见父皇为了废立储君之事劳神伤情，天伦之乐大减，常常心感不安，为此，他除了侍奉父皇左右，体贴关怀外，还多次请

圆明园图。“圆明”是雍正皇帝自皇子时期一直使用的佛号，雍正皇帝崇信佛教，号“圆明居士”，并对佛法有很深的研究。

他到自己的园林游玩，以享人间天伦，解心头郁闷。胤禛的园林就是著名的圆明园。“圆明”二字是康熙所赐，意思是“圆而入神，君子之时中；旺而普照，达人之睿智也”。胤禛非常重视这两个字，认为这是父皇要求自己从政时，要符合时宜，既不宽纵废弛，也不严刻病民。据《清圣祖实录》记载，康熙先后临幸圆明园11次，在这里，他见到了胤禛的儿子弘历，十分喜欢他，把他带回宫中养育。弘历就是后来的乾隆皇帝。康熙珍惜与胤禛一家的亲情，书写“五福堂”匾额赐给他。

所有的情况都在表明，胤禛通过努力，在康熙晚年获得了父皇的极大重视和信任。不过，此时的康熙接受两废太子的教训，一直不肯再立储君。也就在这种情况下，迎来了康熙六十一年

雍正皇帝的朝服像。

的冬至节。这天是十一月初九，早在两天前，康熙从南苑打猎回到畅春园，即感身体不畅，于是命胤禛代行祭天大礼。祭天期间，胤禛每天派遣护卫、太监到畅春园问安，到了十三日，康熙病重，急忙召见胤禛。晚上七点多钟，一代圣君康熙阖然长逝。他死后，虚悬多年的国本问题不得不解决了。步军统领隆科多宣布遗诏，胤禛继承大统。进而开始了一个新的帝王统治时期。

雍正 大事年表

公元 1678 年(清康熙十七年),出生。

10 月 30 日,爱新觉罗胤禛出生,为康熙帝第四子,母乌雅氏,孝恭仁皇后,时为宫女,次年受封德嫔。

公元 1683 年(清康熙二十二年),6 岁。

跟从侍讲学士顾八代学习,直至康熙三十七年。

公元 1686 年(清康熙二十五年),9 岁。

康熙巡行塞外,胤禛随行,同往的皇子有胤礽、胤禔、胤祉。

公元 1691 年(清康熙三十年),14 岁。

胤禛奉父命同内大臣费扬古女那拉氏结婚,那拉氏为孝敬宪皇后。

公元 1696 年(清康熙三十五年),19 岁。

康熙亲征噶尔丹,诸皇子从征,胤禛掌正红旗大营。

公元 1698 年(清康熙三十七年),21 岁。

康熙授诸子世爵,胤禛为贝勒。

公元 1699 年(清康熙三十八年),22 岁。

康熙为诸皇子建府,胤禛府邸在其中,为日后的雍和宫。

公元 1703 年(清康熙四十二年),26 岁。

康熙南巡,至江宁、苏州、杭州,胤禛及胤礽、胤祥随行。

公元 1709 年（清康熙四十八年），32 岁。

胤禛受赐王爵号雍亲王，受赐圆明园。

公元 1711 年（清康熙五十年），34 岁。

胤禛第四子弘历出生。爱新觉罗弘历就是后来将清朝的康乾盛世推向顶峰，同时又亲手将它带向低谷的乾隆皇帝。

公元 1722 年（清康熙六十一年），45 岁。

3 月，康熙帝命皇四子胤禛邸园饮酒赏花，并将其子弘历养育宫中。

10 月，雍亲王胤禛等视察仓储。

11 月 13 日，康熙帝卒于北京畅春园清溪书屋。遗诏皇四子胤禛继位，是谓雍正帝。遗诏真伪，引发继位之谜。

公元 1723 年（清雍正元年），46 岁。

7 月，改国语固山额真为固山昂邦，伊都额真为伊都章京。颁行《孝经衍义》。命隆科多、王顼龄监修《明史》，徐元梦、张廷玉为总裁。

8 月，召王大臣九卿面谕之曰："建储一事，理宜夙定。去年之事，仓促之间，一言而定。圣祖神圣，非朕所及。今朕亲写密封，缄置锦匣，藏于正大光明匾额之后，诸卿其识之。"此为所定秘密立储制度。上大行皇后谥号为孝恭皇后。采纳直隶巡抚利瓦伊钧的建议，推行"摊丁入亩"政策。

青海厄鲁特罗布藏丹津叛乱，命年羹尧为抚远大将军讨之。

公元 1724 年（清雍正二年），47 岁。

1 月，命岳钟琪为奋威将军，专征青海。

6 月，以青海平定，勒石于太学。

公元 1725 年（清雍正三年），48 岁。

3 月，因年羹尧表贺日月合璧，五星连珠，将“朝乾夕惕”误写为“夕阳朝乾”而受训斥。以怡亲王胤祥总理事务谨慎忠诚，赏胤祥在其诸子中指名请封一人为郡王。

4 月，调年羹尧为杭州将军。

6 月，削年羹尧太保之职。

8 月，削隆科多太保，命往阿兰山修城。罢黜年羹尧为闲散旗员。雍正帝驻圆明园，加怡亲王胤祥俸，果亲王胤礼护卫。赐怡亲王胤祥“忠敬诚直勤慎廉明”榜。

12 月，下旨将年羹尧赐死，其子年富立斩，余子充军，免其父兄连坐。开始编撰《大清律集解》和《大清律历增修统纂集成》。

公元 1726 年（清雍正四年），49 岁。

是年定太监官衔，正四品总管为宫殿监督领侍衔，从四品副总管为宫殿监正侍衔，六品副总管为宫殿监副侍衔，七品首领为执守侍衔，八品首领为侍监衔。

罢江宁织造曹頫，查封家产。

从云贵总督鄂尔泰上书建议，在西南地区实行改土归流。

公元 1727 年（清雍正五年），50 岁。

8 月，定《恰克图互市界约》，置办理俄事大臣。

9 月与俄签订《布连斯奇界约》，划定中俄中段边界。

定官员顶戴之制。

是年设立驻藏大臣制度。

公元 1728 年（清雍正六年），51 岁。

12 月，《大清律集解附例》成。

是年定皇后千秋节，王公百官咸蟒袍补服，但不向皇后

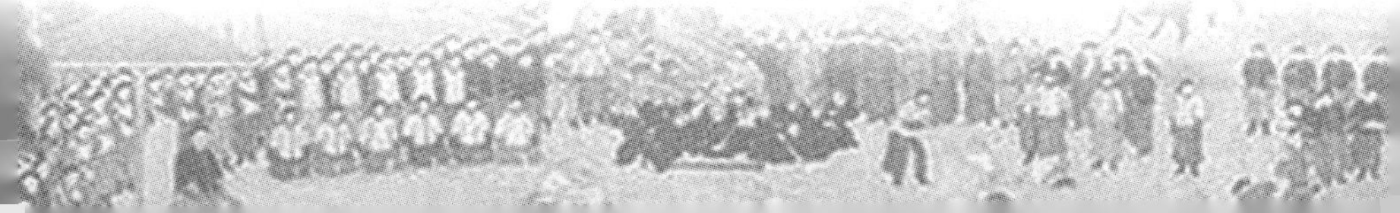

行礼。

张熙赴陕投书，策动川陕总督岳钟琪反清。

下诏宗室诸王停止兼管旗下事务。

公元 1729 年（清雍正七年），52 岁。

3 月，命傅尔丹、岳钟琪率军从北、西两路征讨噶尔丹。

5 月，岳钟琪上书言有湖南人张熙投递逆书，策其谋反。讯由其师曾静所为。命提曾静、张熙至京。九卿会审，曾静供因读已故吕留良所著书，陷溺狂悖。至是，明诏斥责吕留良，并令中外臣工议罪。

是年刊刻《大义觉迷录》，颁发各州县学。

公元 1730 年（清雍正八年），53 岁。

3 月，颁行圣祖御纂《书经传说》，雍正帝制序文。因诸阿哥已渐长大，且居宫中，严禁各处太监趋奉阿哥，并不许向各阿哥处往来行走。

4 月，更定大学士为一品，左都御史为从一品。

5 月，怡亲王胤祥逝，雍正帝亲临其丧，谥曰“贤”，配享太庙。诏令怡亲王名仍书原“胤”祥。

6 月，赐怡贤亲王“忠敬诚直勤慎廉明”八字加于谥上。定太监四品至八品不分正从。

10 月，再定百官帽顶，一品加珊瑚顶……直至九品各不相同。

公元 1731 年（清雍正九年），54 岁。

6 月，清军设伏击败噶尔丹策零叛乱。

12 月，《圣祖实录》、《圣祖圣训》告成。

公元 1732 年（清雍正十年），55 岁。

6 月，清军于光显寺彻底击败噶尔丹策零叛乱。

12 月，治吕留良罪，命将吕留良、严鸿逵、吕葆中俱开棺戮尸，斩吕毅中。赐皇四子弘历长春居士号，皇五子弘昼旭日居士号。

公元 1733 年（清雍正十一年），56 岁。

2 月，封皇四子弘历为宝亲王，皇五子弘昼和亲王，贝勒弘春为泰郡王。

4 月，举博学鸿词。

5 月，续修《会典》成。

公元 1734 年（清雍正十二年），57 岁。

4 月，禁广东进象牙席，并禁止民间使用。

5 月，命弘历、弘昼入值办理苗疆事务。

7 月，命果亲王胤礼经理达赖喇嘛驻藏，并至直隶、山西、陕西、四川阅兵。

10 月，敕续修《皇清文颖》。

公元 1735 年（清雍正十三年），58 岁。

3 月，雍正帝亲耕耤田。诏曰：“地方编立保甲，必须俯顺舆情，徐为劝导。若过于严急，则善良受累矣。为政以得人为要，不得其人，虽良法美意，徒美观听，于民无济也。”

4 月，《圣祖文集》刊成，颁赐廷臣。

5 月，命果亲王、皇四子、皇五子、大学士鄂尔泰、张廷玉等办苗疆事务。

8 月，雍正帝于圆明园病危，诏庄亲王胤禄，果亲王胤礼，大学士鄂尔泰、张廷玉，领侍卫内大臣丰盛额、讷亲，内大臣户部侍郎海望入内受命，宣旨传位皇四子宝亲王弘历。奉大行皇帝遗命，以胤禄、胤礼、鄂尔泰、张廷玉辅政。以遗命尊奉弘历生母熹贵妃钮祜禄氏为皇太后。奉皇太后懿旨，册立弘历嫡福晋富察氏为皇后。

9 月 3 日，弘历即位于太和殿，以明年为乾隆元年。严禁太监传播宫内外消息，驱逐内廷行走僧人及炼丹道士。大行皇帝梓宫奉安于雍和宫。

11 月，上雍正帝谥号为敬天昌运建中表正文武英明宽仁信毅睿圣大孝诚宪皇帝，庙号世宗。